젊은 베르테르의 슬픔

이 도서의 국립중앙도서관 출판예정도서목록(CIP)은 서지정보유통지원시스템 홈페이지(http://seoji.nl. go.kr)와
국가자료공동목록시스템(http://www.nl.go.kr/kolisnet)에서 이용하실 수 있습니다.
(CIP제어번호: CIP2010002832)

세계문학전집
042

Johann Wolfgang von Goethe : Die Leiden des jungen Werther

젊은 베르테르의 슬픔

요한 볼프강 폰 괴테 장편소설

안장혁 옮김

문학동네

차례 ▮

불쌍한 베르테르의 이야기 중 내가 찾아낼 수 있었던
것만을 정성껏 정리해서 여러분 앞에 공개합니다.
그 점에서 여러분은 저에게 고마워하리라 믿습니다.
여러분은 그의 정신과 성품에 대해서는 존경과 애정을,
그리고 그의 운명에 대해서는
공감의 눈물을 흘리지 않을 수 없을 것입니다.
만일 당신이 베르테르와 같은 절박함을 느끼고 있다면
그의 고통에서 위안을 얻길 바랍니다.
그리고 당신이 행여 운명이나 자신의 과오로 인해
절친한 친구를 찾기 힘든 처지라면,
이 작은 책을 벗으로 삼아도 좋을 것입니다.

제1부

1771년 5월 4일

그렇게 떠나오고 나니 얼마나 행복한지 모르겠네! 내 소중한 친구, 사람의 마음이라는 것을 대체 어떻게 정의내릴 수 있을까! 그렇게도 아끼며 헤어지길 가슴 아파했던 자네를 남겨두고 오고도 이렇게 기뻐하고 있으니 말이야! 물론 자네라면 이런 나의 마음을 헤아려주리라 믿네. 자네 이외의 사람들과의 관계는, 마치 운명이 나와 같은 사람의 마음을 불안하게 하려고 그렇게 정해놓은 게 아닌가 싶을 정도로 좋지가 못하네. 불쌍한 레오노레의 경우만 봐도 그래! 하지만 그건 나에게만 잘못을 물을 문제는 아닌 것 같네. 그녀의 여동생이 가진 묘한 매력에 빠져 내가 희희낙락하는 동안에 그 가엾은 레오노레의 마음속에 열정이 생겨난 것을 어떻게 막을 수 있었겠는가? 하지만 그렇다고 해서 내게 전혀 책임이 없다고 할 수는 없겠지. 행여 내가 그녀에게 먼저 의도적으로 추파를 던진 것은 아니었을까? 어디까지나 진실하고 꾸밈없는 그녀의 애정 표현을, 사실 조금도 우스꽝스럽지 않았음에도 불구하고 웃음거리로 삼으면서 내심 그것을 즐긴 것은 아니었을까? 그리고 나는—이런, 또 나 자신에 대한 푸념만 늘어놓았군. 친구, 내 자네에게 꼭 약속하건대 앞으로는 행동을 좀 고쳐보겠네. 앞으로는 운명으로 인해 생긴 작은 불행을 끊임없이 되뇌곤 하는 이 버릇을 떨치려고 노력해보겠네. 난 그저 현재만을 만끽하면서 과거는 지난 일로 묻어버리겠네. 그런 점에서 자네의 판단이 정확했네. 친구, 우리 인간들이—인간이 어떻게 그런 면을 갖게 되었는지는 모르겠지만—과도한 상상력에 의존해가면서까지 불행했던 지난 추억에 연연하지 않고 초연한 자세로 현재의 삶을 감내하고자 한다면 분명 괴로움은 줄어들 것이네.

우리 어머니께 당신이 부탁하신 일을 원만히 처리해서 빠른 시일 내에 그에 대한 소식을 전하겠다고 말씀 좀 드려주게. 아주머니와 대화를 나눠보았는데 소문만큼 그리 형편없는 분이 아니더군. 성격이 좀 괄괄해서 그렇지 마음씨가 따뜻한 분이셨네. 유산 분배가 지체되는 데 대한 어머니의 불만을 아주머니에게 말씀드렸더니, 그에 대한 나름의 원인과 경위를 밝히면서 조심스레 몇 가지 조건을 제시하더군. 그 조건만 충족되면 우리가 요구하는 것 이상도 내줄 용의가 있다는 거야.

지금은 그 건에 관해서 더이상 왈가왈부하고 싶지 않네. 우리 어머니께는 모든 일이 잘 해결될 거라고만 말해주게. 그리고 친구, 이런 사소한 일을 처리하면서 이 세상에선 권모술수나 악의보다 오해나 태만이 더 큰 갈등을 불러일으킬 수 있음을 새삼 깨달았네. 어쨌든 계략이나 악감정 때문에 발생하는 갈등이 훨씬 적은 것은 분명한 것 같네.

아무튼 나는 이곳에서 아주 잘 지내고 있다네. 지상낙원 같은 이곳에서는 고독이 내 마음을 진정시켜주는 아주 소중한 향유(香油)가 되어주는 것 같네. 그리고 이 생기 넘치는 계절의 온갖 풍요로움은 두려움을 느끼곤 하는 이 마음을 따사롭게 해주지. 나무와 산울타리마다 온갖 꽃이 흐드러지게 피어 있네. 이쯤 되면 한 마리 풍뎅이가 되어 이 꽃향기의 바다를 마음껏 헤엄쳐다니며 그 속의 온갖 자양분을 섭취할 수 있으면 좋으련만.

도시 자체는 그리 마음에 드는 편은 아니지만 경관만은 형언할 수 없을 만큼 아름다운 자연으로 둘러싸여 있다네. 이미 세상을 떠난 M 백작이 굳이 이 근처 언덕에 정원을 만든 것도 바로 그러한 이유에서라네. 실로 이 근처의 언덕들이 빚어내는 다채로움은 우리에게 더없이 아늑한 계곡을 선사해준다네. 정원은 소박한 편이네. 그도 그럴 것이 그곳에 들어서는 순간 이론에 조예가 깊은 정원사가 아니라 이곳 풍경을 스스로 만끽하고 싶어했던 감성의 소유자가 정원을 설계했으리라는 생각이 드니 말일세. 나는 그 정원의 황폐해진 정자에 앉아 이미 세상을 등진 그이를 생각하며 눈시울을 적신 적이 여러 번이네. 정자는 고인이 생전에 자주 가던 곳이기도 했지만 이제는 나도 좋아하게 된 곳이니 말일세. 그리고 곧 내가 이 정원의 임자가 될 걸세. 며칠 되진 않았지만 정원사도 내게 호감을 보이기 시작했다네. 그러는 것이 그에게도 나쁘지 않을 걸세.

5월 10일

이상하다 싶을 정도로 기분이 유쾌한 날이네. 내가 온 가슴으로 즐기는 이 달콤한 봄날의 아침처럼 말일세. 나 같은 영혼이 지내기에 안성맞춤인 이곳에서 나 홀로 인생을 만끽하고 있네. 친구, 지금 난 무척이나 행복하다네. 비록 평온한 현존감에 사로잡혀 예술 활동이 지장을 받고 있긴 하지만 말이야. 요즈음 그림엔 전혀 손을 대지 못한다네. 선 하나조차도 말일세. 하지만 이 순간보다 더 위대한 화가가 되어본 적도 없는 것 같네. 내 주위의 아름다운 골짜기에서 안개가 피어오르고 높이 솟은 태양은 울창한 숲 언저리를 어루만지며 몇 가닥 빛줄기만이 성전 안으로 힘겹게 고개를 들이밀 뿐이네. 그러면 나는 이때다 싶어 졸졸 흘러가는 시냇가의 짙은 녹음에 누워 땅 쪽으로 몸을 수그린 채, 온갖 풀을 호기심 어린 눈으로 관찰하곤 한다네. 더욱이 나뭇가지나 풀잎 사이의 작은 세상에서 어린 곤충들이 꿈지락대는 모습과 수많은 땅벌레와 날벌레 들의 신비로운 형상을 가까이서 지켜볼 때면, 당신 모습 그대로 우리를 창조하신 전능한 조물주의 존재를 느낀다네. 영원한 기쁨으로 우리를 감싸안고 이끄시는 전지전능한 분의 존재를 느낀단 말일세. 친구! 내 주변의 모든 것이 어둠에 잠기고 나를 둘러싼 세계와 하늘이 사랑하는 연인의 모습처럼 내 영혼 속으로 침잠해 들어올 때면, 나는 그리움에 젖어 이렇게 생각하곤 하지. '아, 내 안에 이토록 충만하고 뜨겁게 살아 움직이는 무엇인가를 온전히 표현해낼 수 있으면 좋으련만! 그것을 종이 위에 생생하게 되살릴 수만 있다면! 그렇게 해서 네 영혼이 영원한 하느님의 거울이듯, 그 종이가 네 영혼의 거울이 되게 할 수만 있다면!' 친구, 하지만 나는 그로 인해 당장 파멸할 지경이라네. 나는 이런 현상들의 찬란한 위력 앞에 굴복해버리고 만다네.

5월 12일

이 지역에 사람의 마음을 현혹시키는 유령이 떠도는 것인지, 아니면 천국에 있는 듯한 아늑한 환상이 내 마음을 채우고 있어서인지는 모르겠지만, 주변 환경이 마치 낙원처럼 여겨지네. 마을 어귀에 샘물이 하나 있는데, 멜루지네*와 그 자매들처럼 나도 그 샘에 푹 빠져 산다네. 야트막한 언덕을 내려가면 둥근 아치가 나오고 그곳에서 스무 계단 정도 더 내려가면 그 아래 대리석 바위틈에서 맑디맑은 샘물이 솟아나온다네. 샘의 위쪽을 에워싼 나지막한 돌담, 그 일대를 뒤덮은 키 큰 나무들, 그곳에 감도는 서늘한 기운, 이 모든 것들이 사람을 사로잡고 경외심을 불러일으키네. 나는 하루도 거르지 않고 그곳에 가서 한 시간 정도 앉아 있다 오곤 하지. 그럴 때면 마을 처녀들이 찾아와서 물을 길어 가기도 한다네. 그것은 일상생활에서 부담이 가장 적은 일이면서도 가장 본질적인 일에 속했기 때문에 옛날에는 공주들까지도 손수 물을 길었다네. 그곳에 앉아 있으면 옛날 가부장제 시대에 그랬을 법한 광경들이 생생하게 되살아나곤 한다네. 가문의 어르신들

---

* 중세 프랑스와 독일 민담에 등장하는 물의 요정.

이 샘물가에서 서로 안면을 트고 청혼하던 장면이라든지, 자비로운 정령들이 샘물 주위를 떠도는 모습이 보이는 것 같네. 아, 이런 기분을 함께할 수 없다면, 그는 틀림없이 한여름날의 고된 방랑 끝에 한 번도 시원한 샘물로 갈증을 달래본 적이 없는 사람일 거야.

5월 13일

이곳으로 내 책을 보내도 좋으냐고 물었지? 친구, 제발 그 일만은 말아주게나! 나는 이제 더이상 누구의 자극이나 격려 따위를 바라지 않는다네. 그러잖아도 내 마음은 몹시 요동치고 있으니 말일세. 정작 내게 필요한 것은 자장가일세. 그리고 그 자장가를 내가 좋아하는 호메로스의 작품 속에서 원하는 만큼 찾아냈다네. 나는 끓어오르는 피를 진정시키기 위해 얼마나 자주 자장가를 불러야 했는지 모른다네. 내 마음처럼 굴곡이 심하고 안절부절못하는 것을 자네는 본 적이 없을 거야. 친구, 새삼스레 자네에게 이런 말을 할 필요가 있는지 모르겠군. 번민에서 방종으로, 감미로운 우울에 빠져 있다가도 이내 위험 천만한 열정으로 변해버리는 내 모습을 늘 곤혹스럽게 지켜봐야 했던 자네에게 말일세. 게다가 나는 이 마음을 병든 아이 다루듯 한다네. 모든 걸 다 허락해주고 있는 셈이지. 내 말을 부디 남에게 옮기지는 말게나. 이를 고깝게 보는 사람이 있을지도 모르니까.

5월 15일

이곳 사람들과 많이 가까워져서 그새 나를 호의적으로 대해주는 사람도 몇몇 생겼다네. 어린아이들이 더 그런 편이지. 서러운 일을 겪지 않은 것은 아니네. 처음 이곳에 와서 그들에게 스스럼없이 다가가 이것저것 사심 없이 물어보았을 때, 내가 자기네를 조롱하는 줄 알고 사뭇 쌀쌀맞게 대하는 사람도 적지 않았네. 하지만 그리 불쾌하지는 않았네. 어렴풋이 예감하고 있던 사실을 생생하게 느꼈을 따름이니까. 신분이 좀 있다는 자들은 평민을 너무 가까이하면 자신들의 위엄이 손상된다고 생각하는지 늘 매몰차게 거리를 두려 하네. 어디 그뿐인가. 의도적으로 겸손을 가장해서 외려 가진 것 없는 사람들에게 자신의 오만함을 더더욱 절감케 하는 경박하고 야비한 족속들도 있네.

우리네 인간은 동등하지도 않거니와 그렇게 될 수도 없음을 나는 잘 알고 있네. 하지만 알량한 존경심을 얻으려고 천하고 가난한 사람과 상종해서는 안 된다고 생각하는 사람이라면 패배가 두려워 적을 보고 숨어버리는 겁쟁이와 다를 것이 무엇인가.

얼마 전 우물가에 갔다가 젊은 하녀를 만난 적이 있네. 그녀는 물동이를 계단 맨 아래쪽에 올려놓은 채 그것을 머리에 얹어줄, 아는 누군가를 찾느라 사방을 둘러보고 있더군. 나는 계단 아래로 내려가서 그녀에게 물었네. "제가 좀 도와드릴까요, 아가씨?" 그러자 그녀는 얼굴을 붉히면서 말했네. "아, 아니에요." "사양할 것 없어요." 그녀는 그제야 머리에 똬리를 얌전히 얹어놓더군. 내가 도와주자 그녀는 감사하다는 말을 뱉고는 황급히 계단을 올라갔지.

5월 17일

이곳에 온 후로 나는 온갖 부류의 사람을 알게 되었지만, 친구처럼 허심탄회하게 이야기할 만한 사람은 아직 만나지 못했네. 하지만 내게 사람의 마음을 끄는 어떤 매력이 있어서인지 다들 나를 좋아해주고 친근하게 대해준다네. 그런 것에 비해 함께할 수 있는 여정은 너무 짧다는 생각이 들어 마음이 아프지. 이곳 사람들의 성향을 묻는다면 다른 곳과 다를 바가 없다고 대답할 수밖에 없네. 인간사가 다 거기서 거기 아니겠나. 많은 사람이 민생고를 해결하는 데 대부분의 시간을 허비하지. 그러다가 쥐꼬리만큼도 안 되는 여가 시간이라도 생기면 괜히 좌불안석이 되어 이내 거기서 빠져나오려고 갖은 애를 쓰니 말이야. 아, 인간의 운명이란!

하지만 이들은 정말 좋은 사람들이야! 정갈하게 차린 식탁에 둘러앉아 허물없이 진솔한 이야기를 주고받기도 하고, 마차를 타고 산책을 나가기도 하고, 분위기를 봐서 춤을 추기도 하지. 가끔 나 자신을 잊고 그들과 함께 어울리면서 우리 인간에게 아직까지는 허용되는 즐거움을 나누는 것은 내게 늘 유익하다네. 그러나 내 안에는 연소되지도 못한 채 퇴색하는 에너지가 아직 많이 남아 있다는 생각이 드네. 또 그렇기에 그것을 조심스레 감춰둬야 한다는 강박관념에 사로잡히지 않기를 바라지. 그런 생각이 들 때면 마음이 편치 않네. 하지만 어쩌겠나! 오해를 받는 것 또한 우리 같은 사람들의 운명인 것을.

나와 젊은 시절을 함께했던 여자친구가 결국 세상을 등졌다니! 그토록 허물없이 지내던 사이였건만! 나 자신을 나무라고 싶네. "넌 바보 멍청이다! 이 세상에서는 더이상 찾을 수 없는 것을 무모하게 찾고 있으니!" 그러나 한때 그녀는 내 사람이었지. 나는 그녀의 심장과 그녀의 거룩한 영혼을 느꼈다네. 그 영혼과 함께했던 순간만큼은 되고 싶었던 모든 것이 될 수 있었던 까닭에 나 자신을 실제의 나보다 훨씬 위대한 존재라고 느끼곤 했네. 아! 그때 내가 발산하지 못한 영혼의 에너지가 조금이라도 있었던가? 그녀 앞에 서면 이 가슴으로 자연을 품을 수 있을 만큼 신비스러운 감정이 솟구치지 않았던가? 우리 만남은 가장 섬세한 감성과 더없이 예리한 지성이 어우러진 영원한 직조물이 아니었던가? 그것의 변화무쌍함은 종종 극단적 일탈로 치우치기도 했지만 이 모든 것들이 천재의 징표로 여겨지지 않았던가? 그런데 지금은! 아, 그녀가 나보다 세상을 먼저 경험했던 몇 년, 그 세월만큼의 빚을 먼저 갚고 떠난 것이네. 나는 그녀를 절대 잊지 못할 걸세. 그녀의 강직함과 고결한 관대함을 잊기란 쉽지 않겠지.

며칠 전 나는 V라는 정직하고도 아주 호남형인 젊은 친구를 만났네. 대학을 갓 졸업한 그는 자신을 유달리 영특하다고 여기지는 않지만 남들보다는 아는 게 많다고 생각하는 것 같더군. 또 굉장한 노력형 인간으로 보였어. 좌우지간 꽤 박학다식한 청년이었네. 내가 그림 그리기를 좋아하고 그리스어도 할 줄 안다는 소문을 어디선가 듣고는 (이 두 가지는 이 지방에서 꽤나 우대받는 부분에 해당되네) 나를 찾아와 한바탕 지식의 향연을 펼쳐 보였네. 바퇴*에서 우드**, 드 필***에서부터 빙켈만****에 이르기까지 말일세. 그뿐인가. 자기는 슐처의 이론 1부*****를 완독했을 뿐만 아니라 하이네******의 고대 연구에 관한 원고도 소장하고 있다더군. 나는 그냥 조용히 경청했지.

그리고 또 썩 괜찮은 분을 알게 되었네. 영주의 행정관인데, 정직하고 진실한 사람이지. 아홉이나 되는 자식들에게 둘러싸여 있는 그 양반을 보면 누구나 마음이 흐뭇해진다고 하더군. 특히 그의 맏딸에 대한 평판이 자자하다네. 나를 초대해주었으니 조만간 찾아뵐 생각이네. 그가 거주하는 영주의 수렵관은 여기서 한 시간 반쯤 떨어져 있다네. 부인과 사별한 후 시내 관사에서 지내는 것이 마뜩잖아 그곳으로 이사할 수 있도록 허락을 구했다더군.

그 말고도 몇몇 별종들을 더 알게 되었는데 그들이 하는 짓은 하나같이 눈에 거슬린다네. 특히 어쭙잖은 친절을 베풀려는 그 태도는 딱 질색일세.

그럼 잘 지내게나. 이 편지는 자네 마음에 들 걸세. 역사를 기록하듯 사실적인 내용으로만 가득 차 있으니 말이야.

5월 22일

인생이 한낱 꿈에 불과하다는 사실은 이미 많은 사람이 수긍했지 않은가. 나 또한 어딜 가나 그런 감정에 사로잡힌다네. 활동하고 연구

---

* 샤를 바퇴. 프랑스의 미학자.
** 로버트 우드. 영국의 고전학자.
*** 로제 드 필. 프랑스의 미술이론가.
**** 요한 빙켈만. 독일의 미학자.
***** 스위스 철학자 요한 게오르크 슐처의 『아름다운 예술의 일반 이론』.
****** 크리스티안 고틀로프 하이네. 독일의 고전학자이자 고대학자.

하는 인간의 능력이 한계에 부딪히는 것을 볼 때, 인간의 모든 노력이 욕구 충족을 위해 사용되며 그 욕구라는 것이 궁핍한 생활을 연장시키는 것 외엔 아무런 목적이 없다는 사실을 인식할 때, 그리고 연구 성과에 만족한다는 것이 우리를 가둔 감옥의 벽에 온갖 형상과 밝은 풍경을 그려놓는 것 같은 몽상적 체념에 다름 아님을 알게 될 때, 빌헬름, 그럴 때면 나는 말문이 막힌다네. 그러면 나는 내면으로 되돌아와 또다른 세계를 발견하곤 하지! 그것 또한 사실적인 묘사나 생생한 에너지가 넘치는 세계는 아니라네. 어렴풋한 예감과 어두운 욕망의 세계지. 그곳에선 모든 것이 내 감각 앞에서 몽롱하게 떠돌고, 나는 꿈을 꾸듯 그 세계를 향해 미소를 지어 보인다네.

아이들은 뭔가를 원하면서도 왜 그것을 원하는지 모른다는 점에서 학식 있는 교사나 가정교사 들의 의견이 일치하네. 하지만 어른들 역시 별반 다르지 않네. 그들도 자신이 어디에서 와서 어디로 가는지 모르고 이 세상을 방황하지. 뿐만 아니라 목적에 맞게 행동하는 경우도 드물다네. 비스킷과 회초리로부터 자유롭지 못한 처지는 매한가지지. 아무도 그런 사실을 선뜻 인정하려 하지 않겠지. 하지만 적어도 내게는 명약관화한 일이네.

이와 관련해서 자네가 무슨 말을 할지 미루어 짐작할 수 있기에 인정할 것은 인정하겠네. 말하자면 아이들처럼 하루하루를 살아가고, 인형 옷이나 입혔다 벗겼다 하고, 엄마가 사탕과자를 넣어둔 서랍 주위를 맴돌다가 마침내 원하던 것을 손에 넣기라도 하면 그걸 한입에 털어넣고는 "더 줘!" 하고 떼를 쓰는 인간들, 이런 인간들이야말로 정말로 행복한 거겠지. 또 보잘것없는 자기네 일과 제 열정에까지 화려

한 미사여구를 붙여놓고 자기네가 하는 일이 인류의 행복과 안녕을 위한 굉장한 프로젝트인 양 유세를 떠는 사람들 역시 축복받았다 할 것이네. 그런 재주를 가진 자들에게 부디 축복이 있기를! 하지만 겸허한 마음으로 만사의 향방을 주시할 줄 아는 사람, 형편이 괜찮은 시민들은 자신의 작은 정원을 낙원처럼 가꿀 줄 알며, 불행을 겪는 사람들도 무거운 짐을 지긴 했지만 꾸준히 자신의 길을 걸어가고 있고, 저 밝은 햇살을 단 1분이라도 더 바라보길 원하는 것이 인지상정임을 아는 사람, 그래, 그런 사람이라면 묵묵히 자신의 세계를 일궈나가는 과정에서 진정한 행복을 느낄 수 있겠지. 그렇게 되면 사람은 아무리 속박을 받아도 가슴에는 늘 자유라는 달콤한 감정을 간직한다네. 원하기만 하면 언제든지 이 감옥에서 벗어날 수 있다네.

5월 26일

자네는 내가 어떤 집에서 살고 싶어하는지 이미 오래전부터 알고 있었지. 마음 끌리는 곳이면 어디든 오두막을 한 채 짓고 금욕적으로 살고 싶어하는 나의 취향을 말일세. 마침내 이곳에서도 마음에 드는 장소를 발견했네.

시내에서 한 시간쯤 떨어진 곳에 발하임*이라는 곳이 있네. 언덕바지에 있는데 터가 예사롭지 않다네. 마을로 이어지는 오솔길을 따라

---

* 독자 여러분은 부디 여기에서 언급되는 장소를 찾아보려 애쓰지 않길 바랍니다. 편지 원문에 나오는 원래의 지명을 불가피하게 바꿔놓았기 때문입니다(원주).

올라가다보면 골짜기 전체를 한눈에 굽어볼 수 있는 곳이 나온다네. 거기 나이에 비해 싹싹하고 활달하며 마음씨 착한 음식점 여주인이 포도주와 맥주와 커피를 파는 곳이 있다네. 무엇보다 매혹적인 것은 보리수 두 그루라네. 활짝 뻗은 나뭇가지는 교회 앞의 조그만 광장을 뒤덮고 있고, 그 광장을 농가와 창고와 뜰이 에워싸고 있네. 그보다 운치 있고 정겨운 곳은 내 아직 보질 못했네. 나는 주인아주머니에게 그리로 작은 탁자와 의자를 내어달라고 부탁해서 커피를 마시며 호메로스를 읽곤 한다네. 어느 화창한 오후 맨 처음 우연히 그 보리수 밑을 찾아갔을 때 조그만 그 광장은 더없이 고요했네. 모두들 일하러 들에 나가고 없었지. 네 살 정도 된 사내아이만이 6개월쯤 되어 보이는 아기를 다리 사이에 끼고 땅바닥에 앉아 있었네. 아기를 양팔로 감싸 안아 가슴팍에 기대게 해서 마치 안락의자처럼 받쳐주었네. 얌전히 앉아서 생기 넘치는 검은 눈동자로 사방을 쉴 새 없이 두리번거리면서 말이네. 그 모습이 너무 보기 좋아서 나는 건너편에 있는 쟁기 위에 앉아 흡족한 마음으로 두 형제가 앉아 있는 모습을 그려보았다네. 그 곁의 울타리와 창고 문, 그리고 부서진 마차 바퀴 몇 개 등 주변 풍경도 함께 그렸지. 한 시간 뒤에 보니 나의 주관적 생각이 완전히 배제된, 구도가 잘 잡힌 아주 흥미로운 그림이 되었더군. 이것을 계기로 앞으로는 자연에만 의지해 그림을 그려야겠다는 생각을 더욱 굳혔네. 자연만이 무한히 풍요로우며 자연만이 위대한 예술가를 탄생시킨다는 생각이 들더군. 물론 예술의 규칙이 갖는 장점을 열거할 수도 있겠지. 하지만 그것은 시민 사회를 찬미하는 것과 다를 바 없다네. 이를테면 규칙을 충실히 따르는 사람은 결코 볼품없고 질 낮은 것을 만들어내지 않을 텐데, 그것은 마치 법규나 공공질서에 맞게 자신을 통제하는 사람이 이웃한테 비난의 대상이 되거나 혐오스러운 범죄자로 쉽사리 전락하지는 않는 것과 같네. 하지만 규칙이라는 것은 결국 자연에서 우러나는 참된 감정과 표현 방식을 파괴하는 것이네! 자네는 이렇게 말하겠지. "그 말은 좀 지나친 감이 있네! 규칙은 단지 일정한 제한을 두자는 것이며, 그래서 볼썽사납게 자란 넝쿨을 잘라내자는 얘기일 뿐이야." 하지만 친구, 비유를 한 가지 들겠네. 그것은 사랑 같은 것일세. 한 아가씨에게 반한 젊은이가 매일같이 그녀 곁에서 시간을 보내고 에너지와 재산을 축내면서 그녀에게 헌신한다고 가정해보게. 그리고 이때 한 속된 인간, 즉 한 공직자가 끼어들어 그에게 이렇게 말한다고 해보세. "이보게, 젊은 친구! 사랑은 다분히 인간적인 것인 만큼 반드시 인간다운 방식으로 사랑해야 하네. 자네의 시간을 쪼개서 일부는 일하는 데 쓰고, 남은 시간은 여자친구를 위해 투자하는 것이 옳다고 보네. 자신의 재산 규모를 면밀히 따져보고 꼭 필요한 경비를 제외한 나머지를 애인의 선물을 사는 데 쓴다면 나도 말리지 않겠네. 그러나 너무 자주는 말고 그녀의 생일이나 세례일 같은 때 하게나." 그 청년이 공직자의 충고를 받아들인다면 사회가 필요로 하는 쓸모 있는 청년이 되겠지. 나라도 영주마다 쫓아다니며 그를 직원으로 뽑아달라고 추천하고 싶을 걸세. 하지만 그의 사랑은 그걸로 끝장이네. 그가 예술가라면 그의 예술은 볼장 다 본 걸세. 친구! 천재의 강줄기는 어찌 그리 드물게 터지는 것일까. 그 강물이 거대한 홍수를 이루며 콸콸 쏟아져내려 감탄의 눈길을 보내는 세인의 마음을 뒤흔드는 일이 왜 이리 드물어진 것일까? 사랑하는 친구! 그것은 천재의 물결이 흘러내리는 양쪽 강변에 지독한 보신(保身)주의자들이 살고 있기 때문이네. 그들은 자기들의 정자와 튤립 화단, 그리고 채소밭이 망가질까 두려워서 황급히 제방과 수로를 만들어 언제 닥쳐올지 모를 위험을 사전에 방지할 줄 아는 자들이네.

5월 27일

괜히 흥분해서 비유와 장광설을 늘어놓는 통에 그 아이들이 나중에 어떻게 되었는지 이야기하는 것을 그만 잊고 말았네. 어제 보낸 편지에서도 대충은 얘기했지만 나는 그림 같은 분위기에 빠져 그 쟁기 위에 두 시간쯤 족히 앉아 있었네. 저녁 무렵이 되자 팔에 바구니를 건 젊은 부인이 얌전하게 놀고 있는 아이들 쪽으로 다가오며 먼발치에서부터 외쳐대더군. "아이 착해라, 우리 필립스." 그녀가 내게도 인사를 해오는 바람에 나도 답례를 할 겸 자리에서 일어나 아이들의 엄마냐고 물어보았네. 그녀는 그렇다고 대답하고는 큰애에게 빵 반 조각을 건네주고는 어린아이를 안아올려서 어머니다운 애정을 담아 키스해주더군. 그러고는 말했네. "필립스에게 아기를 맡겨놓고 저는 맏이만 데리고 흰 빵이랑 설탕, 질그릇 죽냄비를 사러 시내에 다녀오는 길이에요." 뚜껑이 열린 바구니 속으로 그녀가 말한 물건들이 보였네. "저녁에 한스(막내아이의 이름이지)에게 수프를 만들어주려고요. 개구쟁이 큰녀석이 남은 죽을 차지하겠다고 필립스랑 다투다가 그만 냄비를 깨뜨렸거든요." 나는 맏이는 어디 있느냐고 물어보았네. 풀밭에서 짓궂게 거위들 꽁무니를 쫓아다니며 뛰놀고 있다는 그녀의 대답이 채 끝나기도 전에 그 아이가 뛰어와서는, 둘째에게 개암나무 가지 하나를 건네주더군. 그녀와 이야기를 주고받는 와중에 그녀가 학교 선생님의 딸이며 남편은 사촌의 유산을 물려받기 위해 스위스에 갔다는 사실을 알게 되었네. "친척들은 어떻게든 제 남편을 속이려고 했어요. 남편이 아무리 편지를 써도 답장을 안 해주는 거예요. 그래서 제 남편이 직접 간 거죠. 행여 그이에게 나쁜 일이 생기지나 않을까 걱정이에요. 그이한테 아무런 연락이 없어서요." 그녀와 그대로 헤어지기가 마뜩지 않아서 아이들에게 1크로이처씩 나눠주었네. 시내에 나갈 일이 있을 때 막내아이한테도 수프와 함께 먹을 빵을 사다주라고 애들 엄마에게 1크로이처를 건네고는 작별인사를 했네.

친구, 내 마음을 추스를 수 없을 때 이런 사람들을 보고 있으면 마음이 가벼워진다네. 그들은 삶의 작은 동심원을 그리며 행복하고 평안하게 하루하루를 살아내지. 나뭇잎이 떨어지는 것을 보면서 겨울이 온다는 사실 외에는 별다른 생각을 하지 않는 그런 사람들이라네.

그때 이후로 그곳에 자주 간다네. 그러는 사이 아이들과 정이 들었네. 아이들은 내가 커피를 마실 땐 설탕을 얻어 가고, 저녁이면 버터 바른 빵과 발효유를 나눠주기도 하네. 일요일엔 어김없이 그애들에게 용돈을 준다네. 그리고 예배 시간이 지나 내가 그곳에 가지 못할 때를 대비해서, 나 대신 아이들에게 돈을 주라고 식당 주인아주머니께 부탁해놓았네.

아이들은 이제 온갖 이야기를 다 들려줄 정도로 나를 스스럼없이 대한다네. 특히 동네 아이들이 여기저기 모여서 자신들의 열정과 욕구를 소박하게 드러내는 경우가 종종 있는데, 그 모습을 지켜보는 것이 하나의 낙이 되었다네.

아이들이 나를 귀찮게 하지나 않을까 눈치를 살피는 아이들 엄마에게 그런 걱정은 안 해도 된다고 안심시키는 일이 나로서는 더 힘들 뿐이네.

5월 30일

얼마 전에 내가 미술에 관해서 한 얘기는 시에도 적용된다네. 핵심을 포착하여 압축적으로 표현하는 것이 관건이지. 적은 말로 많은 것을 표현해낼 수 있을 테니 말이야. 나는 오늘 세상에서 가장 아름다운 전원시를 연상시키는 광경을 지켜보았네. 하지만 시나 무대, 전원시 같은 것들이 과연 필요한지 잘 모르겠네. 자연현상을 그냥 만끽하면 되지 그것을 굳이 만지작거려서 뭔가를 만들어내야 하는가?

서론을 이렇게 거창하게 늘어놓았다고 해서 어떤 대단하고 특별한 것을 기대하면 자칫 실망할 수도 있네. 내 마음을 이토록 강렬하게 사로잡은 것은 한낱 시골 머슴에 지나지 않으니까 말이야. 내가 이야기를 평소처럼 어설프게 늘어놓으면 자네는 늘 그렇듯 내가 부풀려 말한다고 하겠지. 배경은 다시 발하임이네. 이런 흔치 않은 일이 일어나는 곳이 발하임 말고 또 있겠는가.

몇몇이 보리수 아래 모여 커피를 마시고 있었네. 하지만 나는 거기 모인 사람들이 그리 마음에 들지 않아서 적당한 핑계를 대고 따로 떨어져 앉았네.

　그때 농가의 한 젊은이가 이웃집에서 모습을 드러내더니 지난번 내가 화폭에 담았던 쟁기를 매만지기 시작하더군. 그런 그의 모습에 마음이 끌려 말을 건네보았네. 그리고 그의 신상에 대해 이것저것 물어보면서 더욱 친해졌고, 이런 사람들과 늘 그렇듯이 이내 격의 없는 사이가 되었네. 그는 어떤 과부의 집에서 머슴살이를 하는데 여주인한테 극진한 대우를 받는다고 하더군. 그가 그 여주인을 어찌나 칭찬하는지 나는 그가 몸과 마음을 바쳐 그녀를 사랑하고 있음을 알아차렸네. 그녀는 이제 젊지도 않거니와 첫 남편한테 혹독하게 시달려서 더이상 재혼할 뜻도 없다고 하더군. 그 여주인이 자기에게 얼마나 아름답고 매력적인 존재인지, 또 첫 남편과의 시행착오를 하루빨리 잊기 위해서라도 자신을 선택해주었으면 하는 바람이 얼마나 간절한지도 은연중 내비치더군. 이 친구가 품은 순수한 연민과 사랑과 신의를 자네에게 있는 그대로 전달하려면 그가 한 말을 한 마디씩 그대로 되풀이해야만 할 걸세. 그의 표정, 아름다운 목소리, 은밀한 불꽃이 담긴 눈빛을 생생하게 묘사하려면 위대한 시인의 재능이 필요할 걸세. 아니, 그의 인품과 표정에서 묻어나는 다정다감함은 이루 말할 수 없을 정도네. 내가 아무리 완벽하게 재현한다 해도 그것을 묘사하기에는 턱없이 부족할 걸세. 무엇보다도 내 마음을 감동시킨 것은, 내가 여주인과 그의 관계를 불륜으로 여기거나 그녀의 정숙함을 의심하지는 않을까 염려하는 그의 태도였네. 비록 풋풋한 매력은 없지만 자신의 마음을 그토록 뜨겁게 사로잡는 여주인의 육체를 얘기할 때의 그 모습이 얼마나 매력적이던지, 나는 그 모습을 오직 내 마음 깊은 곳에서만

재현할 수 있을 뿐이네. 주체할 수 없는 욕망과 절절한 그리움을 이토록 순수하게 표현하는 것을 여태껏 본 적이 없네. 정말이지, 그 정도의 순수함을 생각해본 적도, 꿈꿔본 적도 없다고 감히 말할 수 있네. 부디 책망하지 말고 내 말을 들어주게. 그 친구의 순진함과 진실함을 생각하면 내 안의 가장 심오한 영혼이 달아오른다네. 또한 믿음과 사랑이 느껴지는 그의 모습은 어디를 가나 나를 따라다닌다네. 그리고 그 불꽃이 내게도 옮겨붙은 것처럼 숨이 가쁘고 애가 탄다네.

나는 가까운 시일 안에 그녀를 만나볼 생각이네. 아니, 곰곰이 생각해보니 만나지 않는 것이 낫겠네. 그녀 애인의 눈을 통해 그녀를 바라보는 게 훨씬 낫겠어. 육안으로 보는 그녀의 모습은 지금 내가 상상하는 모습과는 다르겠지. 아름다운 환상을 일부러 깨뜨릴 필요는 없지 않겠나?

6월 16일

왜 요사이 편지가 뜸해졌느냐고? 그런 질문을 하는 걸 보니 자네도 역시 별수 없는 학자일세. 내가 별탈 없이 잘 지내고 있으리라 짐작했을 텐데 말이야. 간단히 얘기하자면 그간 나는 어떤 사람을 알게 되었고 그 만남에 내 모든 열정을 쏟고 있네.

설명하기가 쉽지 않군. 세상에서 가장 사랑스러운 사람을 사귀게 된 배경을 자네에게 일목요연하게 전하기가 쉽지 않네. 나는 지금 몹시 만족스럽고 행복하기 때문에 지난 일을 훌륭한 역사가처럼 객관적으로 다 적을 수는 없다네.

천사 같은 존재! 쳇! 누구나 자기 애인을 그렇게 부르지, 안 그런가? 하지만 난 자네에게 그녀가 얼마나, 그리고 왜 그토록 완벽한 존재인지 말할 수 없네. 어쨌든 그녀가 내 마음을 온통 사로잡은 것만은 사실이네.

그녀는 더없이 영민한가 하면 순진하고, 강인하면서도 심성이 착하고, 생기 가득하고 활동적이면서도 영혼의 평온을 유지하고 있네.

내가 그녀에 관해 무슨 말을 하든 모두 하찮은 수다에 불과하고, 그녀의 참모습을 온전히 표현해내지 못하는 추상적 개념에 지나지 않네. 다음에, 아니, 그럴 것 없이 지금 당장 이야기하겠네. 지금 하지 않으면 결코 못 할 테니. 자네에게만 하는 얘기지만, 나는 이 편지를 쓰기 시작한 뒤로 벌써 세 번이나 펜을 내려놓고 말을 몰아 밖으로 나갈까 했기 때문일세. 오늘 아침엔 나가지 않기로 다짐했네만 매 순간 창가로 달려가 태양이 얼마만큼 떠올랐는지를 확인했다네!

도무지 견딜 수가 없어서 결국은 그녀를 만나러 갈 수밖에 없었네. 빌헬름, 나는 이제 다시 돌아와 버터 바른 빵을 야식으로 먹고 자네에게 편지를 쓰네. 그녀가 사랑스럽고 명랑한 여덟 동생에게 둘러싸인 모습을 바라보는 것은 내게 더없는 기쁨이라네.

이대로 계속하면 자네에겐 밑도 끝도 없는 얘기로 들릴지 모르니 좀더 구체적으로 얘기해보겠네.

최근 편지에서 밝혔듯이 나는 행정관인 S씨를 알게 되었네. 그리고 조만간 자기의 은거지로, 아니 그의 작은 왕국이라 부르는 것이 더 어울릴 곳으로 방문해달라는 부탁을 받았네. 나는 그 일을 차일피일 미뤄두었네. 우연한 기회에 그 적막한 고장에 감춰져 있던 보물을 발견하지 못했더라면 나는 그곳에 별 관심을 갖지 않았을 뿐만 아니라 그곳을 찾아가지도 않았을 걸세.

젊은 친구들이 그곳에서 무도회를 연다고 해서 나도 기꺼이 참석하기로 했네. 나는 참하고 예쁘기는 하나 별다른 특징은 없는 이 고장 출신의 아가씨에게 파트너가 되어달라고 청했네. 그래서 나는 마차를 내어 그녀와 그녀의 사촌언니를 태우고 무도회장으로 가다가 도중에 샤를로테 S라는 아가씨도 함께 태우고 가기로 했다네. "아름다운 아가씨를 만나게 되실 거예요." 내 파트너가 그렇게 말하더군. 마차가 나무를 베어낸 탁 트인 숲길을 지나 수렵관을 향해 가고 있을 때였지. 그러자 그녀의 사촌언니도 한마디 거들더군. "홀딱 반하지나 않도록 정신을 바짝 차리셔야 할 거예요." "왜죠?" 내가 물었더니 그녀가 대답했네. "그 아가씨는 이미 약혼을 했답니다. 아주 멋진 분과요. 지금 그분은 부친상을 당해서 뒤처리를 하려고, 그리고 괜찮은 일자리도 물색할 겸 출타중이랍니다." 하지만 나는 그런 이야기에는 별 관심을 갖지 않네.

우리가 저택 대문 앞에 도착했을 때는 해가 서산마루로 지기 십오분 전쯤이었네. 날은 후텁지근했고 여자들은 소나기라도 몰아칠까봐 두려운 기색들이었지. 지평선 부근을 우중충하게 뒤덮고 있는 먹구름을 타고 금방이라도 폭우가 닥쳐올 듯했네. 나는 알량한 기상학 지식으로 그녀들의 두려움을 달래주긴 했지만 속으로는 흥이 깨지지나 않을까 불길한 예감이 들었네.

마차에서 내리자마자 하녀가 문간으로 나와 서더니 로테 아가씨가 곧 나오실 테니 조금만 기다려달라고 부탁하더군. 나는 안뜰을 가로질러 운치 있게 지어진 집을 향해 걸어갔네. 입구 쪽 계단을 올라가 문 안으로 들어서자 지금까지 보지 못했던 아주 매력적인 광경이 눈에 들어왔네. 현관 앞방에 두 살에서 열한 살까지의 아이들 여섯이 한 아가씨 주변에 모여 있더군. 그녀는 중간 정도의 키에 몸매가 아름다운 아가씨였네. 수수한 흰 옷에다 팔과 가슴에는 연분홍색 리본을 단 그녀는 빙 둘러서 있는 아이들에게 나이와 먹성에 맞게 적당히 자른 검은 빵을 나눠주고 있었네. 더없이 다정스러운 모습이더군. 빵을 다 자르기도 전부터 아이들은 고사리 같은 손을 높이 쳐들고 있다가 손에 빵조각이 얹어지면 "고맙습니다" 하고 천진난만하게 외치더군. 저녁 빵을 받아들고는 흡족한 나머지 껑충껑충 옆뛰기를 하는 아이들도 있고, 로테를 태우고 갈 마차와 낯선 손님들을 보려고 조용히 대문 쪽으로 자리를 옮기는 얌전한 아이들도 있었네. "죄송합니다. 이곳까지 힘든 발걸음을 하게 하고 숙녀분들을 기다리게 해서요. 옷치장도 하고 또 제가 집을 비울 동안 해둬야 할 갖가지 집안일을 처리하느라 아이들에게 저녁 간식 나눠주는 것을 깜박했어요. 이 녀석들은 제가 주는 빵이 아니면 도무지 받아먹으려고 하질 않거든요" 하고 말하더군. 나는 그녀에게 의례적으로 인사를 했을 뿐 나의 마음은 온통 그녀의 용모와 음성 그리고 행동거지에 매료되었네. 그녀가 장갑과 부채를 가지러 방으로 달려들어갔을 때에야 겨우 정신을 가다듬을 수 있었네. 아이들은 조금 떨어진 곳에서 나를 흘깃거렸지. 나는 사랑을 듬뿍 받은 표정을 한 막내녀석한테로 다가갔네. 녀석이 슬며시 뒷걸음질 치려는 순간 로테가 문밖으로 걸어 나오면서 말했네. "루이스, 친척

아저씨와 악수 좀 하지그래." 그러자 아이는 기꺼이 그렇게 하더군. 나는 연신 흘러내리는 콧물에도 아랑곳 않고 녀석에게 진심 어린 뽀뽀를 해주었네. "친척이라 하셨나요?" 나는 그녀에게 악수를 청하면서 말했네. "제가 당신의 친척이 될 만큼 운이 좋은 사람이라고 생각하시는군요." "오" 하고 그녀는 살짝 미소를 머금으며 말했네. "이웃 사촌이라는 말도 있듯이 우린 친척의 범위가 매우 넓답니다. 그러니 스스로 그렇게 낮추시면 섭섭할 거예요." 출발할 무렵 그녀는 열한 살쯤 되어 보이는 바로 아래 여동생 소피에게 동생들을 잘 돌보라고, 그리고 말을 타고 산책 나가신 아버지가 돌아오시면 말을 잘 전해달라고 일렀지. 그리고 어린 동생들에게는 소피 언니를 자기라고 생각하고 시키는 대로 잘 따라야 한다고 구슬렀지. 다들 그러겠다고 약속했지만 여섯 살쯤 된 작지만 총명하게 생긴 금발의 여자아이는 이렇게 말하더군. "아무리 그래도 소피 언니는 로테 언니에 비할 바가 못 돼. 우리는 로테 언니가 더 좋단 말이야." 그 와중에 사내녀석 둘은 벌써 마차 뒤쪽에 올라타 있었네. 내가 괜찮다고 하자 로테는 그 두 녀석에게 수선 떨지 않고 단단히 붙들고 있겠다는 약속을 받고는 숲 앞까지만 태워주겠다고 허락하더군.

모두들 자리에 앉자마자 여자들끼리 먼저 인사를 건네고 오늘 차려입은 의상에 대해, 특히 모자에 대해 몇 마디씩 주고받았네. 그리고 오늘 무도회에 오는 사람들에 대해서 장황한 인물평을 늘어놓더군. 그러는 와중에 로테는 마부에게 마차를 세워달라고 하고는 동생들을 마차에서 내리게 했네. 아이들은 한 번 더 로테의 손에 키스하고 싶어 하는 눈치였네. 큰아이는 열다섯 살의 사내아이답게 제법 진지하고 품위 있게 입을 맞추었지만, 작은녀석은 박력이 넘치나 가벼운 입맞춤으로 끝내고 말더군. 그녀가 아이들에게 다시 한 번 인사를 시키는 것을 보고 우리는 계속해서 마차를 달렸네.

로테의 사촌언니가 로테에게 지난번 보내준 책은 다 읽었느냐고 물어보더군. "아뇨." 로테가 말했네. "영 내키지 않았어요. 다시 돌려드릴게요. 이번 것도 별로던데요." 그게 무슨 책이냐고 내가 묻자 그녀가 『○○』*라고 대답했네. 그 순간 나는 적잖이 놀랐네. 그녀가 하는 모든 말에서 뚜렷한 개성이 느껴졌지. 말할 때마다 그녀의 표정에서는 새로운 매력과 정신의 광채가 퍼져나오더군. 그리고 내가 자신의 말을 이해하고 있음을 느낀 탓인지 시간이 갈수록 표정에서 만족스러움이 배어나오더군.

"제가 어렸을 땐 말이에요." 그녀가 말했네. "소설만큼 좋은 게 없었어요. 일요일마다 방 한구석에 웅크리고 앉아 미스 제니 같은 사람의 행복과 불행을 간접 체험할 수 있어서 얼마나 좋았는지 몰라요. 그런 종류의 책에 여전히 끌린다는 사실을 부정하고 싶진 않아요. 하지만 책을 가까이할 시간이 점점 줄어드는 만큼 이젠 정말 제 취향에 딱 맞는 책만 읽고 싶어요. 제가 제일 좋아하는 작가는, 무엇보다 저의 세계를 재발견할 수 있고 마치 제 이야기를 하는 것처럼 친숙한 상황을 다루면서 제 가정생활과 다름없이 관심과 마음을 끄는 진정성 있는 이야기를 쓰는 작가랍니다. 물론 우리 집이 천국은 아니지만 말로

---

* 편지의 이 부분은 오해와 불만의 소지를 없애는 차원에서 불가피하게 삭제합니다. 한낱 풋내기 소녀나 줏대 없는 젊은이의 평가에 연연할 작가는 없으리라 생각하지만 말입니다(원주).

다 표현할 수 없는 행복의 보금자리인 것만은 분명해요."

그 말을 듣는 순간 나는 마음속에 이는 감동을 숨기려고 무척 애를 썼다네. 하지만 그리 오래가지는 못했네. 로테가 진지하게 『웨이크필드의 시골 목사』와 『○○』*를 지나가는 투로나마 언급했을 때, 나는 너무 흥분되어 내가 알고 있는 것을 그녀에게 다 털어놓아버렸네. 그리고 로테가 다른 두 여자에게로 화제를 돌리고 나서야 비로소 나는 이제껏 그들이 눈만 멀뚱멀뚱 뜬 채 꿔다놓은 보릿자루처럼 앉아만 있었음을 깨달았네. 로테의 사촌언니는 몇 차례나 비웃듯 나를 쳐다보았지만 난 그냥 무시해버렸네.

대화의 주제는 이제 춤이 주는 즐거움으로 바뀌었네. "마음이 불안해질 때면" 하고 로테는 말을 시작했네. "솔직히 저는 춤보다 좋은 치료약을 모르겠어요. 골머리를 앓을 일이 생기면 제대로 조율이 안 된 피아노로라도 대무곡(對舞曲)을 한 번 치고 나면 기분이 훨씬 좋아져요."

대화중 나는 그녀의 검은 눈동자에 흠뻑 빠져들었다네. 그 촉촉한 입술과 건강미 넘치는 두 뺨이 내 영혼을 사로잡았네. 나는 그녀의 멋진 말에 매료되어서 그녀의 말을 몇 번이나 허투루 들었네. 나를 누구보다도 잘 아는 자네이니 그때의 상황을 능히 짐작할 수 있을 걸세. 마차가 무도회장 앞에 멈춰 서자 나는 꿈꾸는 사람처럼 마차에서 내렸네. 주위의 황혼 속에서 몽유병자처럼 넋을 잃고 있었기에 불이 훤

---

* 여기서도 몇몇 독일 작가들의 이름을 삭제했습니다. 로테의 찬사에 동의하는 사람은 이 구절을 읽을 때 그것을 가슴 깊이 느낄 것이고, 그러지 않은 사람이라면 그가 누구라는 것을 굳이 알 필요가 없을 것입니다(원주).

히 켜진 위층 방에서 들려오는 음악 소리조차 잘 들리지 않았다네.

사촌언니의 파트너와 로테의 파트너인 아우드란 씨와 ○○씨(모든 사람의 이름을 기억할 수는 없는 노릇이지)가 마차가 있는 곳까지 나와서 우리를 맞아주었고, 각자 제 파트너를 데리고 무도회장으로 들어갔네. 나도 파트너를 대동하고 올라갔지.

우리는 이리저리 뒤섞이며 미뉴에트를 추었네. 나는 차례로 파트너를 바꿔가면서 춤을 추었는데 마음에 안 내키는 상대일수록 한 번 손을 잡아주면 당최 놓을 생각을 않더군. 로테와 그녀의 파트너는 영국식으로 추기 시작했네. 그녀가 우리와 같은 대열에 합류해서 함께 스텝을 밟기 시작했을 때 내가 얼마나 기뻐했을지 자네도 헤아릴 수 있겠지. 로테가 춤을 추는 모습은 정말로 혼자 보기 아까울 정도였다네. 그녀는 성심을 다해 춤을 추더군. 몸 전체가 조화를 이루며 유유자적하면서도 호방하게, 마치 춤이 전부이며 그 외에는 아무런 생각도 없고 어떠한 감각도 느끼지 못하는 사람처럼 보이더군. 그 순간에는 그녀 앞의 다른 모든 것이 사라져버렸네.

로테에게 두번째 대무를 신청했더니 세번째 대무 때 응해주겠다고 하더군. 아울러 그녀는 더없이 사랑스럽고 솔직한 말투로 자기는 독일식의 춤을 즐겨 춘다고 분명히 밝혔다네. "이곳에선 독일식 춤을 출 때 파트너가 바뀌지 않는 것이 관례랍니다." 그녀가 계속해서 말하더군. "제 파트너는 독일식 왈츠가 서툴러서 춤을 안 춰도 된다고 하면 고마워할 거예요. 그리고 당신의 파트너도 왈츠엔 젬병이거니와 썩 좋아하지도 않는 것 같아요. 영국식 춤을 추실 때 봤는데 당신의 왈츠 솜씨는 정말 발군이더군요. 독일식 춤을 출 때 제 파트너가 되길 원하시면 제 파트너에게 먼저 양해를 구해보세요. 저는 당신의 파트너에게 부탁할게요.” 나는 그렇게 하겠다는 의미로 악수를 청했네. 그녀의 파트너는 춤을 추는 동안 내 파트너와 이야기를 나누고 있기로 했네.

드디어 춤이 시작되었네. 우리는 한참 동안 여러 가지 형태로 팔을 감싸 안으면서 흥겹게 춤을 추었지. 그녀의 몸동작은 세련되면서도 민첩해 보였네. 곧 왈츠를 출 차례가 되어 우리는 마치 천체처럼 서로의 주위를 선회하기 시작했지. 하지만 이 춤에 능숙한 사람이 별로 없었어서 처음에는 다들 박자가 엇갈리더군. 약은 짓인지는 모르겠지만 우리 두 사람은 다른 사람들이 제 풀에 지치도록 내버려두었네. 그러다가 서툰 친구들이 무대에서 물러나는 기색을 보이면 재빨리 스텝을 밟기 시작했네. 우리는 또다른 한 쌍인 아우드란과 그 파트너와 함께 보조를 맞추어 원 없이 춤을 춰댔지. 이토록 신나게 춤춰본 적은 일찍이 없었네. 그 순간만은 내가 인간이 아닌 듯했네. 더없이 사랑스러운 여자를 품에 안고 질풍처럼 여기저기를 날아다니자니 주위의 그 어떤 것도 눈에 들어오지 않더군. 빌헬름, 솔직히 말하면 내가 사랑하고 또 사랑할 권리가 있다고 느끼는 이 아가씨가 나 이외의 다른 남자와 왈츠를 추는 일은 없게 하리라 마음을 굳게 먹었네. 어떤 일을 감수하더라도 말이네. 자네는 이런 나를 이해할 수 있겠지!

잠깐이나마 숨을 돌릴 겸해서 우리는 홀 안을 몇 바퀴 걸어다녔네. 그런 다음 로테는 자리에 앉았지. 내가 한쪽으로 밀쳐놓았던 오렌지 몇 개가 그때는 큰 힘을 발휘하더군. 그러나 로테가 염치없는 이웃 부인에게 예의상 몇 조각을 나눠줄 때는 그 조각 수만큼 바늘이 가슴을 찌르는 것 같았네.

세번째 영국식 춤을 출 때, 나와 로테는 두번째로 쌍이 되었지. 대열 사이를 넘나들면서 일체의 가식도 없는 가장 순수한 기쁨이 묻어나는 로테의 눈을 바라보며 그녀의 품 안에서 황홀을 느낄 때의 기쁨이란 오직 신만이 아실 거야. 그러다가 어떤 부인 곁을 스치게 되었지. 부인은 그리 젊어 보이는 얼굴은 아니었지만 어딘가 모를 앳된 표정 때문에 눈길을 끌었네. 그녀는 미소를 지으며 로테를 잠시 바라보는 듯하더니 이내 경고라도 하듯이 손가락 하나를 치켜들고는 우리 곁을 스쳐지나갈 때 두 번씩이나 의미심장하게 '알베르트'란 이름을 불러대는 것이 아닌가.

"주제넘은 질문인지 모르겠지만 알베르트가 누구입니까?" 로테에게 물어보았네. 그녀가 막 대답하려는 순간 우리는 큰 8자를 만들기 위해 다시 떨어져야만 했네. 그리고 다시 가까워졌을 때 보니 로테의 얼굴에서 뭔가 골똘히 생각하는 듯한 표정이 엿보이더군. "뭘 숨기겠어요." 그녀는 프롬나드 스텝을 밟기 위해 내게 손을 내밀면서 말하더군. "알베르트는 아주 좋은 분이에요. 저와 약혼한 사이나 다름없습니다." 하지만 내가 모르고 있던 사실도 아니었네(이곳으로 오는 길에 여자들이 그 얘기를 해주었으니까). 그럼에도 불구하고 처음 듣는 얘기처럼 낯설게 느껴졌네. 그도 그럴 것이 순식간에 이토록 소중한 존재가 되어버린 로테와의 관계 속에서 그 이야기를 생각해본 적은 없었으니 말이네. 나는 순간 당황스럽고 정신이 혼란해서 그만 엉뚱한 커플에게 끼어들고 말았네. 그 바람에 모두가 뒤죽박죽이 되어버렸지만 로테가 능숙하게 잘 이끌어주어서 곧 원래대로 질서를 되찾았지.

아까부터 지평선 일대에서 번개가 번쩍이는 것이 보였지만 나는 그저 마른번개라고 둘러댔네. 그런데 번개는 춤이 끝나기도 전에 점점 그 강도가 심해지더니 급기야 음악 소리가 천둥소리에 묻혀버리고 말았네. 여자 셋이 대열에서 빠져나오자 그 파트너들도 따라서 나와버렸지. 홀 전체가 어수선해지면서 이내 음악도 멎었네. 무도회처럼 즐거운 놀이를 하는 중에 불행하거나 공포스러운 일이 일어나면 평소보다 더 강력한 인상이 남는 것은 당연하겠지. 우선은 그 대립성이 확연히 느껴지니까. 물론 더 근본적인 이유는 일단 우리 감각이 모든 감수성을 열어놓고 있어서 어떤 인상을 그만큼 빨리 받아들여서겠지만. 몇몇 여자들이 야릇한 표정을 지으며 얼굴을 찌푸린 것도 그런 이유일 거네. 어느 현명한 여자는 홀 한구석으로 가더니 창 쪽으로 등을 대고 앉아 귀를 막았지. 그러자 다른 여자가 그녀 앞으로 가서 무릎을 꿇고는 그녀의 무릎에 얼굴을 파묻더군. 그 두 사람 사이에 파고들어 눈물을 흘리면서 두 사람을 껴안는 여자도 있었다네. 몇몇은 집으로 돌아가고 싶어하더군. 그리고 이 상황에서 어떻게 해야 할지 갈피를 못 잡던 여자들은, 하늘을 향해 절박한 심정으로 기도하는 아름다운 수난자들의 입술을 훔치는 엉큼한 젊은이들의 무례한 행동을 막지 못했네. 남자들 몇몇이 담배라도 한 개비 여유 있게 피우려고 아래로 내려간 사이, 나머지 사람들은 그 집 안주인이 기지를 발휘해서 덧문이 있고 커튼이 쳐진 방으로 안내하겠다고 하자 사양하지 않았지. 방 안으로 들어가자마자 로테는 의자를 동그랗게 늘어놓고는 게임을 하자고 제안하더군. 그 제안에 모두들 찬성하며 자리에 앉았네.

'키스' 같은 짜릿한 벌칙이라도 기대하는 듯 입술을 내밀며 온몸을 가볍게 풀어주는 사람들도 있었지. "숫자 세기 놀이를 해요." 로테가 말하더군. "자, 잘 들으세요. 제가 오른쪽에서 왼쪽 방향으로 돌 때 여러분은 각자 자기 차례에 해당하는 숫자를 순서대로 세면 됩니다. 재빨리 말해야 해요. 자기 차례에서 막히거나 틀린 분은 뺨을 한 대씩 맞기예요. 숫자는 천까지 세기로 하죠." 정말 재미있겠더군. 로테는 팔을 쭉 뻗은 채 원을 그리며 돌아갔네. "하나" 하고 첫번째 사람이 시작하면 그다음 사람이 "둘" "셋" 하며 다음 숫자를 댔네. 로테가 도는 속도를 점점 높이자 한 친구가 틀리고 말았지. 찰싹! 따귀 한 대. 웃는 통에 다음 사람도 찰싹! 그리고 속도가 점점 빨라졌다네. 나도 뺨을 두 대나 맞았네. 하지만 남들보다 따귀의 강도가 훨씬 센 것 같아서 속으로 은근히 기뻐했네. 연이은 폭소와 소음 때문에 게임은 천을 다 세기도 전에 끝나고 말았지. 친한 사람들끼리 삼삼오오 짝을 지어 자리를 뜨기 시작할 무렵에는 폭우도 그쳤더군. 나는 로테를 따라 홀 안으로 들어갔네. 가는 도중에 로테가 이렇게 말하더군. "따귀 때리고 맞는 데 정신이 팔려서 다들 소나기 같은 건 깡그리 잊을 수 있었던 것 같아요." 나는 아무런 대꾸도 할 수 없었네. "저는" 하고 그녀가 계속해서 말했네. "겁이 많은 편이지만 다른 분들에게 용기를 줄 생각에 일부러 대범한 척하다보니 정말로 용기가 생겼어요." 우리는 창가로 걸어갔네. 멀리서 천둥소리가 울리고 보슬비가 조용히 대지를 적셨지. 그리고 더없이 쾌적한 향기가 따뜻한 공기를 타고 우리 쪽으로 물씬 풍겨오더군. 로테는 턱을 괴고 창가에 기대서서 바깥을 뚫어지게 쳐다보았네. 그녀는 하늘을 쳐다보는 듯하더니 나를 향해 고개를 돌렸네. 눈에 눈물이 가득 고여 있더군. 그녀는 자신의 손을 내 손 위에 얹고는 "클롭슈토크"*라고 말하더군. 나는 그 순간 그녀가 생각하고 있을 장엄한 송시를 떠올리면서 그녀가 이 수수께끼 같은 말로 내게 쏟아놓은 감정의 물결 속에 잠기고 말았네. 더이상 견디기 힘들어서 몸을 숙이고는 희열의 눈물을 흘리며 그녀의 손에 키스했네. 그리고 다시 그녀의 눈을 바라보았지. 고결한 시인이여! 당신께서 이 눈빛 속에 담긴 당신에 대한 공경심을 볼 수만 있다면! 나는 이제 당신의 신성한 이름이 세인들로 인해 더럽혀지는 것을 원치 않습니다!

6월 19일

일전의 내 이야기가 어디서 중단되었는지 모르겠군. 다만 내가 잠자리에 든 때가 새벽 두시였다는 것은 알고 있네. 그리고 만일 내가 편지를 쓰지 않고 자네와 직접 만나 노닥거리기라도 했다면 아마도 자네를 아침이 될 때까지 놓아주지 않았을 걸세.

무도회장에서 돌아오는 길에 일어난 일을 아직 이야기하지 않았지만, 오늘도 역시 그런 이야기를 하기에 적절한 날은 아닌 듯싶네.

그날의 일출 광경은 정말 볼만했네. 주변엔 온통 빗물을 머금은 숲과 생기에 넘치는 들판이 펼쳐져 있었지! 마차를 함께 타고 갔던 여자들은 꾸벅꾸벅 졸았네. 로테는 내게 그들처럼 잠시나마 눈을 감고 쉬라더군. 공연히 자기를 의식해서 애써 체면 차릴 필요가 없다는 것이네. 나는 "적어도 당신이 눈 뜨고 있는 모습을 보는 동안에는 아무 문

---

* 독일의 서정 시인.

제도 없습니다"라고 말하고는 그녀를 빤히 바라보았네. 어쨌든 그녀의 집 앞에 도착할 때까지 우리 두 사람은 졸음을 잘 참았다네. 조용히 문을 열고 나오는 하녀를 보고 로테가 몇 마디 묻자 하녀는 아버님과 아이들 모두 잘 있으며 아직 취침중이라고 하더군. 그 참에 나는, 그날 중으로 한 번 더 만나자고 부탁했고 그녀는 내 청을 들어주었네. 그래서 곧 그녀를 다시 찾아갔네. 해와 달과 별은 제 역할을 묵묵히 수행했겠지만 나는 도무지 낮과 밤을 분간할 수가 없었네. 내 주위의 세상이 통째로 사라져버렸던 것일세.

6월 21일

나는 신께서 성인(聖人)들에게 마련해준 것 같은 행복한 세월을 보내고 있네. 앞으로 내게 어떤 일이 일어날지 알 수 없지만, 지금까지 살아오면서 삶의 기쁨을, 가장 순수한 기쁨을 맛보지 않았다고는 말할 수 없네. 자네는 나의 발하임을 잘 알 테지. 나는 그곳에 아예 터를 잡은 셈이네. 로테가 사는 곳까지는 30분밖에 안 걸린다네. 그곳에서 내 존재의 의미를 느끼며 인간에게 주어진 모든 행복을 누린다네.

발하임을 산책의 목적지로 삼았을 때, 나는 그곳이 천국과 그렇게 가까운 거리에 있는 줄은 생각지도 못했네. 이제는 제법 멀리 도보여행을 갈 때도 내 모든 바람을 간직한 그 수렵관을 때로는 산 위에서, 때로는 강 건너편의 평지에서 몇 번이고 바라보곤 했다네.

사랑하는 빌헬름, 나는 스스로를 확장시키고 새로운 것을 발견하기 위해 정처 없이 배회하는 인간의 욕망에 대해 곰곰이 생각해보았네. 그리고 다른 한편으로 스스로 금욕하고 관습의 궤도 속에서 안주하고 자 하며 우왕좌왕하지 않으려는 욕구에 대해서도 탐구해보았네.

신기한 일이네. 이곳 언덕에서 저 아름다운 골짜기를 내려다보노라 면 주변의 모든 것이 나를 잡아끄는 것 같으니 말일세. 저기 저 아담한 숲! 저 그늘과 어우러질 수 있다면! 저기 저 산봉우리! 저 산마루에 서서 광활한 지역을 전부 조망해볼 수 있다면! 어깨동무하듯 서로 기댄 언덕과 정겨운 골짜기들! 아, 그 속에서 길이라도 잃어봤으면! 그곳으로 부랴부랴 달려갔지만 내가 원하던 것은 도무지 찾아볼 수 없었기에 곧 되돌아오고 말았네. 아, 어쩌면 그곳은 미래만큼이나 아득하게 먼 곳일지도 모르네! 거대하고 어스름한 대자연이 우리의 영혼 앞에서 휴식을 취하고, 그 속에서는 우리의 느낌도, 우리의 눈도 흐릿해진다네. 그러면서도 우리는 무엇인가를 끊임없이 갈망하네. 우리의 존재를 바쳐서라도 유일무이하고 거룩한 감정의 희열을 경험하려는 그 간절한 열망 말일세. 하지만 우리가 아무리 발걸음을 재촉해보아도 '저곳'이라는 이상(理想)이 '이곳'의 현실이 되어버리는 순간 모든 것은 원점으로 되돌아가고 만다네. 그렇게 되면 우리는 결핍과 절박함 속에 머물게 되고 우리의 영혼은 사라져버린 활력소를 또다시 갈망하게 되는 게 아닐까.

지독한 역마살이 낀 방랑자가 결국에는 자신의 조국을 그리워하게 되는 것도 그런 이유에서겠지. 넓은 바깥세상에서는 찾을 수 없었던 행복을 자신의 작은 오막살이, 제 아내의 품, 자식들의 재롱 그리고 가족을 부양하는 일에서 발견하는 것이지.

나는 매일 아침 날이 밝기가 무섭게 발하임으로 달려간다네. 그곳 주막집 정원에서 완두콩을 몇 개 따가지고 와서는 콩깍지를 까면서 호메로스의 작품을 읽곤 한다네. 때로는 부엌에 들어가 냄비에 버터를 두르고 완두콩 꼬투리를 넣은 뒤 뚜껑을 덮고 앉아서 흔들어줄 때도 있는데, 그럴 때마다 무례한 페넬로페의 구혼자들이 소와 돼지를 도살한 후 잘게 토막을 내어 불에 굽던 광경이 생생히 떠오른다네. 부족사회의 풍경만큼 내게 평온하고도 진실한 감정을 북돋워주는 것은 없다네. 그런 삶의 모습을 어떤 가식도 없이 나의 생활방식에 투영시킬 수 있다니 천만다행이네.

직접 재배한 양배추를 식탁에 올리는 사람들의 소박하고 순수한 기쁨을 느낄 수 있다는 것은 정말로 기분 좋은 일이지. 양배추만이 아니네. 그것을 심었던 아름다운 아침과 모든 화창했던 날들, 물을 주면서 무럭무럭 자라나는 모습에 기뻐했던 고즈넉한 저녁, 이 모든 걸 한순간에 만끽할 수 있다네.

6월 29일

엊그저께 내가 로테 동생들과 땅바닥에 주저앉아 놀고 있을 때 시내에서 의사 한 분이 이곳 행정관을 찾아왔네. 어떤 녀석들은 내 몸에 기어올라 매달리는가 하면, 또 몇 녀석들은 짓궂은 장난을 걸어오기도 했네. 나도 질세라 아이들을 간질이면서 한바탕 야단법석을 떨었지. 그런데 그 의사 양반은 생각이 무척이나 편협한 형편없는 소인이더군. 대화중에 소맷부리 주름을 잡지 않나, 연신 옷깃의 장식을 잡아 당겨 펴대는 꼴이라니. 그런 그가 내 모습을 보고 품위와는 담쌓고 지내는 인간으로 여겼으리라는 것은 그의 표정만 봐도 알 수 있었네. 그러나 나는 아랑곳 않고 이성을 팔러 온 약장사의 말을 무시한 채 무너져내린 아이들의 종이 집을 다시 세워주었네. 그후로 의사 양반은 온 시내를 누비고 다니면서 안 그래도 버릇없던 행정관 집 아이들을 베르테르가 완전히 버려놓았다며 탄식을 늘어놓았다네.

빌헬름, 이 세상에서 나를 가장 친숙하게 대해주는 것은 바로 아이들이라네. 아이들을 바라보고 있을 때면, 그리고 작고 보잘것없지만 그 속에서 언젠가는 그들이 필요로 할 모든 덕목과 에너지의 싹이 움트는 것을 보고 있을 때면 더욱 그러하다네. 아이들이 부리는 고집 속에서 미래의 호연지기를 예견하고, 짓궂은 장난 속에서 세상의 온갖 어려움을 이겨낼 건강한 유머와 사고의 유연성을 엿보게 될 때는 또 어떠한가. 모든 것이 때 묻지 않고 온전함을 유지할 때, 나는 언제나 인류의 스승이 남긴 금언을 되뇌어본다네. "만일 너희가 어린아이들과 같이 되지 않으면!"* 친구, 아이들은 우리와 동등한 인격체일 뿐만 아니라 때로는 우리의 본보기로 삼아야 할 존재가 아니던가. 그런데도 사람들은 아이를 하인처럼 다루고 있지 않은가. 어린아이들은 의지를 가져서는 안 된다면서 말일세! 하지만 우리 어른들은 의지를 가지고 있지 않은가? 그런 특권은 대체 어디서 생겨났단 말인가? 그들보다 나이가 많고 더 이성적이기 때문인가! 거룩하신 하느님, 당신이

---

* 「마태복음」 18장 3절 참조.

보시기에 세상에는 나이 많은 어린아이와 나이 적은 어린아이만 있을 뿐이겠죠. 그리고 그중 어떤 아이가 당신께 더 큰 기쁨을 주는지는 당신의 아드님이 이미 오래전에 알려주었습니다. 그러나 사람들은 그분을 믿으면서도 그분의 말씀에는 귀 기울이지 않습니다. 그것도 오래된 습관이지요! 자신의 기준에 맞춰 아이들을 교육시키고 있으니 말입니다. 잘 있게나, 빌헬름! 더이상 떠들고 싶지 않군.

7월 1일

환자에게 로테가 어떤 존재인가는 내 경험에 비추어 짐작할 수 있네. 병상에서 죽어가는 사람들보다 지금 내 심경이 더 괴롭다네. 로테는 시내에 사는 성품이 올곧은 어느 부인 집에 며칠 다녀올 모양이더군. 의사들이 그러는데 임종을 목전에 둔 그 부인은 자신의 마지막 순간에 로테가 함께해주길 바란다더군. 나는 지난주에 로테와 함께 성(聖)○○ 마을에 있는 목사 댁을 다녀왔네. 산자락을 타고 한 시간쯤 떨어진 아담한 마을에 있었지. 우리는 네시경에 도착했네. 로테는 둘째 여동생을 데리고 갔지. 키 큰 호두나무 두 그루가 뒤덮고 있는 목사관으로 들어서자 선량한 인상의 노목사가 현관 앞 벤치에 앉아 있더군. 목사는 로테를 보자 기운이 난 듯 반색하며 지팡이도 잊은 채 그녀를 맞으러 일어서는 것이었네. 로테는 댓바람에 달려가서 그에게 자리에 앉으시라 권했네. 그리고 자기도 그 옆에 앉아 아버지의 안부를 전했네. 그러고 나서 노목사가 나이 들어 얻은 추접하고 꾀죄죄해 보이는 늦둥이를 한 번 안아주더군. 로테가 그를 대하는 모습을 자네도 보았어야 하는데. 반쯤 가는귀가 먹은 노목사를 위해 한껏 목청을 높여, 건강하던 젊은 사람들이 느닷없이 사망했다는 소식과 카를스바트* 온천의 탁월함에 대해서 이야기를 해주었네. 또 올여름 그곳에 다녀오기로 결심한 노목사를 추어올려주고는 먼젓번에 뵈었을 때보다 훨씬 정정해 보인다는 말도 잊지 않더군. 그 참에 나는 목사 부인께 정중히 인사를 드렸네. 노목사는 몸이 좋아진 듯했네. 내가 우리에게 늘 쾌적한 그늘을 선사해주는 가상한 호두나무를 칭찬하자 그는 다소 힘든 기색을 내비치면서도 그 나무에 얽힌 이야기를 해주었네. "저기 저 고목을 심은 사람이 누군지 우리도 모릅니다. 이 목사님이 심었다느니 저 목사님이 심었다느니 사람들마다 의견이 분분하답니다. 하지만 저 뒤편에 더 어린 나무는 내 아내와 같은 나이이니까 시월이면 쉰 살이 되지요. 장인어른께서 저 나무를 아침에 심었는데 그날 저녁에 아내가 태어난 겁니다. 장인은 내 전임 목사였는데 저 나무를 무척이나 애지중지하셨답니다. 나도 그분만큼이나 저 나무를 소중히 여겼지요. 그러니까 27년 전 내가 가난한 학생 신분으로 처음 이 목사관에 왔을 때 아내는 바로 이 나무 아래 평상에 앉아서 뜨개질을 하고 있었어요." 로테가 목사에게 딸의 안부를 물었더니 딸은 슈미트 씨와 함께 목초지 일꾼들에게 갔다더군. 노목사의 얘기는 계속 이어졌네. 장인뿐만 아니라 장인의 딸까지도 자신을 좋아하게 된 경위를 이야기해주는가 하면, 처음엔 부목사였다가 나중에 정식으로 장인의 후계자가 된

---

* '카를로비바리'의 독일어 이름으로 체코 서쪽의 요양지.

이야기도 해주었네. 목사의 딸이 슈미트라는 남자와 함께 정원을 가로질러 들어왔을 때는 목사의 이야기가 끝난 직후였네. 딸은 진심으로 로테를 반겼네. 그녀는 결코 거부감을 주는 인상은 아니더군. 균형 잡힌 몸매에 동작이 민첩해 보이는 갈색머리의 여자였지. 시골에 망중한을 즐기러 온 사람들에게 즐거움을 줄 수 있는 그런 여자로 보였네. 그녀의 연인(슈미트 씨와 곧 그런 관계임을 드러냈기 때문에 알게 되었다네)은 점잖았지만 워낙 조용한 사람이어서 로테의 노력에도 불구하고 우리의 대화에 도무지 끼어들려고 하지 않더군. 표정에서도 읽히듯 그가 대화를 마다하는 것이 이해력의 부족 때문이 아니라 아집과 유머감각의 부족 때문이라는 사실이 무엇보다 언짢았네. 시간이 지나면서 이러한 내 추측은 정확히 들어맞았지. 산책중에 로테와 같이 걷던 프리데리케가 이따금 나와 나란히 걷게 될 때가 있었는데, 그럴 때마다 슈미트 씨의 연갈색 얼굴은 어두워지는 기색이 역력했네. 그러자 로테는 기회가 있을 때마다 나의 소매를 슬며시 잡아당겨서 프리데리케와 너무 붙어 걷지 말라고 일깨워주더군. 내 생각에 인간이 귀찮을 정도로 서로에게 간섭하는 것보다 고약한 일은 없을 성싶네. 어떠한 즐거움이든 마음의 문을 열고 받아들일 준비가 되어 있다는 점에서 삶의 전성기를 누리는 젊은이들이, 서로 눈살을 찌푸리며 그 좋은 세월을 망쳐버리고는 보상받을 수 없는 시간을 허비했음을 뒤늦게 깨닫는 경우엔 더욱 그러하네. 그런 생각을 하니 공연히 화가 치밀더군. 그래서 저녁 무렵 모두들 목사관으로 돌아와 우유를 마시며 세상살이의 희로애락을 화제 삼게 되었을 때, 나는 대화의 실마리를 낚아채어 그 고약한 우울증을 성토하지 않을 수 없었네. "우리 인간들은 이렇게 불평을 늘어놓곤 하지요" 하고 내가 먼저 이야기를 시작했네. "즐거운 날은 너무 적고 불행한 날은 너무 많다고 말입니다. 하지만 그 말은 옳지 않아 보입니다. 신께서 늘 열린 마음으로 우리에게 매일같이 베풀어주시는 은총을 만끽할 수 있다면, 우리는 불행이 닥쳐온다 해도 극복해낼 힘을 갖게 될 겁니다." "하지만 우리의 감정을 조절하기란 쉽지 않아요" 하고 목사 부인이 말을 받았네. "그 경우 건강이 변수가 된답니다. 건강이 좋지 못한 사람은 어딜 가도 편치 않은 법입니다." 나는 그녀의 말에 일단 동의하면서 의견을 개진했네. "그렇다면 그것을 일종의 병으로 간주하고 처방책은 없는지 검토해보는 게 좋겠군요." "일리 있는 말씀입니다" 하고 로테가 말하더군. "그런 경우 대부분이 우리 마음 먹기에 달린 것 같아요. 저는 경험을 통해 그 사실을 확인하곤 해요. 뭔가 속상한 일이 생기거나 불쾌한 기분이 들 때면, 저는 곧장 일어나 정원을 거닐면서 춤곡을 몇 곡 부르곤 해요. 그러면 불쾌감은 어느덧 사라지고 맙니다." "제가 드리고 싶었던 말씀도 바로 그겁니다" 하고 내가 말을 받았네. "우울증은 게으름과 무척 닮았습니다. 분명 그것은 게으름의 일종입니다. 우리 인간은 태생적으로 게으름에 빠지기 쉽습니다. 하지만 일단 그것을 견뎌낼 힘을 비축하면 일이 순조롭고도 생동감 있게 진행될 거예요. 그러면 우리는 모든 활동에서 진정한 만족감을 발견하게 되겠지요." 프리데리케는 대화에 주의를 집중했네. 그런가 하면 젊은 슈미트 씨는 인간이란 결코 자신을 억제할 수 없으며 더욱이 자신의 감정을 조절하는 일은 거의 불가능하다고 반박하더군. "지금 우리가 문제 삼는 것은 불쾌감입니다" 하고 나는 응수했네. "누구나 불쾌감에서 벗어나고 싶어하지요. 하지만 경험해보기 전까지는 자력으로 어느 정도까지 벗어날 수 있을지 아무도 모릅니다. 단언하건대 한 번 병에 걸린 사람은 건강을 되찾으려고 백방으로 의사를 찾아다니면서, 그 어떤 것도 참아내고 제아무리 쓴 약도 마다하지 않을걸요." 나는 노목사도 토론에 참여하고 싶어 잘 들리지 않는 귀를 세우고 있음을 눈치채고는 그를 향해 목소리를 높이면서 말했네. "죄악에 대한 설교를 많이 합니다만, 고약한 우울증에 관해 강론했다는 얘기는 들어본 적이 없습니다."*
그러자 "그런 일은 도회지 목사의 몫이겠지요" 하고 노목사가 입을 떼었네. "시골 농부들은 우울증 따위를 앓을 겨를도 없을걸요. 물론 그 대상이 목사 부인이나 행정관님 정도라면 그런 강론도 나쁠 것은 없겠죠." 모두가 한바탕 웃었네. 노목사도 같이 유쾌하게 웃다가 사레가 걸리는 바람에 토론이 잠시 중단되었지. 잠시 후 그 젊은 양반이 "선생님은 우울증을 죄악으로 치부하고 계신데 제가 볼 땐 좀 지나친 감이 없지 않습니다" 하고 입을 떼었네. "절대 그렇지 않습니다." 나는 반박했네. "자신뿐 아니라 주변 사람들에게도 해를 입히는 것이라면 당연히 죄악으로 여겨야 합니다. 우리가 서로를 행복하게 해줄 수 없다는 사실만으로도 이미 충분한 죄악이 되지 않을까요. 하물며 각자에게 허락된 즐거움을 서로 가로채 가는 상황이라면 두말할 나위가 없지 않을까요? 우울증을 앓는 사람 중에 주위 사람들의 기쁨을 방해하지 않으려고 아무런 내색도 않고 혼자 감내하는 위인이 있다면 어디 말씀해보세요! 우울증이라는 게 자격지심에서 비롯된 마음속의

---

* 이와 관련해서 우리는 라바터의 주옥 같은 설교를 떠올려볼 수 있을 텐데, 그중에서도 「요나서」에 대한 것이 압권입니다(원주).

불쾌감, 말하자면 자기모멸감 같은 것은 아닐까요? 그것은 바보 같은 자만심에서 비롯된 질투심과도 항상 연결되어 있죠. 그래서 자신을 행복하게 해주지도 못하는 주제에 행복한 사람의 모습만 봐도 견딜 수 없게 되는 것이죠." 로테는 내가 흥분해서 이야기하는 모습을 보고 미소를 짓더군. 더욱이 프리데리케의 눈에 맺힌 눈물을 보니 이야기를 멈출 수가 없었네. "누군가의 마음을 좌지우지할 힘을 가지고 있다는 이유만으로 상대의 마음에 자연스럽게 싹터오르는 잔잔한 기쁨마저 가로채려는 작자가 있다면 저주받아 마땅하지요. 질투에 눈먼 폭군 때문에 짓밟힌 한순간의 행복감을 보상해줄 수 있는 선물이나 호의는 이 세상에 없습니다."

그 순간 가슴이 벅차오르더군. 지난날의 추억이 주마등처럼 스쳐지나가면서 눈가에서 눈물이 흘러내렸네.

"매일 이렇게 자문해봐도 좋을 것입니다." 나는 소리쳤네. "그대가 친구를 위해 해줄 수 있는 일이란 친구가 기뻐하는 모습을 곁에서 지켜보면서 그 행복을 함께 나누는 일뿐입니다. 행복은 나누면 배가 되니까요. 그대는 친구의 영혼이 불안한 정념 때문에 고민에 빠져 상심해 있을 때 그 친구에게 진정제 한 방울이라도 줄 수 있습니까?

꽃다운 나이에 당신 때문에 신세를 망친 한 여자가 위중한 병에 걸렸다고 합시다. 쇠약해질 대로 쇠약해진 그녀가 몸져누워 초점 없는 눈으로 허공을 응시하고, 창백한 이마에는 죽음의 식은땀이 끊임없이 맺히는 상황을 생각해보죠. 그리고 당신은 온갖 수단과 방법을 동원했음에도 더는 손을 쓸 수 없다는 사실을 절감하고 그녀의 침대 앞에 저주받은 인간처럼 서 있다고 가정해봅시다. 그때 생명이 꺼져가는 존재에게 강장제 한 방울, 용기를 북돋워줄 불꽃이라도 불어넣어줄 수만 있다면 그 어떤 것이라도 감내하겠노라 호들갑을 떨어봐야 마음만 더 아플 뿐이라는 겁니다."

그 말을 하는 순간 내가 경험했던 장면들이 떠올라 섬뜩해지더군. 나는 손수건으로 눈을 가린 채 자리에서 일어났네. 이제 그만 돌아가자고 내게 소리치는 로테의 목소리에 비로소 정신이 들더군. 집에 오면서 나는 로테에게 매사에 지나치게 집착하는 경향이 있다는 타박을 받았다네. 그러다 건강을 해칠 수도 있다며 자기 몸을 소중히 돌볼 줄 알아야 한다더군. 오오, 나의 천사여! 그대를 위해서 살아가리다!

7월 6일

로테는 아직 사경을 헤매는 여자 친구의 집에 머물고 있네. 늘 한결같고 배려가 많은 다정한 여인이 아닐 수 없네. 그녀의 눈길이 닿기만 해도 고통은 줄어들고 사람들은 행복해진다네. 어젯밤 그녀는 마리아네와 어린 말헨을 데리고 산책을 나갔네. 그 사실을 사전에 알고 있던 나는 도중에 합류할 수 있었다네. 우리는 한 시간 반쯤 걷다가 시내로 되돌아왔네. 그러고는 샘물가로 갔지. 그 샘물가는 예전에도 아꼈던 곳이지만 지금은 그때보다 몇 갑절 더 소중한 장소가 되어버렸다네. 로테가 나지막한 돌담 위에 올라앉았고 우리는 그녀 앞에 모여 서 있었네. 나는 주변을 둘러보았지. 그러자 사무치게 외로웠던 시절이 눈앞에 생생히 떠오르더군. 그래서 나는 말했네. "내 소중한 샘물이여,

시원한 네 곁에서 휴식을 취해본 지도 오래되었구나. 너를 쳐다볼 겨를도 없이 정신없이 지나친 적도 더러 있었지." 그러고는 아래쪽을 내려다보니 말헨이 물 한 컵을 들고 황급히 올라오는 것이 보이더군. 나는 로테의 얼굴을 물끄러미 바라보았네. 그 순간 로테가 얼마나 소중한 존재인가를 새삼 절감했네. 그사이에 말헨이 물컵을 들고 우리 곁으로 다가왔지. 마리아네가 컵을 받아들려고 하자 말헨이 무척이나 귀여운 표정으로 소리를 지르더군. "안 돼요! 로테 언니가 제일 먼저 마셔야 해요!" 그렇게 소리치는 아이의 순진무구한 마음씨에 절로 감탄이 나오더군. 아이를 들어올려 힘차게 뽀뽀를 해주는 것 외에는 내 감정을 표현할 길이 없었네. 그런데 말헨은 느닷없이 소리를 지르며 울기 시작하더군. "당신이 잘못하셨어요" 하면서 로테가 나섰네. 그 말을 들으니 적잖이 당황스럽더군. 로테는 "이리 와봐, 말헨" 하고 달래듯 말하면서 아이의 손을 잡고 계단을 내려갔네. "여기 깨끗한 물로 얼른 씻어, 어서, 그러면 괜찮아질 거야." 나는 우두커니 서서 그 어린 아이가 물에 적신 작은 손으로 부지런히 뺨을 비벼대는 모습을 물끄러미 보기만 했지. 아이는 이 신비스러운 샘물로 온갖 더러움과 수치감을 말끔히 씻어내면 흉측한 수염이 나지 않으리라 믿는 것이었네. "이제 그만해도 돼!" 로테가 말했지만 다다익선이라는 듯 열심히 씻어내더군. 빌헬름, 자네니까 하는 말이지만 나는 세례식도 그처럼 숙연한 마음가짐으로 참석하지는 않았던 것 같네. 로테가 다시 위로 올라오자 그녀 앞에 기꺼이 무릎이라도 꿇고 싶은 심정이었네. 민족을 대신해서 속죄했던 예언자를 대하듯 말일세.

　낮에 받은 감동의 여운이 가시지 않아서 저녁에 이 얘기를 한 남자에게 털어놓았네. 풍기는 지성미만큼이나 인간미도 있어 보이는 양반이었지. 하지만 그의 반응은 의외더군! "그건 로테가 아주 잘못한 것 같군요!"라고 말하는 것이었네. "아이들이 그런 근거 없는 소리를 믿게 해서는 안 됩니다. 그런 것이 많은 오류를 일으키고 미신을 부추기는 원인이 된다는 걸 알아야 합니다. 아이들이 미신에 노출되지 않도록 어른들이 일찍부터 예방해줘야 하는 이유도 거기에 있습니다." 그가 여드레 전에 세례를 받았다는 사실이 떠올라 잠자코 들어주기로 하고 다만 마음속으로 한 가지 진리를 읊조려보았네. 신이 우리를 대하는 대로 우리도 어린아이들을 대해야 한다는 진리 말일세. 신은 우리로 하여금 즐거운 망상을 통해 황홀감을 맛보게 함으로써 우리에게 가장 큰 행복을 주신다네.

7월 8일

난 어쩌면 이토록 어린아이 같을까! 눈길 한 번 받아보겠다고 이렇게 떼를 쓰니 말일세! 정말 어린애가 따로 없네! 우리는 발하임에 갔다네. 여자들은 마차를 타고 갔지. 나는 산책 내내 로테의 검은 눈동자를 주시했지. 이런 바보 같으니! 나를 용서해주게! 하지만 자네도 그 눈동자를 직접 보았어야 하네. 간단히 이야기해야겠군(졸린 탓인지 자꾸 눈이 감기네). 여자들은 마차에 올라탔고, 젊은 W, 젤슈타트, 아우드란, 그리고 나까지 모두 네 사람이 마차 주위에 둘러서 있었네. 산책중에 못 다한 얘기를 나누고 있었지. 남자들은 다들 밝고 쾌활했네. 그 와중에도 나는 로테의 눈길을 갈망했네. 하지만 그녀의 시선은 이 사람 저 사람에게로 끊임없이 옮겨다니더군! 그런데 내게는! 내게는! 내게는! 단 한 번도 머물지 않더군! 그래서 체념한 채 혼자 시큰둥하게 서 있었지. 나는 마음속으로 수천 번도 넘게 안녕이라는 인사를 건넸네! 하지만 그녀는 내게 눈길조차 주지 않았네! 마차가 출발해버리자 불현듯 눈물이 핑 돌더군. 나는 그저 떠나가는 로테를 목송(目送)하는 것으로 만족했네. 그런데 갑자기 그녀의 머리장식이 마차 문밖으로 삐죽 나오는 것이 보이더군. 그녀가 뒤를 돌아다본 것이었네. 아! 나를 쳐다봤을까? 친구! 나는 아직도 그게 궁금해서 갈피를 못 잡고 있다네. 틀림없이 나를 돌아본 것이겠지! 그렇겠지! 잘 있게! 아, 난 정말 어쩔 수 없는 어린애일세!

7월 10일

사람들이 로테의 이야기를 꺼내는 자리에서 내가 얼마나 민망스럽게 구는지 자네가 본다면 아주 가관이라 할 걸세! 로테가 마음에 드느냐고 누군가 내게 물어오기라도 한다면? 마음에 드느냐고! 난 그 표현을 정말 싫어하네. 로테를 마음에 둔 사람치고 제 모든 감각과 감성을 그녀로 가득 채우지 않을 사람이 어디 있겠나! 마음에 드느냐고! 얼마 전엔 어떤 사람이 오시안*이 마음에 드느냐고 묻더군!

---

* 고대 켈트족의 전설적인 영웅이자 시인. 우울한 정서의 시를 남겨 괴테를 비롯한 낭만파 시인들에게 큰 영향을 미쳤다.

7월 11일

M부인의 상태가 매우 좋지 않네. 로테가 겪을 마음의 고통을 함께할 요량으로 나 역시 그 부인의 쾌유를 빌고 있네. 로테가 그 부인 집에 머물고 있어 로테를 만나기가 어렵네. 그런데 오늘 로테는 나에게 아주 놀랄 만한 사건에 대해 말해주었네. 부인의 남편인 M노인은 난폭한 성격의 구두쇠로, 사는 동안 내내 부인을 심하게 타박하면서 금전적으로도 아주 야박하게 굴었다는군. 그럼에도 부인은 그 힘겨운 살림을 꿋꿋이 꾸려왔다는 걸세. 그리고 며칠 전 의사한테 더이상 살 가망이 없다는 진단을 받은 부인은 남편을 불러서(로테도 그 방에 함께 있었다네) 하소연을 했다는군. "내가 죽은 후에 행여 불미스러운 일이 일어나지 않을까 싶어 미리 당신에게 고백하려 합니다. 지금까지 나는 아주 착실하고 검소하게 집안 살림을 꾸려왔어요. 하지만 지난 30년간 한 가지 당신을 속여온 것이 있어 이렇게 용서를 구합니다. 결혼 초기에 당신이 부엌살림에 필요한 비용과 생활비로 책정한 액수는 터무니없이 부족했어요. 살림도 장사도 점점 규모가 커졌지만 당신은 생활비를 올려줄 생각을 않더군요. 좀더 구체적으로 말할까요? 살림 규모가 최고로 커졌을 때도 당신은 달랑 7굴덴을 주면서 일주일을 살라고 했지요. 그때마다 나는 군소리 없이 그 돈을 받아서 부족한 액수만큼 매주 가게 매상에서 꺼내 썼어요. 살림하는 여자가 자기 집 매상에 손을 대리라고는 짐작도 못 했겠지요. 그렇다고 돈을 허투루 쓴 건 아니에요. 이렇게 고백하지 않아도 마음 편히 눈 감을 수 있을 정도로 떳떳하단 말입니다. 그럼에도 불구하고 이렇게 사실을 밝히는

이유는 내 뒤를 이어 집안 살림을 맡을 사람이 곤란을 겪을 것 같아서 예요. 당신은 분명 전처는 그 돈으로 생활하는 데 아무런 문제가 없었다고 억지를 부릴 테니까요."

나는 인간이 그토록 둔감할 수 있음에 대해 로테와 이야기를 나누었네. 경비가 평소보다 두 배나 더 들어갈 것이 뻔한데도 7굴덴으로 부족함 없이 살림을 해나간다면 분명 그 배경에 뭔가가 감추어져 있으리라는 의심을 품지 않는 태도 말이네. 하기야 자기 집에 영원히 줄지 않는 예언자의 기름 단지가 있다고 철석같이 믿는 사람들도 있긴 하지.*

7월 13일

아니, 내가 착각하는 게 결코 아니네! 로테가 나와 내 운명에 대해 진지한 관심을 가지고 있다는 것이 그녀의 검은 눈동자에서 읽힌다네. 그렇네, 나는 그렇게 느끼네. 그 점에 관해서만큼은 내 느낌을 믿고 싶네. 그녀는—천국을 이런 말로 표현해도 되는지, 아니 표현할 수나 있을지 모르겠네—나를 사랑한다네!

나를 사랑한다니! 그런 느낌이 든 순간부터 나 자신이 얼마나 소중한 존재로 여겨지는지 모르네. 이런 말까지 하게 되는군. 하지만 자네라면 헤아려주리라 믿네. 그녀가 나를 사랑하게 된 이후로 내가 얼마나 나 자신을 숭배하게 되었는지 모른단 말일세!

---

* 「열왕기 상」 17장 참조.

지나친 자만심일까 아니면 있는 그대로 느끼는 진솔한 감정일까? 로테의 마음속에 내가 자리 잡고 있는 한 그 누구도 두렵지 않네. 하지만 그녀가 자기 약혼자에 대해서 열성과 애정을 다해 이야기할 때면 나는 명예와 품위는 물론이고 칼마저 빼앗겨버린 패배자가 된 것 같다네.

7월 16일

어쩌다 내 손가락이 로테의 손가락에 닿거나 탁자 밑으로 서로의 발이 부딪치기라도 하면, 내 모든 혈관은 주체할 수 없는 전율로 떨리곤 한다네! 그럴 때면 불에 덴 것처럼 몸을 움츠리곤 하지. 그러나 곧 알 수 없는 어떤 힘이 나의 몸을 다시 앞으로 옮겨놓곤 한다네. 그 순간만큼은 모든 감각이 현혹되는 기분이 드네. 오! 그런데 어디에도 매이지 않는 그녀의 순진무구한 영혼은 모른다네. 자신은 대수롭지 않게 여기는 친근한 행동이 나를 얼마나 자극하는지를. 대화중에 그녀가 자기 손을 내 손 위에 슬며시 올려놓거나 이야기에 열중한 나머지 내 곁에 바짝 다가앉는 바람에 천사 같은 그녀의 숨결이 내 입술에 와 닿기라도 하면 난 벼락에 맞은 듯 그 자리에 쓰러져버릴 것 같네. 빌헬름! 그렇다고 내가 이 천국 같은 존재를, 이 신뢰의 화신을 감히 어찌할 수 있겠는가! 자네는 내 마음을 이해할 테지. 그렇네, 내가 그 정도로 형편없이 망가졌을 리가 있겠는가! 오히려 여린 편이지! 그것도 지나치게 여린 탓이지! 하지만 과연 여리다고 해서 타락하지 않을까?

내게 그녀는 성스러운 존재라네. 그녀와 함께 있을 땐 모든 욕망이 침묵을 지키지. 그녀가 곁에 있으면 내 몸 상태를 도무지 가늠할 수가 없네. 내 모든 신경 안에서 영혼이 곤두박질치는 듯하네. 로테는 피아노 연주 때 자기만의 고유한 멜로디를 즐겨 친다네. 천사의 기운으로 단순하면서도 고매한 멜로디를 연주하는 것이네! 그녀는 그 멜로디를 생명처럼 아낀다네. 그녀가 그 멜로디의 첫 음만 연주해도 모든 고통과 혼란과 근심 걱정이 사라진다네.

옛 음악의 마력에 관한 얘기들 중 틀린 말은 하나도 없는 것 같네. 그 수수한 노래가 이토록 심금을 울리니 말일세! 우연인지 모르겠지만, 머리통에 권총을 발사해서 자살이라도 하고 싶은 때마다 그녀는 어김없이 그 음악을 들려준다네! 그러면 영혼의 방황과 어두움은 순식간에 사라지고 나는 다시 자유롭게 숨을 쉴 수 있게 된다네.

7월 18일

빌헬름, 우리가 사랑 없는 세계에서 산다면 그 마음은 어떨까! 아마도 불 꺼진 환등기와 다를 바 없겠지! 작은 램프를 안으로 집어넣는 순간 하얀 벽에 다채로운 영상이 생겨나지! 설사 그것이 스쳐지나가는 환영에 불과하다 해도 호기심 많은 아이들처럼 그 앞에 서서 그 신기한 현상에 넋을 잃는다면 그 또한 우리에게 행복을 준다고 할 수 있겠지. 오늘은 빠질 수 없는 모임에 참석하느라 로테를 보러 갈 수 없었네. 이럴 땐 어떻게 해야 하나? 하인 하나를 로테에게 대신 보냈네.

누구든지 그녀 가까이에 있다 온 사람을 내 곁에 두기 위함이었지. 그 하인이 돌아오기만을 손꼽아 기다리다가 마침내 그의 모습을 보았을 때 얼마나 기뻤던지! 체면을 생각하지 않았더라면 머리를 끌어안고 키스라도 해주었을 걸세.

형광석을 햇살 아래 놓아두면 햇빛을 머금었다가 밤이 되면 얼마 동안 빛을 발한다고들 하지. 그 하인이 바로 그런 형광석 같은 존재였네. 로테의 눈길이 그의 얼굴과 뺨, 저고리 단추와 프록코트 깃에 닿았으리라 생각하니 그 하나하나가 너무도 성스럽고 소중했네! 그 순간만큼은 누가 천 탈러를 준다 해도 그 젊은 하인을 내놓지 않았을 것이네. 그와 함께 있는 것만으로도 충분히 행복했네. 부디 비웃지는 말게나. 빌헬름, 우리를 기쁘게 해주는 무엇이 정말 한낱 환상에 불과한 것일까?

7월 19일

"오늘도 나는 그녀를 만날 거야!" 아침이면 나는 유쾌하고 가벼운 마음으로 눈부신 태양을 쳐다보며 그렇게 소리친다네. "오늘도 나는 그녀를 만날 거야!" 하고 주문을 외우듯 말하고 나면 더 바랄 것이 없어진다네. 모든 것이 이 한 가지 소망에 묶여 있는 것이지.

7월 20일

공사(公使)와 함께 ○○처로 가보는 것이 어떻겠냐는 자네의 생각을 따르기는 어려울 것 같네. 나는 누구에게 종속되는 것을 별로 좋아하지 않는다네. 더욱이 그 양반이 비위 맞추기 어려운 인물이라는 것은 이미 알려진 사실이고 말일세. 어머니께서 내가 무슨 일이든 하기를 바란다는 말을 자네한테 전해 듣고는 웃지 않을 수 없었네. 그 얘기는 지금 내가 무위도식하고 있단 말이잖은가? 완두콩을 세든 편두콩을 세든 근본적으로 무엇이 다르단 말인가? 세상의 일이란 따지고 보면 다 하잘것없다네. 제 열정이나 욕구를 위해서가 아니라 그저 남이 시키는 대로 돈이나 명예나 그 밖의 무엇인가를 움켜쥐려고 뼈 빠지게 일하는 자들은 언제나 바보 소리를 듣는 거지.

7월 24일

요즘 들어 내가 그림 그리는 일을 소홀히 한다고 자네가 무척 안타까워한다는 건 잘 알고 있네. 아닌 게 아니라 그후로 그림에 별로 손을 대지 않고 있지만 그 문제는 일단 덮어두고 싶네.

지금보다 행복해본 적은 없었네. 또 작은 돌멩이 하나, 어린 풀잎 하나에 이르기까지, 자연을 받아들이는 나의 감성이 지금처럼 충만했던 적도 일찍이 없었다네. 하지만 안타깝게도 내겐 이런 상태를 적절히 표현해낼 재간이 없네. 나의 표현력이라는 게 워낙 빈약한데다 모든 사물이 내 영혼 앞에서 혼란스레 뒤흔들려서인지 도무지 윤곽을 잡을 수가 없다네. 그렇지만 점토나 밀랍이라도 있으면 그걸 빚어 뭐든 만들어낼 수는 있을 것 같네. 이런 상태가 좀더 지속된다면 나는 물론 점토를 손에 쥘 것이네. 비록 생각지도 않은 과자 모양이 된다 할지라도 말일세.

로테의 초상화를 그리려고 세 번이나 시도해보았지만 매번 실패하고 말았네. 조금 전까지만 해도 그런대로 작업이 잘 진행되었기 때문에 더욱 화가 치밀어오르는군. 그후로 로테의 실루엣을 하나 그렸는데 일단은 그 정도로 만족하는 것이 좋을 듯하네.

7월 26일

사랑하는 로테, 모든 일을 원만히 잘 처리할 테니 부디 앞으로도 더 많은 일을 맡겨주십시오. 그리고 한 가지 부탁이 있습니다. 앞으로 내게 보내는 편지지에는 가급적이면 모래*를 쓰지 말아주세요. 오늘 편지를 받고 성급히 입술에 갖다 대었더니 모래가 씹히더군요.

7월 26일

그녀를 너무 자주 만나지 않겠다고 몇 번이나 결심했는지 모른다

---

* 잉크가 번지는 것을 방지해주는 모래.

네. 하지만 과연 그 결심을 무슨 수로 지킬지! 나는 매일 유혹에 굴복하고는 내일만큼은 집에 머물겠노라고 엄숙히 맹세하곤 하네. 그랬다가 그 내일이 되면 또다시 그러지 않을 수 없는 이유를 찾아내고는 어느새 그녀 곁에 가 있는 걸세. 전날 저녁 작별인사를 하면서 "내일도 오실 거죠?" 하고 그녀가 물으면 그 누가 가지 않고 배길 수 있겠는가? 물론 그녀가 뭔가를 부탁할 때도 있네. 그럴 때는 직접 찾아가서 결과를 알려주는 것이 예의라고 생각하네. 또 어떤 때는 날씨가 너무 좋아서 발하임으로 산책을 나가기도 한다네. 일단 거기까지 가면 그녀의 집까지는 불과 30분이라네! 거기서부터는 로테의 대기권 안에 들어가 있는 셈이지. 그야말로 순식간에 그곳에 가 있는 거야. 할머니가 자석산 이야기를 들려준 적이 있네. 배가 그 산 가까이로 다가가면 쇠붙이란 쇠붙이는 전부 그 산 쪽으로 빨려 들어가버리지. 그래서 배에 탄 가엾은 사람들은 무너져내리는 판자 더미에 깔려 비참하게 죽게 된다네.

7월 30일

알베르트가 돌아왔으니 나는 이제 이곳을 떠나야겠네. 비록 그가 기품 있고 훌륭한 인물일 뿐만 아니라 모든 면에서 나를 앞선다 해도 그토록 완벽한 로테를 소유한 그를 면전에 두고 보는 것은 견디기 어렵네. 소유라! 아무튼 빌헬름, 그녀의 약혼자가 돌아왔다네! 그는 의젓하고 품위가 있어서 누구든 호감을 갖지 않을 수 없는 인물이네. 그

나마 다행스럽게도 그를 마중 나가는 자리에 나는 없었네! 내가 그 자리에 있었더라면 가슴이 미어지는 듯한 아픔을 겪었을 테지. 그는 또 아주 예의바른 사람이어서 내가 보는 앞에서 로테에게 키스를 한 적이 아직 한 번도 없다네. 이 배려심 많은 인간에게 하느님의 축복이 있기를! 그가 로테를 존경하는 만큼 나도 그를 아끼지 않을 수 없네. 그도 나에게 호의를 보이나, 그것은 아무래도 마음속에서 우러났다기보다 로테가 그렇게 유도했기 때문인 듯하네. 그런 면에서 여자는 섬세하고 빈틈없는 존재라 할 수 있지. 자기를 좋아하는 두 남자를 서로 사이좋게 지내게 할 수 있다면 이득을 보는 것은 언제나 여자 쪽일 테니까. 물론 늘 성공하리라는 보장은 없네만.

어찌 되었건 나는 알베르트에게 경의를 표하지 않을 수 없네. 그의 차분함은 감정의 기복이 심한 내 성격과 좋은 대조를 이루지. 그는 감수성이 풍부하며 로테의 진가를 누구보다도 잘 알고 있네. 그리고 자신의 불쾌한 감정을 드러내는 일도 별로 없는 듯하네. 자네도 알다시피 불쾌감은 인간의 모든 감정 중에서 내가 가장 증오하는 죄악이라네.

알베르트는 나를 매우 사려 깊은 인간으로 여긴다네. 내가 로테를 그토록 열렬히 신봉하고 그녀의 일거수일투족에서 벅찬 기쁨을 느낄 때, 바로 그러한 것들이 그의 승리감을 고취시켜줄 것이고 그럴수록 그는 로테에게 더 많은 사랑을 쏟을 테지. 그 역시도 사소한 질투심 때문에 로테를 괴롭히는 일이 있긴 하겠지만 그것에 대해서는 더이상 언급하지 않기로 하세. 내가 그의 입장이라도 질투의 화신이 되지 않을 수 없을 테니까.

하지만 아무려면 어떤가, 친구, 로테 곁에 머무는 기쁨이 사라져버린 이 마당에 말일세. 어리석었다고 해야 하나 아니면 눈이 먼 걸까? 지금 처지에 명분이 무슨 상관 있겠나! 사실 그 자체가 웅변적으로 말해주고 있지 않은가! 지금 내가 알고 있는 것들은 알베르트가 돌아오기 전부터 이미 예견했던 사실들일세. 로테에게 그 어떤 것도 요구해서는 안 된다는 걸 잘 알고 있었고, 실제로 아무것도 요구하지 않았네. 말하자면 그토록 사랑스러운 존재를 보면서도 그 어떤 욕망도 불러일으키지 않는 범위 안에서 관계를 유지했던 걸세. 하지만 마침내 약혼자가 나타나 그녀를 가로채 가버리니 이 얼간이는 눈이 휘둥그레질 수밖에 없지 않겠는가.

나는 이를 악물고 처참한 내 몰골을 비웃고 있네. 하지만 이런 내게 어쩔 도리가 없으니 단념하라고 말하는 자가 있다면, 그 인간을 두세 곱절로 더 비웃어주겠네. 그런 얼간이는 그 자리에서 내쫓아버리겠어! 온 숲속을 헤매고 다니다가 로테의 집으로 갔네. 알베르트가 그녀와 나란히 정자에 앉아 있는 것을 보고 너무도 당황한 나는 순간 어쭙잖은 익살을 떨며 어릿광대 같은 짓을 했다네. 오늘 로테가 내게 말하더군. "부탁이니 어젯밤과 같은 그런 행동은 삼가주세요! 평소와 달리 너무 유쾌한 모습을 보이시면 겁이 다 나요." 자네에게만 고백하지만 나는 알베르트에게 바쁜 일이 생기기만을 기다린다네. 그러면 얼른 밖으로 나간다네. 그녀가 혼자 있는 걸 보는 순간 나는 행복해진다네.

8월 8일

이해해주게, 빌헬름. 어쩔 도리가 없는 운명은 순순히 따를 수밖에 없다고 말하는 자들을 신랄하게 비난하긴 했지만, 자네를 겨냥한 얘기는 아니었네. 자네가 그러한 세계관을 가졌을 리 만무하지. 하지만 엄밀히 생각해보면 자네 말이 옳을지도 모르네. 하지만 사랑하는 친구! 내 한마디만 더 하겠네. 세상일이라는 게 흑백논리로 결정되는 경우는 극히 드물다네. 매부리코와 사자 코 사이에도 높이와 모양에 따라 수많은 단계가 있듯이 인간의 감정이나 행동방식에도 다양한 명암이 존재한다네.

그러니 자네의 논리에 공감하면서도 이분법만큼은 여전히 비켜간다고 해서 너무 노엽게 생각진 말게나.

로테에게 희망을 걸 수 있느냐 없느냐 둘 중 하나라고 자네는 말할 테지. 희망이 있다면 끝까지 밀고 나가서 소원을 이뤄라, 그러나 그렇지 않다면 용단을 내려서 모든 기운을 앗아가는 참혹한 감정에서 벗어나라, 이런 말을 하고 싶겠지? 하지만 친구! 말은 쉬워도 실천은 어려우니 어쩌겠나.

자네는 병세가 점점 깊어져서 생명이 위태로운 사람을 보고 단도로 찔러서라도 그 고통을 단숨에 없애버리라고 감히 권할 수 있는가? 환자의 기력을 소진시키는 질병은 그 병에서 벗어나고자 하는 환자의 용기마저 빼앗아가는 것은 아닐는지?

자네도 물론 그와 유사한 비유를 끌어다 반박할 수 있을 테지. 주저하고 망설이다 목숨을 잃어버리느니 한쪽 팔을 잘라내서라도 목숨을 유지하는 편이 훨씬 낫다고 말일세. 글쎄 잘 모르겠네! 비유를 들어 설전을 벌이는 짓은 그만두는 게 좋겠네. 아무튼, 빌헬름, 때론 자리를 박차고 일어나 모든 번뇌를 훌훌 털어내버릴 용기가 생기기도 하네. 그리고 그 순간 내가 가야 할 곳을 알면 주저하지 않고 그곳으로 가려네.

8월 8일 저녁

한동안 거들떠보지도 않았던 일기장을 오늘 무심코 펼쳐보고는 깜짝 놀랐네. 모든 사태를 잘 알면서도 나는 한 발 한 발 빠져들고 있었던 걸세! 자신이 처한 상황을 언제나 명확히 인식하고 있으면서도 어린애처럼 행동한 거지. 지금도 그렇다는 걸 잘 알고 있지만 아직도 개선의 빛이 보이지 않는군.

8월 10일

어리석지만 않다면 나는 더없는 행복을 구가할 수 있을 텐데. 한 인간의 마음을 기쁘게 해주기에 지금 나의 상황만큼 이상적인 조건도 드물 것이네. 아, 우리의 행복은 오로지 마음먹기에 달렸다는 말은 틀린 말이 아니네. 더없이 화목한 가정의 한 식구가 되어 노인한테는 아들 같은 사랑을 받고, 아이들한테는 친아버지 같은 존경을 받는다네.

더욱이 로테한테도 그러하다면! 그리고 품위를 아는 알베르트도 터무니없이 무례한 언동으로 나의 행복을 저해하지는 않을 걸세. 그는 진심 어린 우정으로 나를 감싸주며 로테를 제외한 이 세상 어느 누구보다도 나를 아껴준다네! 빌헬름, 우리가 산책하는 동안 로테에 대해 주고받은 이야기를 누군가 옆에서 들으면 무척이나 재미있어할 걸세. 우리 세 사람 같은 우스꽝스러운 관계는 세상에 없을 거야. 하지만 이런 관계 때문에 눈물을 많이 흘린 것도 사실이지.

알베르트가 성품이 올곧은 로테의 어머니 이야기를 해주었네. 임종이 가까워오자 로테의 어머니는 로테에게 어린 동생들과 집안 살림을 맡겼고, 알베르트에게는 로테를 잘 부탁한다고 했다더군. 그후로 로테는 완전히 다른 사람이 되어 진짜 어머니 못지않은 열성으로 집안일을 꾸려나갔다네. 잠시도 쉬지 않고 바지런히 일에 매달렸다더군. 그러면서도 밝고 쾌활한 성품을 잃지 않았다네. 나는 알베르트와 나란히 걸으면서 길가에 핀 꽃을 몇 송이 꺾어서는 정성껏 다듬어 예쁜 꽃다발을 만들었네. 그리고 그것을 냇물에 힘껏 던지고 찬찬히 떠내려가는 모습을 물끄러미 바라보았네. 내 자네에게 편지로 이미 알렸는지 확신이 서지 않네만 알베르트가 한동안 이곳에 체류한다고 하네. 게다가 그에 대한 긍정의 평판이 자자한 걸로 봐서 보수가 썩 괜찮은 관직에 앉게 될 모양이네. 매사에 체계적이고 부지런하다는 점에서 알베르트만 한 사람도 드물 것이네.

8월 12일

　알베르트는 정말 세상에서 보기 드물게 괜찮은 사람 같네. 어제 예기치 않게 그와 언쟁을 벌이게 되었네. 작별인사를 위해 찾아갔던 참이었지. 문득 말을 타고 산으로 여행이라도 다녀오고 싶은 생각이 들어서 말이야. 사실 지금 이 편지도 산에서 쓰는 거라네. 알베르트의 방 안을 시계추처럼 왔다갔다하자니 권총 몇 자루가 눈에 들어오더군. "권총 좀 빌려주시겠습니까? 여행길에 호신용으로 가지고 가면 좋을 것 같아서요." 내가 말을 꺼냈네. "좋으실 대로 하십시오." 그가 대답하더군. "하지만 총알은 직접 장전하셨으면 합니다. 그 총은 장식용으로 걸어둔 거라서요." 내가 벽에서 권총 한 자루를 내리는 사이 알베르트가 말을 이었네. "주의하려다 도리어 어처구니없는 실수를 저지른 뒤로는 그 물건에 아예 덧정이 없어졌습니다." 내가 그 사건에 대해 궁금해하자 그가 이야기를 시작했네. "시골 친구 집에 석 달쯤 머문 적이 있어요. 총알이 장전된 건 아니었지만 소형 권총 한 세트를 지니고 있으니 밤에 마음 편히 잘 수 있더군요. 비가 억수같이 오는 어느 날 오후에 한가로이 앉아 있자니 불현듯 '누군가 우리를 덮칠지도 모르니 권총을 준비해둬야 할 것 같아' 하는 생각이 들더군요. 그런 기분, 당신도 이해하시겠죠. 그 즉시 하인을 불러 권총을 건네주고 잘 손질한 후 총알을 장전해두라고 했지요. 그런데 그 하인이 하녀들과 장난을 친답시고 권총으로 위협하는 시늉을 했지요. 그러다 그만 꽂을대가 꽂힌 채로 권총이 발사되어버린 겁니다. 꽂을대가 한 계집아이의 오른손 엄지손가락 근육 깊숙이 박혀서 손가락뼈가 으깨져버렸답니다. 그렇게 한바탕 소동이 나고, 결국 제가 치료비까지 부담해야 했습니다. 그후로는 모든 총기에 총알을 장전하지 않은 채 보관합니다. 그러니 조심한다는 게 다 무슨 소용이겠습니까? 위험은 전혀 예측할 수 없거든요! 다만……" 자네도 알다시피 나는 알베르트를 매우 좋아하네. 그 지긋지긋한 '다만'이란 말은 빼고 말일세. 그 어떤 보편적 명제에도 예외가 있다는 것 정도는 다 아는 사실이지. 그런데도 그는 너무도 주도면밀하단 말일세. 스스로 경솔한 발언이나 막연한 이야기, 또는 반신반의하는 사실을 말했다가도 재차 그 내용에 유보 사항을 달거나 수정하며 수시로 첨삭을 하는 바람에 급기야 논점이 흐려지기 일쑤네. 이번에도 그는 자기 변론에 열을 올리더군. 그래서 그의 말에 더는 귀를 기울이지 않고 뜬금없는 망상에 잠겼네. 그러다 느닷없이 총부리를 내 오른쪽 눈 위 이마 쪽에 겨누었네. "이런 젠장할!" 내 손에서 권총을 낚아채면서 알베르트가 소리치더군. "대체 지금 무슨 짓을 하는 겁니까?" "총알이 장전되어 있지 않다면서요?" 내가 말했네. "그렇다 해도 이 무슨 해괴한 짓이오?" 그가 흥분하더군. "난 도무지 이해할 수 없습니다. 자신에게 방아쇠를 당길 정도로 인간이 어리석을 수 있다는 사실을 말입니다. 정말 생각만 해도 끔찍하군요."

"당신 같은 사람은" 하고 나는 소리쳤다네. "어떤 사안에 대해 이야기할 때마다 그것은 어리석다, 현명하다, 나쁘다, 좋다 하는 식으로 말해야 직성이 풀리는 모양인데 과연 그런 논리로 모든 것을 설명할 수 있을까요? 그런 논리로 어떤 행동의 내부 사정 하나하나를 다 파악할 수 있다고 보십니까? 왜 그런 일이 일어났는지, 왜 일어날 수밖에 없었는지를 당신은 일목요연하게 파악할 수 있습니까? 만일 그렇다면 그렇게 성급한 판단을 내리지는 못할 겁니다."

"행위의 원인이나 동기를 불문하고 항상 죄악시되는 행동이 있다는 것은 당신도 인정하겠지요." 알베르트는 말했네.

나는 어깨를 추어올려 그것을 시인하고 나서 "그러나 알베르트 씨"하고 말을 이었네. "그 경우에도 예외가 없지는 않습니다. 절도는 분명 죄악이라 할 수 있습니다. 하지만 당장 굶어죽을 형편에 놓인 자신과 자기 가족을 위해 도둑질을 한 경우라면 그는 동정을 받아야 할까요 아니면 처벌을 받아야 할까요? 정숙하지 못한 아내와 몰지각한 유혹자인 정부를 단죄한 남편에게, 또는 순간의 환희에 겨워 주체할 수 없는 사랑의 포로가 되어버린 처녀에게 그 누가 돌을 던질 수 있단 말인가요? 우리의 법률도, 그리고 냉정한 현학자들까지도 분명 감동을 받아 처벌을 유보할 겁니다."

"그것은 또다른 문제입니다." 알베르트가 반박하더군. "자신의 열정에 사로잡혀 모든 판단력을 상실한 인간은 술 취한 사람이나 광인과 다를 바 없으니까요."

"아아, 당신네 이성적인 사람들이란!" 나는 엷은 미소를 띠우며 말했네. "격정! 주정! 광인! 그렇게 외쳐대면서 당신들은 일말의 동정심도 없이 수수방관하며 서 있을 테죠. 그리고 당신네 훌륭한 도덕군자들은 술 취한 사람을 타박하고, 광인를 혐오하며, 성직자들처럼 그 곁을 스쳐지나가면서 바리새인들처럼 자기가 그러한 인간으로 태어나지 않은 데 대해 신께 감사드리겠지요. 나도 술에 취한 적이 여러 번 있습니다. 그리고 내 열정은 항상 광기나 진배없었습니다. 그렇지만 결코 후회는 하지 않습니다. 왜냐하면 어떤 위업(偉業)에 도전하거나 불가능해 보이는 일에 매달리는 특출한 인간들은 옛날부터 술주정뱅이나 광인으로 매도되어왔음을 잘 알고 있으니까요.

하지만 평범한 삶에서조차 그런 취급을 받는다면 정말 참기 어려울 겁니다. 즉 누군가가 자유롭고 고결한 정신으로 예기치 않은 행동이나 일을 할 경우에 그 일이 아직 진행중임에도 '저 인간 술 취했군, 저자는 얼간이야!' 하고 등 뒤에서 놀려대면 아마 견딜 수 없을 겁니다. 그러니 제정신을 가졌다는 당신네들, 현명하다는 당신네들은 창피한 줄 알아야 합니다!"

"그 또한 당신의 궤변인 듯합니다." 알베르트가 말하더군. "당신은 무엇이든 지나치게 과장하는 경향이 있어요. 우리가 막 얘기한 자살 행위를 당신은 위대한 행동에 견주려나본데 그것은 결코 설득력 있는 주장이 아닙니다. 백번 양보해도 자살은 의지박약의 결과로밖에 볼 수 없어요. 고통스러운 인생을 꿋꿋이 견디며 살아나가기보다는 차라리 죽어버리는 편이 더 쉬울 테니까요."

나는 그쯤에서 논쟁을 끝내려고 했네. 진지하게 이야기하는데 상대방이 시답잖은 이야기로 초를 치는 것만큼 김빠지는 일도 없으니까. 하지만 그런 식의 이야기를 한두 번 들은 것도 아니고, 그때마다 몇 번 화를 낸 일도 있고 해서 이번에는 마음을 가라앉히고 조금 강한 어조로 이렇게 대답했네. "의지박약이라고 하셨습니까? 부디 사물의 외관만 보고 판단하지 마세요. 폭군의 혹독한 강압 정치에 시달리던 어떤 민족이 결국 들고일어나 독재의 쇠사슬을 끊어버린다고 할 때 당신은 그것 역시 의지가 박약한 행위라고 하겠습니까? 또 자기 집에 불이 난 것을 보고 기겁해서는 갑자기 초능력을 발휘해서 평소라면 어림도 없을 무거운 물건을 번쩍 들어올리는 사람이라든가, 모욕을 당하고 격분해서 여섯 사람과 대적해 제압해버린 사람, 과연 그런 사람들은 의지가 약해서 그런 행동을 했을까요? 적당한 긴장감을 갖고 노력하는 행위에는 강한 의지라는 말을 붙여주면서 초긴장 상태에서 하는 행위는 의지박약이라고 하다니 우습군요." 알베르트는 나의 얼굴을 힐끗 쳐다보더니 이렇게 말하더군. "악의는 없으니 오해는 하지 마세요. 지금 당신이 든 예는 이 경우엔 적절치 않은 것 같습니다." 그러기에 내가 말했네. "물론 그럴 수도 있겠죠. 나의 종합적 판단력과 연상 방식이 형편없다는 비난은 이미 수차례 받았습니다. 평소라면 즐거운 마음으로 받아들였을 삶의 무게가 문득 부담스럽게 느껴지기 시작해서 끝내 삶을 포기해버리겠다고 결심하는 사람의 마음이 어떤지, 좀 다른 시각에서 생각해볼 수는 없는지 함께 짚어보도록 하죠. 적어도 우리 모두가 공감할 수 있어야만 그 문제를 거론할 최소한의 명목이 서는 것이기에 드리는 말씀입니다."

"인간의 본성에는 한계가 있습니다." 나는 이야기를 계속했네. "어느 정도까지는 잘 견뎌내던 기쁨, 슬픔, 고통 같은 감정들은 어떤 한계를 넘는 순간 파국으로 치달을 수밖에 없습니다. 이건 사람이 강하다든가 약하다든가 하는 문제가 아니라 자신이 당하는 고통을 어느 한도까지 견뎌낼 수 있는가 하는 문제입니다. 윤리적인 면과 육체적인 면 모두에서 말입니다. 그런 맥락에서 볼 때 스스로 목숨을 끊는 사람을 비겁자로 여기는 것은 타당하지 않습니다. 그건 마치 악성 열병으로 죽어가는 사람을 겁쟁이라고 부르는 것만큼이나 부적절하니까요."

"그건 역설입니다! 말도 안 되는 억지요!" 알베르트가 소리치더군.

"당신이 생각하는 것처럼 그렇게 터무니없는 얘기가 아닙니다." 나는 대꾸했네. "당신도 인정하겠지만 육신이 병들고 신체 기능이 쇠약해져서 백약으로도 건강을 두 번 다시 회복할 수 없는 지경을 우리는 죽을병이라고 부릅니다.

이제 이러한 과정을 정신에 적용해보죠. 인간의 마음이 절박한 상황에 놓여 있다고 생각해보세요. 온갖 인상에 현혹되어 갖가지 사념이 마음속에 자리 잡게 되고, 끝내는 강도가 높아지는 열정으로 인해 객관적 사고력이 무뎌지면서 파멸하게 될 겁니다.

침착하고 이성적인 사람이 이처럼 불행한 사람의 처지를 지켜보다가 한마디 조언을 한다고 해도 아무런 소용이 없을 겁니다! 그것은 마치 건강한 사람이 환자의 병상을 지킨다고 해서 자신의 기운을 환자에게 불어넣어줄 수 없는 것과 같은 이치입니다."

하지만 내 이야기는 알베르트에게 너무 일반적이고 추상적으로 들렸던 모양이더군. 그래서 나는 얼마 전에 물에 빠져 죽은 어떤 소녀를 상기시키고 그 이야기를 다시 들려주었네. "그 아이는 어렸지만 매우 선량했어요. 집안일을 겸해서 매주 일정한 일을 하면서 세상 물정이라곤 모르고 자랐지요. 낙이라곤 그간 하나씩 장만해둔 나들이옷을 꺼내 입고는 일요일 같은 때에 또래들과 함께 시내로 산책을 간다거나, 성대한 축제가 열리는 날에 무도회장을 찾는다거나, 가끔 옆집 여자와 어울려 남의 뒷소문을 입에 올리며 수다를 떠는 것이 고작이었습니다. 하지만 남자들이 치근대기 시작하면서 그녀의 열정적인 성격은 차츰 은밀한 욕망을 좇게 되었어요. 예전에 낙으로 여겨왔던 일들이 따분해지던 시기에 그녀는 한 남자를 만나게 되었습니다. 지금까지 경험해보지 못한 묘한 매력에 빠진 그녀는 급기야 그 사내에게 모든 희망을 걸었고 그러다보니 주변 세상도 다 잊었던 모양입니다. 그래서 자기에게 유일하게 의미 있는 존재였던 그 남자 외에는 아무것도 들을 수 없고, 볼 수 없고, 느낄 수 없는 상태로 오직 그 남자만을 그리워하게 되었지요. 들뜬 허영심에서 오는 허망한 쾌락 따위에는 빠져들지 않았기 때문에 그녀의 소망은 오직 그의 아내가 되는 것이었습니다. 지금까지 누려보지 못했던 행복과 갈망해오던 기쁨을 그와의 영원한 인연 속에서 찾으려고 했지요. 모든 희망의 실현을 약속하는 그의 거듭된 맹세, 그녀의 욕정을 부추기는 대담한 애무가 그녀의 마음을 완전히 사로잡았지요. 그녀는 몽롱한 의식 속에서 온갖 기쁨을 예감하며 극도로 흥분해서는 마침내 모든 소망을 단번에 이루고 싶은 마음에 두 팔을 벌렸답니다. 그러나 애인은 그녀를 버리고 말았습니다. 그녀는 망연자실한 채 굳은 몸으로 절벽 앞에 섰습니다. 주위가 온통 암흑천지인 것이, 희망이나 위안은 물론이거니와 아무런 생각도 들지 않았어요! 자신의 존재 이유처럼 여겨왔던 남자한테 버림을 받았으니까요. 그녀는 눈앞에 펼쳐진 넓은 세상을 바라보지도 않고 상실감을 보상해줄 사람들도 외면한 채, 홀로 철저히 버림받았다고 느꼈습니다. 앞이 캄캄해지는, 견디기 힘든 마음의 고통을 안은 채 그녀는 죽음으로 모든 괴로움을 잠재워버리려고 아래로 뛰어내리고 말았습니다. 아시겠어요, 알베르트. 이런 게 많은 사람들의 사연이랍니다! 그렇다면 조금 전에 언급했던 병을 앓는 경우와 다를 바 없지 않을까요? 모순된 온갖 기운이 얽혀 있는 미로를 빠져나오지 못하는 사람들은 결국 죽음의 길을 택할 수밖에 없겠지요.

줄곧 수수방관만 하고 있다가 '이 못난 여자야! 시간이 약이겠거니 하고 조금만 더 참고 기다리지. 그럼 절망감도 줄어들고 위로를 줄 다른 남자도 나타날 텐데 말이야' 하고 아무렇지 않게 떠들어대는 자는 비난받아 마땅합니다. 그건 마치 이렇게 얘기하는 것과 다르지 않으니까요. '바보 같은 인간이구먼, 그까짓 열병 때문에 죽다니! 기력이 회복되고 혈액의 기능장애가 호전될 때까지만 기다렸어도 살 수 있었을 텐데!'"

알베르트는 이런 비유조차 납득할 수 없다는 듯 몇 가지 반론을 더 제기하더군. 특히 내가 든 예는 단순하고 철없는 아가씨의 경우에 불과하고, 사고가 편협하지 않고 사태를 좀더 넓은 시각에서 바라보는 이성적인 사람의 경우에는 그런 식으로 쉽사리 용서될 수는 없을 거라고 했네. "알베르트 씨." 나는 외쳤네. "인간은 어쩔 수 없는 인간입니다. 열정이 불타오르고 인간성의 한계를 경험하는 순간에 한줌의 이성은 거의, 아니 아무런 소용이 없는 겁니다. 오히려…… 나머지 이야기는 다음에 하는 것이 좋겠군요." 그렇게 말하고 나는 모자를 집어들었네. 가슴이 너무 답답해지더군. 그렇게 우리는 서로 견해차를 좁히지 못한 채 헤어지고 말았네. 다른 사람의 마음을 헤아리기가 이렇게 힘들다니.

8월 15일

인간이 사랑보다 절실하게 느끼는 것은 없을 걸세. 로테의 태도를 보면 내가 떠나는 것을 원치 않음을 알 수 있다네. 그리고 아이들도 내가 아침이면 어김없이 찾아올 거라 철석같이 믿고 있네. 오늘 피아노를 조율해주려고 로테의 집에 갔네. 하지만 아이들이 옛날이야기를 들려달라고 달라붙고 로테도 덩달아 아이들의 부탁을 들어달라는 통에 조율할 시간이 없었네. 나는 우선 아이들에게 저녁 빵을 잘라 나눠주었네. 아이들은 이제 내가 주는 빵도 로테가 주는 빵처럼 기꺼이 받아먹는다네. 그러고 나서 수많은 손이 나타나서 공주님의 시중을 든다는 내용의 동화를 들려주었네. 그러면서 나 또한 배우는 것이 많았네. 괜한 소리가 아니네. 아이들이 내 이야기를 듣고 어찌나 감명을 받는지 매번 놀라곤 한다네. 이야기를 한 번 더 반복해서 들려줘야 할 경우 대수롭지 않은 대목은 잊어버리기 십상이어서 어쩔 수 없이 적당히 꾸며내는데, 그럴 때면 아이들은 먼젓번 이야기와 다르다고 지체 없이 지적한다네. 그래서 나는 요즘 노래를 부르듯 운율에 맞춰 이야기를 암송하는 연습을 하고 있네. 그리고 한 가지 깨달은 사실은, 작가가 이야기의 수정본을 낼 경우 문학적 수준이 높아졌다고 해도 작품에는 불가피하게 해를 끼치게 된다는 것이었네. 그만큼 우리는 첫인상으로 기울어지기 마련이지. 아무리 터무니없는 일이라도 쉽게 설득당하는 것이 인간이 아닐까. 게다가 첫인상은 강한 점착력을 지니지. 그것을 수정하거나 지워버리는 건 예삿일이 아니네!

8월 18일

인간에게 행복을 가져다주는 무엇이 불행의 원천이 될 수도 있다는 것은 과연 불변의 법칙일까?

생동하는 자연에서 느끼는 벅찬 감정은 한때 내게 그토록 충만한 기쁨을 주고 주변 세계를 낙원처럼 만들어주었지만, 지금은 가혹한 고문 기술자가 되어 나를 집요하게 쫓아다니며 고통을 주는 악마로 변하고 말았네. 예전에 바위산에서부터 강줄기를 따라 저 건너 언덕들에 이르는 풍요로운 계곡을 내려다보고, 나를 둘러싼 만물이 움트고 소생하는 것을 볼 때면, 그리고 산기슭에서부터 산꼭대기까지 키큰 나무들로 울창하게 뒤덮인 저 산들과 사랑스러운 숲 그늘 아래로 구불구불 이어지는 저 골짜기들을 바라볼 때면, 유유히 흐르는 냇물은 소곤대는 갈대 사이를 미끄러지듯 빠져나가면서 은은한 저녁 바람이 하늘에 흩뿌려놓은 아름다운 구름들을 되비추곤 했지. 그리고 숲속 여기저기에서 온갖 새들의 지저귐이 들려오고, 모기 떼는 저물어가는 붉은 저녁놀 속에서 활기차게 춤을 추고, 반짝이는 마지막 햇살덕에 수풀에서 풀려난 딱정벌레들은 윙윙거리며 벅찬 자유를 만끽했지. 내 주위의 시끌벅적한 소리와 기척에 놀라 땅을 내려다보면 바로내가 서 있는 단단한 바위에서 영양분을 섭취하는 이끼와, 마른 모래언덕 아래까지 퍼진 관목이 불타오르는 자연의 생을 흠뻑 드러냈다네. 그럴 때마다 내 뜨거운 가슴은 얼마나 열정적으로 이 모든 것을 보듬어 안았던가. 넘치는 풍요 속에서 나는 신이라도 된 듯했지. 무한한 세계의 찬란한 형상들이 생동하며 내 영혼 속에서 꿈틀거렸지. 거

대한 산들이 나를 에워싸고, 심연이 내 앞을 가로막고, 계곡 물은 콸
콸 흘러내리고, 내 발치로는 강물이 흐르고, 숲과 산에는 메아리가 울
려퍼졌네. 나는 근원을 알 수 없는 힘들이 서로 뒤섞이며 땅속 깊은
곳에서 작용하고 창조 활동을 하는 것을 보았네. 그렇게 해서 생겨난
수많은 생물들이 대지 위와 하늘 아래서 우글거리는 것일 테지. 모든
것, 그 모든 것이 수천의 형상을 하고 모여 사네. 그런데 인간들은 조
그만 집을 보금자리 삼아 그 속에 안전하게 모여 살면서 자기들이 넓
은 세계를 지배한다고 생각한다네. 불쌍하고 미련한 존재들 같으니!
저 자신이 작으니 모든 것을 보잘것없다고 여기는 거지. 누구도 발을
들여놓지 못한 험준한 산악지대에서부터 황야를 거쳐 미지의 대양 끝
에 이르기까지, 영원한 창조자의 정신은 충만하다네. 그리고 자기를
알아보고 살아가는 만물을 한낱 티끌까지도 기쁘게 반겨주지. 아, 그
시절 나는 머리 위로 날아가는 학의 날개를 빌려 저 넓고 깊은 대양의
건너편까지 얼마나 날아가고 싶었는지 모른다네. 그리고 무한한 절대
자의 거품 이는 술잔으로 넘쳐나는 생명의 환희를 얼마나 들이켜고
싶어했는지 아는가. 만물을 자신 안에서, 그리고 자신을 통해서 창조
해내는 성스러운 분의 축복을 한 방울이라도 맛보기를 내 미약한 가
슴으로 얼마나 바랐는지 아는가.

친구, 요즘엔 그 시절을 회상하는 것만큼 행복한 일이 없다네. 형언
할 수 없던 그 충동을 이렇게 다시 불러내어 표현하는 것만으로도 영
혼이 고양되는 것 같네. 하지만 그런 만큼 지금 내가 처한 상황의 불
길함을 더욱 절실하게 느끼는 것도 사실이네.

내 영혼을 가리고 있던 베일이 걷힌 것 같네. 그리고 무한한 생의

무대가, 내 눈앞에서 영원히 입을 벌리고 있는 무덤의 심연으로 바뀌었다네. 모든 것이 다 스쳐지나갈 뿐인데도 자네는 '무언가가 존재한다'고 감히 말할 수 있는가? 모든 것이 번개처럼 빠르게 지나가버리는 까닭에 존재하는 데 필요한 기력을 유지하기가 힘들어지고, 아! 거센 물결에 휩쓸려 가라앉았다가 바위에 부딪쳐 깨져버리고 마는데도 말인가? 자네와 자네 주위의 사람들을 소진케 하지 않는 순간은 단 한 순간도 없고, 또 매 순간 자네는 파괴자이며 파괴자가 되지 않을 수 없네. 그 무엇보다 무해하다는 산책조차도 수많은 불쌍한 벌레의 생명을 앗아간다네. 단 한 번의 발걸음이 공들여 지은 개미집을 망가뜨리고 그 조그만 세계를 짓밟아 비참한 무덤으로 만들지. 이 세상에서 드물게 일어나는 대재앙이나, 마을을 휩쓸어버리는 홍수나, 도시를 삼켜버리는 지진 같은 것들이 내 마음을 뒤흔드는 것은 결코 아니네. 내 마음을 파괴하는 것은 자연 만물 속에 숨겨진 소진의 힘, 바로 그것이네. 자연이 길러낸 그 힘은 자신의 이웃뿐만 아니라 자신까지도 파괴하고 만다네. 그래서 나는 하늘과 땅 그리고 내 주변에서 작용하는 온갖 힘에 둘러싸여 이렇게 불안 속에서 현기증을 느낀다네. 여기서 나는 영원히 집어삼키고 영원히 되새김질하는 괴물만을 볼 뿐이네.

8월 21일

아침에 개운치 않은 꿈에서 깰 때마다 나는 그녀를 찾아 팔을 뻗어보곤 한다네. 물론 헛수고에 불과하지만 말일세. 밤에도 침대 속에서

부질없이 그녀를 찾아 헤맸다네. 초원에 둘이 나란히 앉아서 그녀의 손을 잡고 수없이 키스하는 행복하고도 순수한 꿈이 현실이 아님을 깨닫는 순간에도 말일세. 아, 이렇게 비몽사몽 간에 그녀를 찾아 더듬다가 깨어나는 순간에는 가슴이 먹먹해져서 눈물이 솟구쳐오른다네. 그래서 암울한 내일을 생각하며 절망의 눈물을 흘린다네.

8월 22일

빌헬름, 이런 불행한 일이 또 있을까. 나의 활동력이 불안한 태만에게 자리를 양보하고 말았으니 말일세. 빈둥대며 두 손 놓고 있을 수도 없는 노릇이지만 그렇다고 딱히 할 일이 있는 것도 아니라네. 상상력은 고갈되었고 자연을 느끼는 감정도 메마른 지 오래라네. 그리고 책이라면 아주 진절머리가 나네. 자신을 잃어간다는 것은 모든 것을 상실함을 의미하지. 맹세컨대 나는 날품팔이가 되었으면 할 때가 많네. 그럼 아침에 눈을 뜰 때 그날의 목표와 의욕, 기대 따위를 가질 수 있지 않을까. 가끔 서류 더미에 파묻혀 사는 알베르트를 볼 때면 그가 부러워서 내가 그였으면 하는 상상을 하곤 한다네! 몇 번이고 마음이 동해서 자네와 장관에게 공사관 쪽 일자리를 부탁하는 편지를 써볼까도 했네. 모름지기 그런 청탁쯤은 들어주리라 믿네만. 오래전부터 나를 아껴주었던 장관님이 그러잖아도 실무를 맡아보라고 권하셨네. 처음에는 그럴까도 했지만 지금은 좀더 신중히 고려하는 중이네. 게다가 이 상황에 어울릴 법한 우화가 하나 떠올랐거든. 어떤 말이 자유로

움에 싫증이 난 나머지 자신의 등에 안장과 마구를 얹어달라고 했다가 결국 혹사당해 쓰러지고 말았다는 우화 말일세. 나는 어떤 선택을 해야 할지 영 갈피를 못 잡고 있네. 사랑하는 친구! 상황이나 환경의 변화를 모색하고 싶은 욕망은 어쩌면 내 안에 잠재된 불편한 조바심의 또다른 이름이 아닐까 싶네. 그 조바심은 어딜 가나 내 뒤를 그림자처럼 쫓아다닐 걸세.

8월 28일

내 병이 나을 수만 있다면 그렇게 해줄 사람은 바로 이 사람들일 거야. 오늘은 내 생일이라 이른 아침에 알베르트에게 조그만 소포를 받았네. 뜯어보니 연분홍색 리본이 눈에 띄더군. 로테를 처음 만났을 때 그녀가 가슴에 달고 있던 리본인데, 그 뒤로 그걸 달라고 로테에게 몇 번이나 부탁했네. 그것 말고도 12절판 크기의 작은 책이 두 권 들어 있었지. 베트슈타인 판의 작은 호메로스 책이었네. 에르네스티 판은 산책할 때 끼고 다니기가 힘들어서 전부터 갖고 싶었던 책이었지. 정말 대단해! 내가 원하는 것을 미리 알고 이렇게 마음에 드는 우정의 선물을 보내주었으니 말일세. 이러한 호의는 보내는 사람의 허영심으로 받는 사람을 괜히 주눅 들게 하는 휘황찬란한 선물보다 수천 배나 더 값지지. 나는 그 리본에다 수천 번도 더 키스했네. 그리고 숨 쉴 때마다 다시는 돌아오지 못할, 짧지만 행복했던 시절의 추억들을 반추해보았네. 빌헬름, 내 사정이 이렇다네. 그렇지만 불평하고 싶지는 않

아. 인생의 꽃이란 것도 그저 환상일 뿐이지! 얼마나 많은 꽃들이 흔적도 없이 사라지는가! 얼마나 적은 꽃들만이 열매를 맺으며, 또 얼마나 적은 열매들만이 무르익는가! 하지만 그렇게 무르익는 열매도 많다네. 그런데도 친구, 이 무르익은 열매를 등한시하며 맛도 안 본 채 썩게 내버려두어도 되는 걸까?

잘 지내게! 아주 멋진 여름이네. 나는 가끔 로테의 정원에 가서 열매를 수확하는 데 쓰는 기다란 장대를 가지고 나무에 걸터앉아 꼭대기에 매달린 배를 따곤 하지. 그러면 로테는 나무 밑에 서 있다가 내가 떨어뜨린 배를 받는다네.

8월 30일

이 불행한 인간! 정말 바보가 따로 없군. 왜 자신을 기만하는가? 미처 날뛰는 이 끝없는 격정은 대체 어떻게 생겨먹은 건가? 이제 내가 할 수 있는 것이라곤 그녀를 위한 기도뿐이네. 나의 상상력을 채우는 것은 오로지 그녀의 모습이야. 나는 주위의 모든 것을 오직 그녀와의 관계 속에서만 바라본다네. 그렇게 함으로써 더없이 행복한 시간을 보내지. 하지만 다시 그녀한테서 벗어나야만 하네! 빌헬름! 내 마음이 나를 자꾸 어디론가로 내몬다네. 두 시간이고 세 시간이고 그녀 옆에 앉아서 그녀의 모습과 행동거지, 고상한 어투에 매료되어 있다보면 갈수록 모든 감각이 긴장하고 움츠러들면서 눈앞이 흐릿해지고 귀까지 멀게 되네. 살인자가 목을 누르는 것처럼 숨도 막혀온다네. 그러면 심장은 옥죄어진 감각을 완화시키려고 세차게 고동치는데, 그것이 오히려 감각의 혼란을 가중시킨다네. 빌헬름, 나는 가끔 내가 정말 이 세상에 존재하는지조차 알 수 없네! 그리고 가끔 지탱하기 어려운 슬픔에 잠길 때, 로테가 자신에게 의지하여 마음껏 울어서라도 괴로움을 떨쳐버리라는 서글픈 위로를 허락하지 않으면, 나는 그 자리에서 도망쳐 나올 수밖에 없네. 나는 밖으로 나가 들판을 헤매고 다닌다네. 가파른 산을 기어오르고 길도 없는 숲속을 헤쳐가다가 덤불에 걸려 상처를 입거나, 가시에 찔려 살갗이 헤져도 희열을 느낀다네. 그러다보면 기분이 조금은 좋아지지. 그야말로 얼마쯤 말일세. 그러다 피로와 갈증으로 쓰러진 적도 몇 번 있었네. 머리 위로 높이 보름달이 떠오르면 상처 난 발바닥을 잠깐이나마 쉬게 하려고 한적한 숲속의 굽은 나무 밑둥에 앉아 있을 때도 있는데, 지치고 긴장이 풀려 어스름한 달빛 속에 잠이 들기도 한다네! 오, 빌헬름! 나의 영혼은 은자의 쓸쓸한 독방, 털로 짠 거친 의복, 가시 고리 허리띠 같은 것들을 간절히 바라네. 그럼 잘 있게! 무덤이 아니면 이 비참함을 끝낼 방법이 없을 것 같네.

9월 3일

떠나야겠네! 빌헬름, 자네가 흔들리는 내 결심을 굳혀줬다네. 고맙게 생각하네. 벌써 2주 전부터 그녀를 떠나야겠다고 생각했는데 이젠 정말 떠나야 할 것 같네. 그녀는 다시 시내에 있는 친구 집에 가 있네. 그리고 알베르트는…… 어쨌든…… 나는 떠나야만 하네!

9월 10일

괴로운 밤이었네! 빌헬름! 이제 나는 무슨 일이든 극복할 수 있네. 그녀를 다시는 만나지 않겠네! 오, 자네 목에라도 매달려 실컷 눈물을 흘리며 가슴속에 몰아치는 감회를 털어놓을 수 있다면 얼마나 좋을까. 여기 앉아 가쁜 숨을 고르면서 아침이 오기를 기다리네. 날이 밝으면 마차가 오기로 했네.

아, 그녀는 편히 잠들어 있네. 다시는 나를 보지 못하리라는 사실을 꿈에도 모르겠지. 나는 그 자리를 뿌리치고 나왔네. 두 시간이나 대화를 하면서도 내 계획을 누설하지 않겠다고 단단히 마음먹었던 걸세. 대화 분위기는 정말 좋았네!

알베르트는 저녁 식사를 마치는 대로 로테와 함께 정원으로 나오겠다고 약속했네. 나는 커다란 밤나무 밑 테라스에 서서 정겨운 계곡과 유유히 흐르는 강물 저편으로 지는 해를 마지막으로 바라보았네. 전에는 그녀와 함께 이 장엄한 광경을 바라보곤 했지. 그러나 지금은…… 내가 좋아하던 가로수 길을 이리저리 거닐어보았네. 알 수 없는 어떤 신비한 기운이 로테를 알기 전부터 나를 이곳으로 자주 이끌곤 했네. 우리가 서로 알게 된 지 얼마 되지 않았을 때 둘 다 그 장소를 좋아한다는 사실을 알고는 얼마나 기뻐했던지. 이곳은 내가 보았던 낭만적인 예술 작품 속에 등장하는 그 어떤 곳보다도 낭만적이라네.

무엇보다 밤나무 사이로 툭 트인 넓은 전망이 일품이지. 그러고 보니 생각나는군. 이미 그곳에 관해서는 자네에게 꽤 여러 번 써 보냈지. 키 큰 너도밤나무들이 병풍처럼 사방을 에워싸고, 그것과 맞닿아 있는 수풀 때문에 가로수 길은 더욱더 어두워지고, 마침내 사방이 완전히 막힌 조그만 광장으로 끝나는데, 그곳은 등골이 오싹해질 정도로 적막감이 감돌지. 그곳에 처음 발을 들여놓은 어느 환한 대낮에 느꼈던 은밀한 기운이 지금도 남아 있는 듯하네. 그 장소가 앞으로 축복과 고통의 무대가 되리라는 것을 당시 나는 어렴풋하게나마 예감했다네.

30분쯤 이별과 재회의 달콤쌉쌀한 회상에 잠겨 있자니 그들이 테라스로 올라오는 소리가 들리더군. 그들에게로 달려간 나는 약간의 전율을 느끼면서 로테의 손등에 키스했네. 우리가 테라스 꼭대기에 막 올라섰을 때 숲이 우거진 언덕 너머로 달이 떠오르더군. 우리는 이런저런 이야기를 나누며 그 어둑한 정자에 이르렀네. 로테가 먼저 그 안으로 들어가 자리에 앉자 알베르트도 그녀 옆에 앉았네. 나도 따라 앉긴 했지만 마음이 진정되지 않아 오래 있을 수가 없더군. 자리에서 일어나 그녀 앞을 이리저리 서성이다 다시 앉았네. 초조해서 견디기가 힘들었지. 로테는 너도밤나무 끝에 매달려 우리 앞쪽 테라스를 밝게 비춰주는 아름다운 달빛의 연출 솜씨를 감상해보라고 권했네. 우리 주위를 둘러싼 짙은 어둠과 뚜렷한 대조를 이룬 광경이 정말 멋지더군. 우리는 한동안 말이 없었네. 한참 후에 로테가 입을 열었지. "달빛 속을 거닐 때면 돌아가신 분들이 어김없이 떠올라요. 그러다보면 죽음과 내세에 관해서도 곰곰이 생각하게 돼요. 우리도 언젠가는 죽겠지요!" 그녀는 숙연함이 묻어나는 목소리로 이야기를 계속했네. "하지만 베르테르, 우리가 저세상에서도 다시 만날 수 있을까요? 서로를 알아볼 수는 있을까요? 어떻게 생각하세요? 말해줄 수 있어요?"

"로테." 나는 그녀의 손을 잡고 말했네. 눈가엔 어느새 눈물이 가득 고였지. "우리는 다시 만날 거예요! 이승에서나 저승에서나 꼭 다시 만날 겁니다!" 나는 더이상 말을 이을 수 없었네. 빌헬름, 하필이면 내가 마음속에 쓰라린 헤어짐을 품고 있을 때 그녀가 그런 질문을 할 줄 누가 알았겠나!

"우리가 사랑했던 고인들은 우리가 어떻게 살아가는지 알까요?" 로테가 말을 계속했네. "그분들은 우리가 행복하게 잘 지내고 있다고 느낄까요? 우리가 늘 따뜻한 사랑으로 그분들을 기억하고 있음을 알까요? 고요한 밤에 자식 같은 동생들과 함께 앉아 있을 때면, 그 옛날 어머니께 했던 것처럼 아이들이 내 주위를 에워쌀 때면, 어머니가 내 곁을 맴도는 것 같아요. 그럴 때마다 저는 그리움에 눈물 흘리며 하늘을 올려다보고 빌죠. 어머니가 돌아가실 때 어린아이들의 엄마 노릇을 하겠다던 그 맹세를 지키고 있는 내 모습을 한순간만이라도 보셨으면 하고요. 그리고 그런 마음으로 이렇게도 외쳐보죠. 어머니, 제가 만약 당신처럼 아이들을 제대로 돌보지 못했다면 용서해주세요! 그래도 최선을 다하고는 있어요. 예쁜 옷과 맛있는 음식을 챙겨주며 정성껏 보살피고 사랑하고 있답니다. 그리운 어머니! 우리의 화목한 모습을 당신이 한 번만이라도 볼 수 있다면 얼마나 좋을까요. 그러면 당신이 쓰라린 눈물을 흘리면서 아이들의 행복을 위해 은총을 베풀어달라고 기도를 올렸던 그 하느님께 다시 한 번 뜨거운 감사를 드릴 거예요."

그녀는 그렇게 말했네! 오, 빌헬름, 그녀의 말을 누군들 똑같이 되풀이할 수 있겠는가! 차갑게 죽은 문자가 그토록 성스러운 정신의 꽃을 어떻게 표현해낼 수 있겠는가! 알베르트가 점잖게 그녀의 이야기를 가로막았네. "지나치면 건강에 좋지 않아요. 사랑하는 로테! 당신의 영혼이 곧잘 그런 생각에 사로잡히는 것은 잘 알지만 제발 부탁이니……" "오, 알베르트." 그녀가 말했네. "당신도 그날 일을 잊지 않았죠? 아버지는 여행중이셨고 우리는 아이들을 재운 뒤 단둘이서 작은 원탁에 앉아 있었죠. 당신은 좋은 책을 자주 들고 오긴 했지만 읽는 일은 드물었죠. 어머니의 고결한 영혼과 교류하는 일을 훨씬 유익하게 여겼기 때문이겠죠? 어머니는 아름답고 다정하고 밝고 활동적인 분이었어요! 하느님은 제 눈물의 의미를 아실 거예요. 언제나 잠자리에서 무릎을 꿇고 어머니 같은 사람이 되게 해달라고 하느님께 기도하곤 했으니까요."

"로테!" 나는 그녀의 발치에 무릎을 꿇고 그녀의 손을 움켜잡은 채 하염없는 눈물로 그 손을 적셨지. "로테! 하느님의 은총과 어머니의 영혼이 당신을 굽어살필 거예요!" "당신이 제 어머니를 아셨다면" 하고 말하며 그녀는 내 손을 꼭 쥐었네. "우리 어머니는 당신이 알았어도 좋았을 만큼 훌륭한 분이셨어요!" 내겐 몹시 벅찬 감동을 주는 말이었네. 나에 대해 이보다 훌륭하고 자랑스러운 말은 들어본 적이 없네. 그녀는 계속 말했지. "어머니는 한창나이 때 그만 돌아가시고 말았어요! 막내가 태어난 지 6개월도 안 돼서죠. 병도 오래 앓지 않으셨어요. 운명에 조용히 몸을 맡기셨죠. 다만 아이들 때문에, 그중에서도 특히 막내둥이 때문에 마음 아파하셨답니다. 임종이 다가오자 아이들을 데려오라고 제게 말씀하시더군요. 영문도 모르는 작은애들과 어쩔 줄 몰라 하는 큰애들이 침대 주위에 빙 둘러섰어요. 그러자 어머니는 두 손을 모아 아이들을 위해 기도하고 하나하나 키스를 해주더니 내보내셨어요. 그러고는 제게 '네가 저 아이들의 엄마가 되어다오!' 하고 말씀하셨어요. 저는 어머니에게 손을 내밀며 그러겠노라 다짐했죠! '네가 지금 하는 약속은 지키기 매우 힘들단다.' 어머니가 말씀하셨어요. '어머니의 마음과 어머니의 눈을 가져주기 바란다. 네가 곧잘 감사의 눈물을 흘리는 것을 보고 내 말뜻을 이해할 거라 생각했다. 동생들을 그런 마음으로 잘 돌봐주고 아내와 같은 성실성과 순종하는 마음으로 네 아버지를 모시도록 해라. 아버지를 잘 위로해드려야 한다.' 그러고는 아버지를 찾으셨어요. 하지만 아버지는 견딜 수 없는 고통을 숨기려고 밖으로 나가버리셨죠. 상심이 무척 크셨을 테니까요.

알베르트, 그때 당신은 저와 함께 방에 있었죠. 그때 어머니는 발기척을 듣고는 누구냐고 물으시더니 당신을 가까이로 부르셨어요. 어머니는 당신과 나를 번갈아 쳐다보셨죠. 그때 그 안도하던 눈빛은 우리가 행복하리라는 것을, 함께 행복하게 잘 살리라는 것을 예감한 듯 평온했어요." 알베르트는 그녀의 목을 끌어안고 키스한 다음 소리쳤네. "물론 우리는 지금 행복해요! 그리고 앞으로도 그럴 겁니다!" 그토록 침착하던 알베르트도 평상심을 잃었고 나 자신도 어찌해야 할지 정신이 없더군.

"베르테르." 그녀가 다시 입을 열었네. "그런 어머니를 우리는 잃고만 거예요! 아, 일생에서 가장 소중한 분을 빼앗긴다는 것이 어떤 기분인지 아이들만큼 사무치게 느끼는 존재도 없을 거예요. 그 뒤로도 오랫동안 아이들은 검은 옷을 입은 남자들이 어머니를 데려갔다고 슬퍼했으니까요!"

그녀가 자리에서 일어나더군. 그제야 정신이 들었지만 너무 감동을 받은 나머지 그녀의 손을 잡은 채로 자리에 앉아 있었네. "이제 그만 가도록 하죠." 그녀가 말하더군. "갈 시간이 됐어요." 그녀는 내게서 손을 빼려고 했지만 나는 더 세게 움켜쥐었네. "우리는 다시 만날 겁니다." 나는 큰 소리로 말했네. "다시 보게 될 겁니다. 어떤 모습으로 변해 있더라도 서로를 알아볼 수 있을 겁니다. 그만 가겠습니다." 나는 이렇게 덧붙였네. "기꺼이 떠나겠습니다. 하지만 영원한 헤어짐이라고 말한다면 받아들일 수 없을 거예요. 잘 있어요, 로테! 잘 있어요, 알베르트! 다시 만나도록 합시다." "내일 말인가요?" 그녀는 농담조로 대답하더군. 그 내일이 어떤 것인지 나는 똑똑히 느꼈네! 그러나 아, 내게서 자기 손을 빼내는 순간에도 그녀는 아무것도 모르고 있었네. 그들은 가로수 길을 따라 걸어갔고, 나는 그 자리에 서서 달빛 속에 멀어져가는 그들을 조용히 목송했네. 그러고는 땅바닥에 주저앉아 실컷 울었네. 그러다가 다시 벌떡 일어나 테라스로 달려 올라갔네. 저 아래 키 큰 보리수 그늘 속에 정원 문 쪽으로 걸어가는 로테의 나풀거리는 흰 옷이 보이더군. 두 팔을 뻗었지만 그녀의 모습은 사라지고 없었네.

제2부

1771년 10월 20일

    우리는 어제 이곳에 도착했네. 공사는 몸 상태가 별로 좋지 않아 며칠 집에 들어앉아 있을 모양이네. 그 양반이 조금만 더 호의적이면 좋겠는데. 아무래도 운명이 내게 혹독한 시련을 줄 모양이네. 그래도 용기를 내야지! 매사에 긍정적으로 살아가면 그 어떤 것도 이겨낼 수 있겠지! 긍정적 사고라? 이런 말까지 쓰게 되다니 정말 우습군. 오, 내 성격이 조금만 더 밝았더라면 세상에서 가장 행복한 사람이 되었을지도 모르네. 이게 다 뭐란 말인가! 남들은 얄팍한 능력과 재주를 지니고도 자만심에 가득 차서 활보하고 다니는데, 나는 내가 가진 능력과 재능에 절망해야 하나? 제게 모든 것을 아낌없이 베풀어주신 자비로운 하느님, 제게 주신 것들 중에서 절반을 다시 거둬 가는 대신 자신감과 만족감을 주시지 그러셨습니까?

참자! 참는 거야! 그러면 좋아지겠지. 친구, 고백하건대 자네 말이 맞네. 매일같이 세상 사람들과 부딪치고 돌아다니며 그들의 행실과 수작을 경험하게 되면서부터 나도 나 자신과 타협할 수 있게 되었네. 분명 우리는 모든 것을 우리 자신과 비교하고, 또 반대로 우리 자신을 다른 것과 비교하도록 만들어졌기 때문에 우리의 행복과 불행은 우리와 관련된 대상에 달려 있는 것 같네. 그런 점에서 보자면 고독만큼 위험한 것은 없다고 해야겠지. 우리의 상상력은 점점 높은 단계로 나아가려는 속성을 가지고 있을 뿐만 아니라 문학작품 속의 환상적인 비유와 이미지 들로부터 많은 영향을 받는 게 사실이라네. 우리를 가장 저급한 존재로 추락시키고 우리 이외의 존재들은 더 멋지고 완벽한 것으로 여기려는 경향도 바로 그런 맥락에서 이해할 수 있지. 이것은 매우 자연스럽다 할 수 있네. 우리는 스스로 부족한 것이 많다고 느끼며, 우리가 갖지 못한 바로 그것을 다른 사람들은 가지고 있다고 생각한다네. 게다가 우리가 갖고 있는 것까지 그 사람에게 모두 줘버리고는 어떤 이상적인 만족감까지도 덤으로 부여하지. 그런 식으로 가장 완벽하게 행복한 사람이 만들어지는데, 사실 그것은 우리 자신이 만들어낸 존재에 불과하네.

반면에 우리가 아무리 약점투성이 존재이고 넘어야 할 난관이 많다 해도 오로지 앞을 향해 나아간다면, 느린 걸음일지언정 돛을 달고 노를 저어가는 사람들보다 멀리 나아갈 수 있음을 알게 된다네. 그렇게 해서 다른 사람들과 대등해지거나 그들보다 앞서 나감으로써 진정한 자신감과 성취감을 얻게 되는 걸세.

11월 26일

지금 정도라면 여기서도 웬만큼은 지낼 수 있을 것 같네. 이곳에는 할 일이 많다는 게 가장 마음에 드네. 뿐만 아니라 각양각색의 사람들이 내 영혼에 다채로운 구경거리를 제공해준다네. C백작이라는 분을 알게 되었는데 시간이 지날수록 더욱더 존경심이 드는 인물이네. 그는 사고의 폭이 넓고 두뇌가 명석하면서도 성격은 전혀 차갑지 않다네. 그리고 사귀면서 느낀 거지만 남을 대하는 태도에서는 우정과 사랑에 대한 풍부한 감수성을 풍긴다네. 일전에 업무차 그분을 방문했을 때 잠깐 대화하면서, 서로 마음이 잘 통한다는 것과 다른 사람들에게 할 수 없는 이야기도 나와는 나눌 수 있음을 알아차리고부터 내게 관심을 보이게 된 듯하네. 그가 나를 대할 때 보여준 가식 없는 태도 또한 말로 다 표현 못할 정도네. 마음을 열어 보여주는 위대한 영혼을 대하는 것만큼 참된 기쁨은 세상에 없을 것이네.

12월 24일

짐작대로 공사는 나를 정말 불쾌하게 만든다네. 그는 세상에 둘도 없는 고지식하고 꽉 막힌 인간이라네. 모든 것을 순서대로 처리해야 직성이 풀리는 모양인지 시어머니처럼 아주 까다롭게 군다네. 결코 자신에게 만족하지 못하는 인간이기에 누가 무슨 일을 해줘도 고마운 줄을 모르네. 나는 일을 신속히 처리하기를 좋아하고, 한 번 처리한 일은 그냥 내버려두는 편이네. 그런데 그가 문서를 되돌려줄 때마다 으레 하는 말이 있네. "이것도 괜찮긴 하지만 그래도 한 번 더 훑어보게. 더 좋은 표현이나 더 정확한 정서법을 생각해보도록 하게." 그럴 때면 나는 정말 화가 치밀어오른다네. '그리고' 같은 접속사 하나도 빠져서는 안 된다는 거지. 그리고 내가 자주 구사하는 도치법도 매우 못마땅해한다네. 문장 구조가 관례를 벗어나기라도 하면 그는 거기에 담긴 뜻을 전혀 알아차리지 못하지. 그런 인간을 상대해야 하니 내가 괴롭지 않겠나.

C백작의 신뢰가 그나마 내게 유일한 위안거리라네. 일전에 그가 공사의 느린 일처리 방식과 지나치게 꼼꼼한 성미가 마음에 들지 않는다고 내게 솔직하게 털어놓았네. "그런 사람들은 자기 자신뿐만 아니라 다른 사람들까지도 힘들게 하죠." 그가 말했네. "하지만 산을 넘는 나그네처럼 그 정도는 참고 견뎌야 합니다. 물론 산이 없다면 가는 길이 훨씬 수월하겠지요. 그러나 산이 가로막고 있으니 그 산을 넘는 것 외엔 다른 방도가 없어요!"

늙은 공사 양반도 백작이 자기보다 나에게 더 호감을 가지고 있음을 알아차린 모양일세. 그게 화가 나는지 그 노인네는 기회가 닿을 때마다 백작의 험담을 늘어놓곤 한다네. 당연히 나는 그 말에 반박하는 편이지만 그러다보니 상황은 더 나빠질 뿐이네. 어제는 그가 은근슬쩍 나까지 걸고 넘어지는 바람에 화가 머리끝까지 치밀어올랐네. 백작이 일을 매끄럽게 잘 처리하고 일하는 속도도 빠르며 글솜씨도 괜찮은 건 사실이지만 모든 문필가가 그렇듯 기초적인 학식이 부족하다는 것이었네. 그렇게 말하면서 "좀 뜨끔하겠지?" 하는 표정을 지었지.

하지만 그건 나를 전혀 자극하지 못했네. 나는 그런 식으로 생각하고 행동하는 인간을 경멸하네. 나는 물러서지 않고 아주 과격하게 되받았지. 백작은 인품은 물론이거니와 학식으로도 존경받을 만한 분이라고 했네. "나는 그분처럼 사고의 폭을 넓혀, 그 사고를 수많은 대상에 적용시킴으로써 지적 활동을 일상적인 삶에서 그토록 성공적으로 활용해나가는 분을 만나본 적이 없습니다." 공사 양반이 그 말을 알아들을 리 없었네. 그래서 나는 쓸데없는 말로 공연히 분란을 일으키지나 않을까 두려워 그 자리를 빠져나왔네.

사정이 이렇게까지 된 것도 모두 자네들 잘못이네. 자네들은 내게 이런 멍에를 짊어지라고 떠들어대며 어쭙잖은 '활동' 예찬으로 나를 부추겼지 않나. 활동이란 게 대체 뭔가! 감자를 심고 시내에 가서 곡식을 내다 파는 사람이 나보다 많이 활동할 걸세. 그게 아니라면 사슬에 묶여 사는 이 노예선에서 10년은 더 몸 바쳐 일할 용의가 있네.

서로 눈치나 보는 뻔뻔한 인간들의 허울 좋은 비루함과 그 지리멸렬함이라니! 남보다 한 걸음이라도 앞서기 위해 눈에 불을 켜고 달려드는 인간들의 출세욕, 비참하고 처절하기 이를 데 없는 그 병적인 집착. 한 여인을 예로 들어보겠네. 그녀는 만나는 사람마다 붙들고는 자기네 가문이나 고향 자랑을 늘어놓는다네. 사정을 잘 모르는 사람은 이렇게 생각할 걸세. 그다지 내세울 것도 없는 혈통과 고향 이야기를 뭐 그리 대단한 것이라고 저리도 자화자찬인가, 정말 바보 같은 여자가 아닌가, 하고 말일세. 더욱더 가관은 그 여자가 이곳 근처에 사는 어느 관청 서기의 딸이라는 점이네. 나는 자신의 치부를 적나라하게 드러내고도 창피한 줄 모르는 족속들을 도무지 이해할 수 없네.

친구! 다른 사람을 자신의 기준으로 평가하는 게 얼마나 바보 같은 짓인지를 매일같이 절실히 느낀다네. 게다가 일이 산더미같이 쌓여 있고 마음도 격하게 소용돌이치는 마당이라면 다른 사람의 일에는 관여하고 싶지 않잖은가. 그들도 내가 나의 길을 가도록 내버려둔다면 말일세.

나를 가장 화나게 하는 것은 시민들의 운명적인 신분 관계라네. 신분 차이가 어느 정도는 필요하고 내게도 유익하다는 사실을 모르는 바는 아니네. 하지만 그것이 내가 이 세상에서 약간의 기쁨과 행복을 누릴 수 있게 된 때에 장애물이 되지 않기를 바라네. 얼마 전 산책길에서 B양을 알게 되었네. 이토록 경직된 사고를 강요받는 삶 속에서도 천성을 잃지 않고 살아가는 사랑스러운 여자였네. 대화를 나누다 보니 서로에게 호감이 생겨서 헤어질 때 그녀의 집을 한번 방문하게 해달라고 부탁했네. 그녀가 어찌나 흔쾌히 승낙하던지 나로서는 방문하기에 적절한 시기까지 기다릴 수가 없었네. 그녀는 이곳 출신이 아니며 아주머니 집에서 살고 있었네. 그 노부인의 인상은 마음에 들지 않았네. 하지만 예의를 갖추고 가능하면 그 부인과도 이야기를 나누려고 했네. 나는 30분도 안 돼서 나중에 B양이 내게 털어놓을 몇 가지를 알게 되었지. 그러니까 그 아주머니는 그 나이에도 여전히 사정이 여의치 못하다는 것이었네. 딱히 이렇다 할 만한 재산이나 재주가 없어 족보에나 의지하고 있으며 알량한 신분만이 그녀의 유일한 방패막이였다는 걸세. 그리고 그녀의 유일한 즐거움이라고는 지나가는 사람들을 이 층에서 내려다보는 것이 전부였다네. 한창나이 때는 빼어난 미모와 변덕스러운 성격 탓에 많은 청년들에게 고통을 주며 세월을

보냈다는군. 그러다 중년이 되어서 한 늙은 장교에게 순종하며 조신
하게 살았다네. 장교는 그 대가로 비싼 생활비를 대주며 그녀와 삼사
십 대를 함께 보내다 세상을 떴다더군. 지금은 그녀도 오십 줄을 넘긴
채 홀로 사는데, 조카딸이 그렇게 돌봐주지 않으면 마땅히 의지할 데
도 없겠지.

1772년 1월 8일

격식에만 연연하면서 몇 년이 걸려도 좋으니 어떻게든 상석을 차지
하려고 고군분투하는 인간들이 있으니 이 얼마나 한심한 일인가! 그
들에게는 그것 말고도 할 일이 태산같이 쌓여 있는데 말일세. 이는 사
소한 일에 관심을 갖느라 정작 중요한 일은 내팽개쳐두었기 때문일
걸세. 지난주에는 썰매를 타다가 분란이 일어나는 통에 즐거운 분위
기를 다 망치고 말았네.

사실 지위는 전혀 중요하지 않고 최고의 자리를 차지한다고 최고의
역할을 하는 것도 아니라는 사실을 모르는 바보 같은 인간들이지! 왕
은 장관에게, 그리고 장관은 비서에게 휘둘리는 경우가 얼마나 많은
가! 그렇다면 제일 윗자리를 차지하는 자는 누구인가? 내가 보기에는
상대방의 모든 면을 파악한 후, 그들의 힘과 열정을 제 계획을 실현하
는 데 발휘하도록 하는 역량과 책략을 가진 사람일세.

1월 20일

　사랑하는 로테, 나는 지금 맹렬한 폭풍우를 피해 들어온 초라한 시골 민박집에서 당신에게 편지를 씁니다. 우울한 보금자리였던 D마을에서 사뭇 낯설기만 한 사람들 틈에 끼여 살아갈 때는 당신에게 편지를 쓸 겨를이 없었습니다. 창밖으로 눈보라와 우박이 으스러지는 이 쓸쓸하고 옹색한 오두막에 있자니 당신이 제일 먼저 떠올랐습니다. 그리운 로테, 이곳에 발을 들여놓는 순간 당신의 모습과 예전의 추억들이 떠오릅니다! 그토록 성스럽고 그토록 따스하게! 당신을 처음 보았을 때 그 행복했던 순간들이 다시 떠오릅니다!

　그리운 그대여, 피폐함에 빠진 나의 이 몰골을 당신이 보기라도 한다면! 내 감각은 깡그리 메말라버렸습니다! 마음의 포만감이라고는 단 한순간도 느낄 수 없고 즐거울 때도 전혀 없습니다! 아무것도! 정말 아무것도 느낄 수 없어요! 나는 마치 난쟁이와 조랑말 들이 바삐 돌아가는 요지경 앞에 서 있는 것 같습니다. 그래서 혹시 이것이 착시 현상이 아닐까 자문해보기도 합니다. 나도 그들과 함께 놀이를 해보지만 꼭두각시 인형처럼 누군가한테 조종당하고 있다는 생각이 들곤 합니다. 그래서 때때로 옆 사람의 나무 손을 붙잡았다가 깜짝 놀라 뒷걸음질 치기도 합니다. 저녁에는 다음 날 해돋이를 구경하리라 마음먹지만 아침이면 잠자리를 뜰 수가 없어요. 또 낮에는 밤의 달빛을 즐기겠노라 마음먹지만 정작 밤이 되면 방 안에 틀어박히게 됩니다. 내가 왜 잠자리에서 일어나고, 왜 잠자리에 드는지 알 수가 없습니다.

　내 인생의 견인차 역할을 해왔던 효모가 더이상 존재하지 않으니다. 깊은 밤에는 맑은 정신을 지켜주었고 아침이면 눈뜨게 해주었던 그것이 사라지고 없습니다.

이곳에서 만난 유일한 여자는 B라는 아가씨입니다. 사랑하는 로테, 당신을 닮은 누군가가 있다면 바로 그녀가 그 사람입니다. 당신은 이렇게 말할지도 모릅니다. "아휴! 어쩜 아첨도 잘하시네요!" 그것도 아주 틀린 말은 아니겠죠. 얼마 전부터 나도 넉살이 좋아지고 유머감각도 제법 늘었는데, 어쩔 수 없이 그렇게 되더군요. 그랬더니 여자들이 나처럼 칭찬을 세련되게 잘하는 사람은 없을 거라더군요. (이렇게 말하면 당신은 내가 거짓말도 근사하게 한다고 거들 테죠. 거짓말이 아니고서야 그렇게 칭찬을 잘할 수 없을 테니까요. 그렇지 않나요?) 사실 B양 얘기를 당신에게 하고 싶었습니다. 그녀의 푸른 눈에서도 읽히듯 그녀는 넉넉한 영혼의 소유자입니다. 그녀는 마음속 소망을 전혀 충족시켜주지 못하는 자기의 신분을 짐스럽게 여깁니다. 그녀는 세상의 번잡함에서 벗어나고 싶어하기에 우리는 순수한 행복을 느끼며 살아가는 장면을 몇 시간이고 함께 꿈꾸곤 합니다. 아! 우리는 당신 이야기도 한답니다! 그럴 때마다 그녀가 당신에게 얼마나 자주 경의를 표하는지 모릅니다. 그것은 마음속에서 우러나는 찬사였습니다. 그녀는 당신 이야기를 듣고 싶어하고 또 당신을 흠모합니다.

아, 이 정겹고 친근감 넘치는 방 안에서 당신의 발치에 앉을 수 있다면 얼마나 좋을까요. 우리 아이들이 나를 에워싸고 깡충거리며 돌아다니는 상상도 해봅니다. 그러다 아이들이 너무 시끄럽게 굴면 나는 아이들을 불러 모아놓고 무서운 이야기를 들려주며 얌전히 앉아 있게 할 겁니다.

하얀 눈으로 반짝이는 세상을 뒤로한 채 태양이 장엄하게 가라앉고 있습니다. 이젠 폭풍우도 멎었습니다. 나는 다시 새장 속에 갇혀야 할 것 같습니다. 잘 지내요! 알베르트도 지금 함께 있습니까? 그리고 어떻게……? 이런 질문을 하다니, 미안합니다!

2월 8일

일주일째 을씨년스러운 날씨가 계속되고 있지만 나는 오히려 기분이 좋다네. 이곳에 온 후로 날이 화창하기만 하면 어김없이 누군가가 내 기분을 망쳐놓거나 언짢게 했기 때문이지. 비가 내리거나 진눈깨비가 추적대거나 서리가 내리거나 눈이 녹아 질퍽거리면 '잘됐군! 집에 있는 것도 나쁠 거 없지. 그래, 그 편이 더 나을지도 몰라' 하고 생각한다네. 아침에 해가 떠오르고 날이 화창할 것 같으면 나는 이렇게 소리칠 수밖에 없다네. "오늘도 하늘이 은총을 베풀어주셨는데 다들 또 뭔가를 차지하려고 한바탕 야단법석을 떨겠군!" 사람들이 서로 가지겠다고 다투지 않는 대상이 단 하나도 없네! 건강, 평판, 기쁨, 휴식 등 모든 것이 그렇다네. 대부분 어리석고 이해심이 부족하며 옹졸하기 때문에 그런 것인데도 그들은 좋은 의도로 그렇게 한다고 말한다네. 때로 나는 그들 앞에 무릎이라도 꿇고 제발 그렇게 날뛰면서 애간장 좀 녹이지 말라고 애원하고 싶어지네.

2월 17일

공사와 나의 관계는 오래갈 것 같지 않네. 도저히 상종할 수 없는 인간일세. 그가 일하는 방식이나 추진하는 업무를 보면 참으로 어처구니가 없어 이의를 제기한 후 내 판단과 내 방식에 따라서 처리할 때가 많다네. 그것이 공사에게는 당연히 많이 불쾌하겠지. 최근에 공사는 자신의 불만을 궁정에까지 보고했네. 그 일로 장관이 나를 문책했지. 물론 가벼운 문책이긴 했지만 문책은 문책이었네. 사직서를 제출하려던 참에 장관한테 개인적인 편지* 한 통을 받았네. 그 고매하고 깊은 배려심에 공경의 마음이 절로 생겨났지. 그분은 나의 지나치게 예민한 감수성을 나무라면서도, 한편으로는 활동성이라든지 대인관계, 업무 처리의 철두철미함 등에 대한 내 패기만만한 생각은 젊은이다운 배포라고 치하했네. 그러고는 그런 기개를 사장시키지 말고 얼마간 누그러뜨려서 제대로 사용하고, 또 효과를 극대화할 수 있는 방향으로 이끌어보라고 하셨네. 그 참에 일주일 동안 재충전의 시간을 가졌고 마음의 평정도 되찾았다네. 영혼의 안정은 소중하며 그것 자체가 하나의 기쁨이라고 할 수 있지. 사랑하는 친구, 이처럼 아름답고 귀중한 보석이 쉽사리 깨지지 않기까지 하면 얼마나 좋을까.

---

* 이 훌륭한 분에 대한 경외심에서 지금의 이 편지와 뒤에 언급될 또다른 편지 한 통을 이 서간집에서 제외하기로 했습니다. 왜냐하면 독자들이 제게 아무리 온정적이고 고마워하는 마음을 보인다 하더라도 이처럼 경우에 어긋나는 행위까지 용서받을 수 있다고는 생각하지 않기 때문입니다(원주).

2월 20일

   사랑하는 사람들이여, 하느님께서 그대들에게 축복을 내려주시고 그분이 내게서 거두어 간 행복한 나날을 그대들에게만은 선사해주시길!

   알베르트, 당신이 나를 속인 것을 고맙게 생각합니다. 나는 당신들의 결혼 소식을 기다리고 있었습니다. 그날에 맞춰 로테의 실루엣을 벽에서 엄숙히 떼어내어 다른 종이 꾸러미 속에 보이지 않게 묻어둘 참이었습니다. 그런데 지금 당신들은 부부가 되었지만 그녀의 그림은 아직 여기 걸려 있습니다! 이제는 그냥 걸어두겠습니다! 안 될 이유도 없겠죠? 나 또한 당신들과 함께 있는 것입니다. 그렇게 되면 나는 당신에게 피해를 입히지 않고도 로테의 가슴속에 들어갈 수 있겠죠. 그래요, 그녀의 마음속에서 나는 두번째 자리를 차지하고 있는 셈인데, 앞으로도 그랬으면 좋겠고 또 그래야만 할 것 같습니다. 오, 그녀가 나를 잊기라도 한다면 나는 미쳐버릴 겁니다. 알베르트, 그런 생각만 해도 지옥 같습니다. 알베르트, 잘 있어요! 안녕히 계세요, 하늘의 천사! 안녕, 로테!

3월 15일

   최근에 겪은 불쾌한 일 때문에 이곳을 떠나야 할 것 같네. 아주 이가 갈릴 지경이라네! 빌어먹을! 그 무엇으로도 보상받을 길 없는 지독한 불쾌감이네. 자네들이 나를 부추기고 재촉하고 심지어 괴롭혀서 취미에 맞지도 않는 자리에 앉도록 만들었으니 이 모든 것이 따지고 보면 다 자네들 탓이네. 내가 이런 지경에 놓였으니 자네들도 기분 좋을 리 없겠지! 나의 극단적인 세계관이 모든 것을 망쳐버렸다는 말이 자네 입에서 흘러나오지 않도록, 사랑하는 친구, 마치 연대기 작가처럼 단순명료하게 이야기의 전말을 말해주겠네.

C백작이 나를 총애하여 각별히 아껴준다는 사실은 익히 알려졌으며 자네에게도 수없이 말해왔네. 어제 그 백작 댁에서 저녁 식사를 했네. 그런데 마침 그날 저녁은 상류층의 신사숙녀들이 사교 모임을 갖는 날이었지. 나는 그런 모임은 금시초문이었고 또 우리 같은 하급 공무원들은 그런 모임에 낄 수 없다는 사실도 전혀 몰랐네. 어쨌든 나는 백작과 저녁 식사를 하고 식사 후에 거대한 홀 안을 왔다갔다하면서 백작과, 나중에 대화에 합류한 B대령과 함께 이야기를 나누었네. 곧 파티가 시작될 시간이었지. 나는 정말 아무 생각도 못 했네. 그때 어줍잖은 교양미를 드러내는 S부인이 남편과 함께 들어왔네. 그들은 빈약한 가슴에 앙증맞은 코르셋을 두른, 잘 부화된 거위 새끼 같은 딸을 데려왔더군. 이들은 가문 대대로 내려왔을 법한 오만한 눈초리에다 콧방울까지 씰룩거리면서 내 옆을 스쳐지나갔네. 그런 인간들을 보면 역겨워져서 나는 그만 자리를 뜰까 하고 백작이 그들과의 시답잖은 한담에서 놓여날 때만을 기다렸지. 그때 내가 아는 B양이 들어왔네. 그녀를 보면 늘 기분이 들뜨는 탓에 그냥 남아 있기로 하고 그녀의 의자 뒤로 가서 서 있었네. 얼마가 지나서야 나는 그녀가 나와 대화를 나누면서도 여느 때와 달리 솔직하지 못하고 뭔가 당황스러워한다는

사실을 알아차렸네. 나는 그런 행동이 이상스러웠네. 이 여자도 다른 사람들과 마찬가지라는 생각에 기분이 상해서 자리를 박차고 나올 생각이었지. 하지만 그 자리에 좀더 머물렀다네. 그녀의 그런 태도가 내 오해에 지나지 않는다고 믿고 싶은 마음도 있었지만 그녀한테 정겨운 말 한마디라도 들어보고 싶어서였네. 그러는 사이 사람들이 부쩍 늘어났더군. 프란츠 1세 대관식 당시의 옷차림을 한 F남작, 이곳에서는 직책상 귀족 대우를 받는 궁정 고문관 R와 그의 귀머거리 부인, 그 밖에도 옛 프랑켄풍 의상의 해진 부분을 새로 유행하는 천으로 기워 입은 초라한 옷차림의 J도 잊을 수가 없네. 이런 사람들이 떼거지로 모여들더군. 나는 안면이 있는 몇몇 사람과 이야기를 나누었지만 모두들 말을 아끼는 분위기였네. 나는 오로지 B양에게만 주의를 기울였지. 그래서 홀 한쪽 끝에서 여자들이 귓속말로 주고받는 얘기가 남자들의 귀에까지 들어가고 결국 S부인이 백작에게까지 이야기하게 된 상황을 전혀 눈치 채지 못했네(이 모든 이야기를 B양이 나중에 들려주었지). 마침내 백작이 내게로 다가오더니 나를 한쪽 창가로 데리고 가더군. "우리 모임의 특별한 관례를 당신도 이젠 눈치 채셨을 겁니다" 하고 백작이 말문을 열더군. "여기 모인 사람들은 당신이 여기 있는 것을 탐탁지 않게 여기는 듯합니다. 나야 물론 아무렇지도 않지만 말입니다." "백작님." 내가 그의 이야기를 가로막았네. "정말로 죄송합니다. 제 쪽에서 먼저 분위기를 파악했어야 하는데 말입니다. 저의 불찰을 용서해주시리라 믿습니다. 사실은 아까부터 자리를 뜨려고 마음먹었는데 뭔가에 홀려서 그만 어물댔습니다." 나는 웃는 얼굴로 덧붙여 말하고는 허리를 굽혀 인사했네. 백작은 힘주어 내 손을 잡았는데 거기엔 모든 것을 이야기하려는 듯한 풍부한 감정 같은 것이 깃들어 있더군. 나는 고상한 체하는 사람들의 모임에서 슬며시 빠져나와 이륜마차를 타고 M이란 곳으로 갔네. 그곳 언덕에 서서 일몰을 지켜보며 나의 호메로스를 펴들고 오디세우스가 인품 훌륭한 돼지치기들한테 후한 대접을 받는 근사한 대목을 읽었다네. 그때까지는 모든 것이 다 좋았네.

저녁이 되어 식사를 하려고 돌아왔네. 식당에는 아직 몇몇 손님들이 남아 있더군. 그들은 한쪽 구석에서 식탁보를 뒤집어놓고 주사위놀이를 하고 있었네. 그때 성품이 올곧은 아델린이 들어와 내 쪽을 쳐다보면서 모자를 벗더군. 그러고는 가까이 다가오더니 나지막한 소리로 말했네. "불쾌하셨지요?" "내가요?" 나는 말했네. "파티장에서 백작이 당신을 쫓아냈다고 하던데." "빌어먹을 파티! 시원하게 바깥바람이나 쐬는 게 훨씬 좋습니다." 내가 말했지. "그렇게 생각하신다니 다행이군요." 그가 말했네. "다만 한 가지 안타까운 것은 그 소문이 이미 온 마을에 퍼졌다는 겁니다." 그 말을 들으니 화가 나더군. 식사를 하러 와서 나를 쳐다보던 사람들이 다 그 일 때문에 쳐다본 것이라는 생각이 들더군. 속이 부글부글 끓어올랐네.

오늘은 어디를 가든 듣기 거북한 소리만 들려오더군. 그간 나를 못마땅하게 여기던 사람들이 의기양양해져서 지껄여댔지. "그 잘난 머리 하나 믿고 목에 힘이나 주고 신분을 무시한 채 오만방자하게 굴더니 결국 저런 개망신을 당하는군" 하고 말일세. 그것도 모자라 온갖 중상모략까지 일삼으니 내 심장에 칼을 꽂고 싶은 심정이네. 자기의 소신이 중요하다고들 하지만 그런 야비한 족속들이 조금 유리해진 입장을 이용해서 미주알고주알 지껄여대는 걸 참아낼 사람은 아마 없을 걸세. 그들의 험담이 근거 없이 떠도는 한낱 뜬소문에 불과하다면 차라리 가볍게 넘길 수도 있을 테지만 말이야.

3월 16일

모든 것이 나를 초조하게 만드네. 오늘 가로수 길에서 B양을 만났는데 견딜 수가 없어서 말을 걸었네. 그녀의 일행한테서 약간 거리를 둔 채 일전에 그녀의 행동 때문에 입은 마음의 상처를 드러냈네. "오, 베르테르." 그녀는 정색을 하며 이야기를 꺼내더군. "제 마음을 잘 아시는 분이 난처했던 제 입장을 어쩜 그런 식으로 받아들이나요? 홀에 들어선 순간부터 당신 때문에 얼마나 곤혹스러웠는지 몰라요. 모든 상황을 이미 짐작하고 있었기에 당신에게 귀뜸이라도 할까 하고 몇 번이나 망설였는지 모릅니다. S부인과 T부인은 당신과 같은 자리에 있느니 차라리 남편과 함께 그 자리를 뜨고 싶어했다는 것과, 백작이 그들의 의견을 존중하지 않을 수 없었다는 것도 저는 잘 알고 있었어요. 그래서 급기야 그런 소동까지 벌어진 거예요!" "뭐라고요?" 나는 짐짓 놀라움을 감추며 말했네. 그 순간 엊그제 아델린한테 들은 이야기가 끓어넘치는 물처럼 핏줄 속으로 질주해 들어오는 듯했네. "그로 인해 저도 충분히 대가를 치러야 했어요!" 그 사랑스러운 여인은 눈물을 글썽이며 말하더군. 나는 자제력을 잃고 그만 그녀의 발치에 엎어지고 싶은 심정이었네. "무슨 뜻인지 말씀해주세요." 나는 큰 소리로 외쳤네. 그녀의 두 뺨에 눈물이 흘러내렸지. 순간 나는 제정신이 아니었네. 그녀는 애써 눈물을 감추려 하지도 않고 그저 훔쳐내고만 있었네. "제 아주머니를 당신도 아시죠." 그녀는 말을 시작했네. "아주머니도 그 자리에 계셨는데, 오, 당신을 바라보는 눈초리가 어땠는지 모르실 거예요. 베르테르, 저는 어젯밤은 물론이고 오늘 아침에도 당신과 사귀는 문제를 두고 일장 훈계를 들어야 했어요. 저는 당신을 깎아내리고 멸시하는 소리를 가만히 들어야 했어요. 당신을 두둔하는 말은 절반도 할 수 없는 상황이었어요."

그녀의 말 한 마디 한 마디가 칼날처럼 내 가슴을 파고들었네. 아무 말도 하지 않는 것이 내게 더 큰 자비를 베푸는 일임을 그녀는 모르는 듯하더군. 그러고도 그녀는 계속 말했네. 앞으로 또 어떤 이야기가 사람들의 입에 오르내릴지 모르며, 어떤 사람들은 그렇게 된 데 대해 쾌재를 부를 것이라는 말도 덧붙이더군. 거드름을 피우고 위세를 부린다고 나를 비난해온 사람들은 드디어 내가 그 대가를 치르게 되었다고 고소해할 거라고도 했네. 빌헬름, 이 모든 얘기를 연민에 찬 그녀의 목소리로 들으니 기진맥진해지더군. 아직도 울화가 치미네. 차라리 누군가 당당하게 나의 면전에서 나를 헐뜯었으면 좋겠네. 그러면 당장이라도 그자의 몸에 비수를 꽂을 수 있지 않을까. 피를 보고 나면 기분이 나아질 것도 같네만. 아, 이 답답한 가슴에 바람구멍이라도 내고 싶어 나는 수백 번도 더 칼을 움켜쥐었네. 혈통이 좋은 말은 과도하게 내몰리거나 혹사당하면 본능적으로 자신의 핏줄을 물어뜯어 스스로 숨통을 틔운다는 이야기를 들은 적이 있네. 나 역시 스스로 혈관을 열어 영원한 자유를 얻고 싶을 때가 많다네.

3월 24일

나는 궁정에 사직서를 냈고 곧 수리될 것으로 기대하고 있네. 사전에 자네들에게 양해를 구하지 못해서 미안하게 생각하네. 이제 이곳을 떠날 수밖에 없는 상황이네. 내가 여기 그냥 머물러 있게 하려고 자네들이 내게 하려는 말도 미루어 짐작하고 있네. 어머니께는 알아서 잘 말씀드려주게. 지금 나는 내 몸 하나 제대로 추스르기도 힘드니 내가 어머니를 보살펴드리지 못하더라도 이해해주실 걸세. 물론 그 일이 어머니의 마음을 상하게 할 것은 분명하네. 추밀고문관이나 공사가 되려고 매진하던 아들의 장밋빛 인생 행로가 갑자기 멈춰 서더니, 작은 짐승 한 마리 매달고 마구간으로 되돌아온 격이 되어버렸으니 말일세! 아무튼 이 문제에 대해서는 자네들 좋을 대로 생각하게나. 내가 이곳에 머무를 수 있었고 머물렀어야 할 모든 경우를 헤아려보는 것은 자네들 자유일세. 어쨌거나 나는 떠날 작정이네. 내가 어디로 갈지 궁금하겠지. 이곳에는 ○○ 영주라는 분이 있는데 그 양반이 나와 어울리는 걸 좋아하더군. 내 계획을 듣고는 자기네 장원으로 가서 함께 아름다운 봄을 보내자고 제안했네. 무엇이든 내가 원하는 대로 하도록 배려하겠다고 약속도 해주었네. 게다가 우리는 어느 정도까지는 서로를 잘 이해할 수 있는 사이인지라 나는 모든 것을 운에 맡기고 그와 함께 가기로 했네.

4월 19일

소식을 전하며

자네가 보낸 두 통의 편지 고맙게 잘 받았네. 답장을 하지 않은 까닭은 궁정에서 내 사직서를 수리해줄 때까지 이 편지를 그대로 간직하고 있어서였네. 게다가 어머니께서 행여 장관에게 청탁해서 내 계획을 방해하지나 않을까 걱정이 앞섰기 때문이네. 다행히 일이 잘 풀려 사직서가 수리되었네. 궁정 측에서 내 사직을 마지못해 허락한 것과 장관한테 받은 편지의 내용에 대해선 말하지 않겠네. 그러면 자네들은 또다시 비통한 마음으로 그들을 성토할 테니까. 황태자께서는 눈물이 날 정도로 감동적인 고별사와 함께 25두카텐을 전별금으로 보내주셨네. 덕분에 얼마 전 어머니께 부탁드린 돈은 필요 없게 되었네.

5월 5일

내일이면 이곳을 떠난다네. 가는 길에서 고작 10킬로미터밖에 떨어지지 않은 곳에 내가 태어난 고향이 있네. 그곳에 들러 행복했던 옛 추억을 회상해볼까 하네. 아버지가 돌아가신 후 어머니가 나를 마차에 태우고 지금의 이 지긋지긋한 도시로 오려고 정든 그 고장을 떠날 때 지나쳐왔던 바로 그 성문으로 들어갈 것이네. 그럼 잘 있게, 빌헬름. 가는 길에 또 소식 전하겠네.

5월 9일

나는 경건한 마음으로 고향 순례를 마쳤네. 실로 만감이 교차하더군. S도시 방향으로 15분가량 떨어진 곳에 커다란 보리수가 서 있네. 거기서 마차를 세워 내린 다음 마차는 먼저 보내버렸네. 길을 걸으면서 옛 추억들을 하나하나 생생하게 반추해보고 싶었거든. 나는 보리수 아래에 멈춰 섰네. 어린 시절 이 나무는 산책의 목적지이자 경계선이었지. 정말 많이 달라졌더군. 아무것도 몰라서 외려 행복했던 그 시절, 나는 미지의 세계를 동경하곤 했지. 그 세계에서는 열망과 동경으로 허해진 가슴을 가득 채워주고 만족시켜줄 풍부한 양식과 넘치는 기쁨을 찾을 수 있다고 생각했네. 하지만 난 그 넓은 세상으로부터 이렇게 되돌아왔네. 오, 나의 친구여, 얼마나 많은 희망이 허사가 되고, 얼마나 많은 계획이 물거품이 되어버렸는가! 지난날 숱하게 내 소망의 대상이 되어주었던 거대한 산이 지금 내 앞에 버티고 서 있네. 그 옛날 난 몇 시간이고 여기에 앉아 산 너머 아득히 먼 세상을 그리워했지. 다정하고 어슴푸레한 기운이 감도는 숲과 계곡을 절절한 마음으로 바라보곤 했다네. 날이 저물어 집으로 돌아가야 할 시간이 되어도 이 정겨운 자리를 떠나기가 얼마나 싫었던가! 시내가 점점 가까워졌고, 나는 낯익은 낡은 별장 하나하나에 인사했네. 하지만 새로 지은 집들은 어쩐지 생소하더군. 내가 없는 사이에 개축한 집들도 하나같이 불쾌감을 주었네. 성문 안으로 들어서자마자 나는 곧 옛날의 나 자신을 완전히 되찾았네. 친구, 구구절절 다 이야기하고 싶지는 않네. 내겐 그토록 매혹적으로 보였던 것들이지만 말로 옮기면 너무 단조로

워질 테니까. 나는 그 옛날 우리 집 바로 옆 장터에 있던 어느 집에 숙소를 정했네. 가는 길에 보니 교실이 잡화상으로 바뀌어 있더군. 그 당시 고지식하고 나이 많던 여선생이 거기에 우리의 어린 시절을 가두어놓았지. 그 소굴 같은 교실에서 견뎌냈던 불안과 눈물, 막막함과 두려움이 떠올랐네. 발걸음을 옮길 때마다 마음을 끌지 않는 것이 하나도 없었지. 성지를 도는 순례자라도 종교적 기억이 서린 유적들을 나처럼 많이 만나지는 못할 것이며, 그의 영혼도 이처럼 성스러운 감동으로 벅차오르지는 않을 것이네. 하고 싶은 이야기는 수없이 많지만 한 가지만 덧붙이겠네. 나는 강줄기를 따라 어느 농가까지 걸었네. 예전에 내가 즐겨 다니던 길로, 우리 개구쟁이들이 납작한 돌을 가지고 물수제비를 뜨던 곳이었지. 가끔 그 자리에 서서 강물을 바라보며 신비로운 예감에 휩싸여 흐르는 강물을 쫓아갔던 일이 아직도 눈에 선하네. 그리고 물줄기가 흘러가 닿을 지역과 나라 들에 대해 얼마나 신비한 상상을 하였던가. 나의 상상력은 곧 한계에 다다랐지만 마음만은 멀리, 더 멀리 나아가야 했지. 그러다가 급기야 보이지 않을 만큼 아득히 먼 곳에 이르러서는 정신을 잃고 말았지. 생각해보게, 친구, 우리 훌륭한 조상들은 그렇게 유한한 세계에서 살면서도 얼마나 행복했던가! 그들의 감정과 문학은 또 얼마나 순진무구했던가! 오디세우스가 광대한 바다와 무한히 펼쳐진 육지에 관해 한 이야기는 매우 참되고 인간적이며, 친밀하고 신비롭기까지 하네. 지금 내가 어린 학생들과 함께 지구는 둥글다고 따라해본들 무슨 소용이 있겠나? 인간이 땅 위에서 살아가기 위해서는 약간의 흙덩이만 있으면 되고, 땅 속에서 잠들기 위해서는 이보다 적은 양의 흙만 있으면 될 것이네.

나는 지금 영주의 수렵관에 머물고 있네. 그분은 워낙 진실하고 소탈해서 불편 없이 잘 지낼 수 있을 것 같네. 그런데 그의 주변에는 정체를 알 수 없는 수상쩍은 인물들이 많다네. 나쁜 사람들 같지는 않지만 진실한 사람들 같지도 않네. 더러 진지해 보일 때도 있으나 어쩐지 믿음이 안 가네. 유감스러운 것은 영주가 가끔 남에게서 들었거나 책에서 읽은 것들을 이야기한다는 점이네. 그것도 그 이야기를 해준 사람과 똑같은 관점에서 말일세.

또한 그는 내 마음보다는 내 이성과 재능을 더 높이 평가한다네. 그러나 마음은 내가 자부심을 느끼는 유일한 것으로, 모든 에너지와 모든 행복 그리고 모든 불행의 원천이네. 아, 내가 아는 것은 누구나 다 알 수 있지만 이 마음은 나만의 것이라네.

5월 25일

내게 한 가지 계획이 있었는데 실행에 옮기기 전까지 자네들에게 절대로 말하지 않으려고 했네. 그러나 지금은 모든 것이 수포로 돌아가버렸으니 아무래도 상관없지. 사실 나는 전쟁터에 나갈 생각이었네. 그건 이미 오래전부터 마음에 품어왔던 생각일세. 바로 그 때문에 영주를 따라 이곳까지 온 걸세. 그분은 사실 ○○처에 소속된 장군이라네. 산책길에 내 의중을 털어놓았더니 그분이 말리더군. 내가 그분이 제시한 근거에 귀 기울이려 하지 않았다면 그건 분명 어떤 변덕이나 망상보다는 정열 때문이었을 것이네.

6월 11일

자네가 무슨 말을 하든 나는 이곳에 더이상 머무를 수 없네. 여기서 대체 뭘 하겠나? 온통 지루한 시간들뿐이네. 영주는 나를 극진히 대접해주지만 이곳에서는 통 마음을 안정시킬 수가 없네. 근본적으로 우리 두 사람은 아무런 공통점이 없네. 영주는 지성인이긴 하나 아주 세속적인 지성인이라네. 그 양반과의 교제는 잘 쓰인 책 한 권을 읽는 것보다 나을 게 없네. 일주일만 더 머문 뒤 다시 발길 닿는 대로 길을 떠날 생각이네. 이곳에서 했던 가장 유익한 일은 그림 그리기였네. 영주는 예술에 대한 감각이 있네. 다만 그 학자연하는 태도와 무미건조한 전문용어에 연연하지 않는다면 예술을 좀더 깊이 이해할 수 있겠지. 가끔 분통이 터지네. 내가 상상력을 동원하여 그를 자연과 예술의 세계로 인도하려 하면, 그는 갑자기 틀에 박힌 현학적 언어를 들먹이며 모든 것을 정리하려고 드니 말일세.

6월 16일

그렇다네. 나는 그저 나그네에 불과해. 세상을 떠도는 순례자에 지나지 않지. 그런데 자네들은 그 이상의 존재라고 생각하는가?

6월 18일

어디로 갈 작정이냐고? 자네한테만 슬쩍 털어놓겠네. 2주 정도 이곳에 더 머무르다가 ○○ 지역의 광산을 찾아갈 작정이지만 속내는 따로 있다네. 오로지 로테 곁으로 가까이 가려 하네. 그게 전부야. 이러는 나 자신을 비웃으면서도 별수 없이 마음이 시키는 대로 하고 있다네.

7월 29일

아니, 좋아! 모든 것이 아주 좋아! 내가 그녀의 남편이라면! 오, 저를 창조하신 하느님, 당신께서 그런 축복을 제게 베풀어주었더라면 제 삶은 그 자체로 쉼 없는 기도가 되었을 것입니다. 당신께 따지려 드는 것은 아닙니다. 이 눈물을 용서해주십시오, 저의 이런 헛된 소망을 용서해주십시오! 그녀가 내 아내라면! 태양 아래 가장 사랑스러운 존재를 품에 안을 수 있었더라면. 알베르트가 그녀의 가냘픈 몸을 끌어안고 있을 생각을 하면, 빌헬름, 내 온몸에 전율을 느끼네.

이런 말을 해도 될까? 뭐 안 될 까닭도 없겠지, 빌헬름? 로테는 알베르트보다는 나와 결혼했다면 더 행복했을 것이네. 오, 그는 그녀가 진정으로 바라는 것들을 전부 들어줄 위인은 못 되네. 감수성에 다소 문제가 있지. 그래 문제야. 그 점에 대해서는 자네 좋을 대로 생각하게나. 말하자면 그의 마음은 공감하는 법을 모르네. 마음에 드는 책을 함께 읽다가 내 마음과 로테의 마음이라면 하나로 합쳐질 대목에서도 그는 공감하지 못하네. 제삼자의 행동을 보고서 우리는 감동하여 공감의 탄성을 질러댈 때도 그는 그러지 못한다는 말이네. 사랑하는 빌헬름! 하지만 그는 온 영혼을 바쳐 그녀를 사랑하네. 그런 사랑이라면 무슨 보답인들 못 받겠는가!

　달갑지 않은 작자가 찾아와서 편지 쓰는 걸 방해했네. 눈물은 말라버렸고 마음도 심란해졌네. 잘 있게, 친구!

8월 4일

　나만 이 모양으로 사는 건 아닐 테지. 모든 사람이 희망에 속고 기대에 배신당하게 되어 있으니 말일세. 나는 보리수 아래 사는 그 마음씨 착한 부인을 찾아갔네. 맏이녀석이 나를 맞으러 달려나왔고, 녀석이 기뻐서 환호성을 지르는 통에 아이의 엄마도 덩달아 달려나왔는데 겉보기에 몹시 의기소침하더군. "아이고, 선생님, 우리 한스가 죽었어요!" 그녀가 내뱉은 첫마디였네. 한스는 그녀의 막내아들이었지. 나는 아무 말도 못했네. "그리고 남편은" 하고 그녀는 말을 이었네. "스위스에서 돌아오긴 했는데 빈손이었어요. 오는 길에 열병에 걸렸는데 좋은 사람들의 도움이 없었더라면 구걸까지 할 뻔했대요." 나는 아무런 위로의 말도 할 수가 없어서 아이에게 약간의 돈을 쥐여주었을 뿐이네. 그녀가 사과를 몇 알 내주며 가져가라고 하기에 받아 들고는 그 슬픈 추억의 장소를 떠나왔네.

8월 21일

내 기분은 손바닥 뒤집듯 쉽게 변한다네. 가끔 내 삶에 광명이 비쳐올 것만 같은 예감이 드네. 그러나 아주 잠깐 동안만 말일세! 아련한 꿈속 같은 기분에 젖으면 이런 생각을 피할 수가 없네. 만약 알베르트가 죽는다면? 그러면 내가! 그래, 그녀는…… 나는 그런 망상을 좇아가다가 심연 앞에 이르고, 그제야 움찔 놀라 뒤로 물러선다네.

처음 로테를 무도회에 데려가기 위해 마차를 타고 달렸던 길을 따라 성문 쪽으로 걷다보니 그새 많이 변해 있더군. 모든 것이, 그 모든 것이 사라져버렸네! 지나간 세상을 떠올리게 하는 것은 아무것도 남아 있지 않고, 그 당시에 느꼈을 법한 감정의 맥박도 멈춰버렸어. 일찍이 황금기를 풍미한 영주가 죽으면서, 사랑하는 아들에게 안심하고 호화로운 성을 물려주었는데, 혼령이 되어 돌아와보니 성은 불에 타서 폐허가 되어버렸을 때 이런 기분이 들 걸세.

9월 3일

내가 그녀를 이렇게 사랑하고 있는데 정작 다른 남자가 그녀를 사랑할 수 있다는 사실을 나는 가끔 이해할 수 없다네. 나는 오직 그녀만을 마음속 깊이 흠모하고, 그녀 말고는 아무도 알지 못하며, 그녀 말고는 아무것도 가진 게 없는데 말일세!

9월 4일

그래, 다 그런가보네. 자연이 가을로 기울어가듯 내 마음과 내 주변도 모두 가을을 닮아가네. 내 안의 나뭇잎들은 노랗게 물들고, 주변의 나뭇잎들도 지고 말았네. 내가 이곳에 온 지 얼마 안 되었을 때, 한 농가의 젊은 머슴에 대한 이야기를 자네에게 써 보내지 않았던가? 발하임에 간 김에 그 사람의 근황을 다시 물어보았지. 일하던 집에서 쫓겨났다고들 하는데 그후의 소식은 다들 알지 못하더군. 그런데 어제 다른 마을로 가는 도중에 우연히 그를 만났네. 내가 말을 걸었더니 그간의 사정을 이야기해주더군. 그의 이야기는 두세 배는 더 감동적이었네. 내가 자네에게 그 이야기를 다시 해주면 자네도 쉽게 납득하겠지. 하지만 이 이야기를 대체 왜 하려는 걸까? 나를 불안하게 하고 마음 아프게 하는 이야기를 가슴속에 묻어두지 못하는 까닭은 무엇일까? 무엇 때문에 자네마저도 우울하게 하려는 걸까? 왜 자네에게 나를 동정하고 또 질책할 기회를 줘야 한단 말인가? 이 또한 내 운명일 테지!

그 사람은 처음엔 우수에 젖은 표정으로 얼마간 머뭇거리더군. 그러나 이내 마음을 가다듬고, 나의 인간성을 알아차린 듯 한결 솔직하게 제 잘못을 고백하고 제 불운을 한탄하더군. 친구, 그가 내게 들려준 한 마디 한 마디를 자네의 판단에 맡겨둘 수 있으면 좋겠네만! 그는 고백했네. 아니, 옛 추억을 되뇌는 것에서 희열과 행복을 느끼는 듯이 이야기했네. 여주인을 향한 가슴속의 열정이 나날이 더해가 결국에는 자기가 무슨 짓을 하고 있는지, 그의 표현대로라면 고개를 어느 쪽으로 돌려야 하는지조차 모르게 되었다더군. 식음을 전폐한 것은 물론이고 잠도 잘 수가 없었다네. 목은 아예 꽉 잠겨버렸고. 그런가 하면 해서는 안 될 일을 하고 시키는 일은 잊어버렸다네. 그러던 어느 날 그녀가 위층 방에 있는 걸 알고는 귀신에 홀린 듯 뒤따라 올라갔다는군. 아니, 그녀에게 이끌려 갔다고 하는 게 맞을 걸세. 그런데 그녀가 그의 간청을 받아주지 않아서 완력으로 욕보이려 했다는군. 그는 어쩌다 그런 일이 벌어졌는지 자신도 잘 모르겠다고 했네. 그녀에 대한 자신의 의도는 언제나 순수했고, 그가 진심으로 바랐던 것은 그녀와 결혼해서 여생을 함께 보내는 것뿐이었음을 하느님께 맹세해도 좋다고 했네. 얼마간 이야기하더니 그는 할 말이 남아 있지만 시원스레 털어놓기 난감한 듯 말을 더듬거리기 시작했네. 결국 부끄러워하면서 고백하더군. 그녀는 그가 얼마쯤 허물없이 대하는 것을 용납해주었으며 어느 정도의 접근도 묵인해주었다고 말일세. 그는 두세 번쯤 말을 중단하고서 노파심에서인 듯 구구한 변명을 거듭 늘어놓더군. 말하자면 그녀를 험담하려고 이런 얘기를 하는 것은 결코 아니며, 자기는 그녀를 전과 다름없이 사랑하고 존중한다는 것이었네. 게다가 여태 그런 말을 입 밖에 낸 적이 없지만 지금 이렇게 털어놓는 것은 자기가 도리를 모르는 철면피가 아님을 내게 확신시켜주고 싶었기 때문이라더군. 친구, 이쯤에서 내가 언제까지나 불러댈 십팔번을 다시 한 번 꺼내볼까 하네. 이를테면 그를 내 앞에 서 있던 모습 그대로, 그리고 지금 내 앞에 서 있는 모습 그대로 자네에게 보여주고 싶네! 내가 그의 운명에 얼마나 연민을 느끼는지, 또 연민을 느끼지 않을 수 없는지를 자네가 느끼도록 제대로 전달할 수 있으면 좋으련만! 하지만 어쩌면 이 정도로도 충분할지 모르네. 자네는 나와 내 운명을 잘 알고 있으니 하는 소리네. 자네는 내가 불행한 사람들에게, 특히 이 불행한 남자에게 끌리는 까닭을 잘 알 테지.

이 편지를 다시 읽어보니 내가 이야기의 결말을 말하지 않았더군. 그러나 자네라면 결말 따위는 어렵지 않게 추측할 수 있겠지. 그녀는 완강히 저항했다네. 그리고 때마침 그녀의 오빠가 찾아왔지. 오빠는 오래전부터 그 사내를 못마땅히 여기고는 그를 쫓아낼 궁리를 하고 있었네. 그도 그럴 것이 누이동생에게는 아이가 없으니 자기 자식들이 그녀의 유산을 상속받을 거라 기대했는데, 동생이 재혼이라도 하는 날에는 모든 것이 수포로 돌아갈까 두려웠기 때문이지. 그런 이유로 그녀의 오빠는 그 자리에서 머슴을 내쫓아버리고는 그 일을 동네방네 소문내버렸다네. 행여 그녀가 원해도 그 사내를 다시는 받아들이지 못하게 말일세. 지금 그녀는 다른 머슴을 고용했는데, 사람들 말로는 새 머슴 문제로도 오빠와 사이가 틀어졌다는군. 사람들은 그녀가 틀림없이 새 머슴과 결혼할 거라고들 하는데, 정작 그녀의 오빠는 단호히 반대한다고 하네.

내가 지금까지 한 이야기에는 추호의 과장도 없네. 또한 꾸며낸 것은 더더욱 아니네. 외려 사실을 축소하여 덤덤하게 이야기한 편이지. 게다가 구태의연한 도덕적 어휘들을 가지고 이야기하다보니 투박한 느낌마저 들 걸세.

다시 말해 이런 사랑, 이런 신뢰, 이런 열정은 결코 문학 창작에 어울리는 소재가 아니네. 이런 것들은 살아 숨쉬고 있다네. 우리가 교양이 없다거나 미개하다고 말하는 계층 속에 가장 순수한 모습으로 살아 있지. 우리 교양인들이란…… 오히려 그릇된 교육을 받은 저속한 존재라고 해야 할 걸세! 부탁이네만 이 이야기는 진지한 마음으로 읽어주게. 이 글을 쓰다보니 마음이 차분해지는군. 여느 때처럼 아무렇게나 휘갈기지 않은 이 필체를 보면 알겠지. 사랑하는 친구, 이 이야기를 또한 자네 친구의 이야기라 생각하며 읽어주길 바라네. 그렇다네, 지금껏 그렇게 살아왔듯 앞으로도 그런 삶을 살 것이네. 감히 비교하자면 나는 과감함과 결단력에서 그 불행한 사내의 반에도 못 미치는 존재라네.

9월 5일

로테는 업무상 시골에 머물고 있는 남편에게 간단한 편지를 썼네. 그 편지는 이렇게 시작된다네. "사랑하고 보고 싶은 당신, 가능한 한 빨리 돌아오세요. 저는 벅찬 기대감으로 당신이 돌아올 날을 손꼽아 기다립니다." 그런데 한 친구가 와서는 알베르트가 특별한 사정 때문에 그렇게 빨리 돌아오지 못할 것 같다는 소식을 전해주었네. 그렇게 해서 그 편지는 부칠 수 없었고, 저녁 무렵 내 손에 들어왔네. 내가 편지를 읽고 빙그레 미소를 지었더니 왜 웃느냐고 그녀가 묻더군. "상상력은 정말이지 하느님이 주신 선물입니다." 나는 큰 소리로 말했네. "잠깐이나마 이 편지의 수신인이 바로 나라고 상상해보았거든요." 그녀는 갑자기 입을 다물어버렸네. 내 대답에 기분이 언짢아진 것 같았네. 그래서 나도 잠자코 있었지.

9월 6일

로테와 처음 춤을 추었을 때 입었던 수수한 푸른색 연미복을 더이상 입지 않기로 했네만 그건 결코 쉽지 않은 결심이었네. 하지만 그 옷은 이제 너무 낡아서 볼품이 없어졌다네. 그래서 옷깃과 소맷부리까지 전과 똑같이 새로 한 벌을 맞추었지. 물론 노란 조끼와 바지까지 말일세.

하지만 전과 같은 분위기는 나지 않을 것 같네. 까닭은 잘 모르겠네. 시간이 지나면 이 옷에도 차츰 정이 들겠지.

9월 12일

로테는 알베르트를 마중하러 며칠 여행을 다녀왔네. 오늘 그녀의 집에 갔더니 그녀가 나를 맞이해주더군. 나는 뛸 듯이 기뻐서 그녀의 손에 입을 맞추었네.

카나리아 한 마리가 화장대 거울에서 날아오더니 그녀의 어깨 위에 앉더군. "새로 온 친구예요." 그녀는 그렇게 말하면서 자기 손 위에 새를 앉게 했네. "아이들을 위해서 가져왔어요. 아주 귀여워요! 보세요! 빵을 주면 날개를 파닥이며 앙증맞게 쪼아 먹어요. 내게 키스도 하는걸요, 보세요!"

그녀가 작은 새를 향해 입을 내밀자 새는 그 작은 부리로 그녀의 달콤한 입술을 사랑스럽게 눌러대는 게 아닌가. 마치 행복을 느낄 수 있다는 듯이 말일세.

"당신도 키스를 받아보셔야죠." 그녀는 그렇게 말하더니 새를 내게 건네주었네. 그 작은 부리가 그녀의 입술에서 내 입술로 옮아온 것이네. 입술을 쪼아댈 때의 촉감은 사랑으로 가득 찬 희열의 숨결과도 같았네.

"이 새의 키스에서는" 하고 내가 말했네. "야릇한 욕망이 느껴지는 군요. 먹잇감을 찾다가 공허한 애무에 만족하지 못하고 돌아서는 느낌 말이죠."

"제가 입으로 주는 먹이도 받아먹는답니다." 그녀가 말했네. 그녀는 입술에 빵 부스러기를 묻히고 새에게 내밀었는데, 그 입술에서 공감과 순결이 어우러진 사랑의 기쁨이 환한 미소를 짓고 있었네.

나는 고개를 돌려버렸네. 그녀가 그런 행동을 하지 않았더라면 좋았을 텐데. 천사같이 순수하고 행복한 모습으로 나의 상상력을 자극하여 삶에 대한 초연함으로 잠들어 있던 내 마음을 흔들어 깨우지 말았어야 했는데! 그런데 대체 왜 안 된단 말인가? 그녀는 나를 그토록 신뢰하네! 그리고 내가 얼마나 그녀를 사랑하는지도 알고 있네!

9월 15일

빌헬름, 세상에 존재하는 것들 가운데 아직은 가치가 있는 몇 안 되는 것들을 인식할 줄도, 느낄 줄도 모르는 인간들이 있다는 사실이 나를 미치게 만든다네. 자네는 내가 성(聖) ○○ 마을의 그 신망 있는 목사를 찾아갔다가 로테와 같이 앉았던 호두나무를 기억하겠지. 나의 마음을 늘 벅찬 기쁨으로 가득 채워주던 근사한 호두나무였지! 그 나무들이 목사관 앞마당을 얼마나 아늑하고 시원하게 해주었는지 모른다네! 그리고 그 가지들은 또 얼마나 멋지게 흐드러져 있었던가! 추억은 아주 오래전에 이 나무를 심었던 신실한 목사님들에게로까지 거슬러 올라가네. 학교 선생님은 자기 할아버지한테 전해 들었다면서 기회 있을 때마다 그중 한 분의 이름을 우리에게 말씀해주셨네. 훌륭한 분이셨다는데, 나무 아래서 마음속으로 그분의 모습을 그려보는 것만으로도 거룩한 느낌을 받곤 했지. 어제 우리의 화제가 그 호두나무가 잘려나갔다는 이야기에 이르자 선생님의 눈에 눈물이 가득 고였네. 나무가 베이다니! 정말 미칠 노릇이네. 맨 처음 그 나무에 도끼를 휘두른, 그 개만도 못한 자식을 죽여버리고 싶을 정도라네. 집 정원에 서 있던 나무 한 그루가 늙어 죽는다 해도 슬픔에 잠길 내가 아니던가. 그런 내가 두 손 놓고 쳐다보고만 있어야 하네. 사랑하는 친구, 이 무렵 뜻하지 않은 사건이 하나 불거졌다네. 대체 인간의 감정이란 무엇인지! 온 마을 사람들이 불만을 토로했네. 목사 부인이 버터나 계란 그리고 인사치레로 들어오는 선물의 양이 줄어든 걸 보고라도 자기가 이 마을에 얼마나 깊은 상처를 입혔는지 깨달았으면 좋겠네. 나무를 베게 한 당사자는 바로 그녀, 그러니까 새로 온 목사(우리의 노목사님도 세상을 뜨셨다네)의 부인이니까. 마르고 병약한 그녀가 세상에 무관심해진 데는 나름대로 이유가 있었는데, 그건 어느 누구도 그녀에게 관심을 주지 않아서라네. 어리석은 여인은 짐짓 학자연하며 섣불리 성서 연구에 덤벼드는가 하면, 새로 유행하는, 기독교에 대한 도덕 비판적 개혁운동에 심취하여 라바터의 광신주의를 업신여기기도 했네. 그러다 건강까지 몹시 나빠지면서 하느님이 배려해주신 세상의 어떠한 즐거움도 느끼지 못하게 된 걸세. 그런 인간이었으니 내 소중한 호두나무들을 베어버리는 일도 서슴지 않았겠지. 알겠는가, 도무지 이해할 수 없네! 생각해보게. 우선 나뭇잎이 떨어지면 자기 마당이 너저분해지고 질척거리게 된다는군. 그리고 무성한 나무들은 채광을 방해하는데다 호두 열매가 익을 때면 꼬마 녀석들이 돌팔매질을 해대니 신경이 거슬린다는 걸세. 그러니 케니콧과 미하엘리스, 젬러*를 비교 연구할 때 깊이 생각할 수 없다는 것이지. 나는 마을 사람들, 특히 노인들이 불만스러워하는 것을 보고는 물어보았네. "할아버지들은 왜 당하고만 계셨어요?" "이 마을 면장이 하자는데 우리가 어쩌겠소?" 하고 대답하더군. 그런데 일이 제대로 벌어졌네. 그러잖아도 늘 영양가 없는 수프만 끓여주는 마누라의 괴팍한 성격에 넌더리가 난 목사는 면장과 짜고서 마누라의 그 점을 역이용하여 나무 판 돈을 반반씩 나눠 갖기로 작당한 걸세. 그때 산림청에서 그 정보를 입수하고는 "나무를 산림청으로 가져오라!"는 통지를 보냈다는군. 산림청이 호두나무가 있던 목사관 땅 일부에 대한 관할권을 여전히 소유하고 있었기 때문이지. 그리고 산림청은 호두나무를 최고액 입찰자에게 팔았다네. 어쨌든 중요한 건 호두나무들이 쓰러졌다는 것이네! 만일 내가 영주라면! 목사 부인과 면장 그리고 산림청까지…… 영주라면! 내가 정말 영주라면 내 관할 안에 있는 나무에 과연 신경이나 쓸까!

---

* 18세기 영국과 독일의 신학자들.

10월 10일

그녀의 검은 눈을 바라보기만 해도 나는 벌써 흐뭇해진다네! 한 가지 기분 나쁜 것은 알베르트가 자신이—바랐던 만큼—또 내가—그럴 것이라 믿었던 만큼 그렇게 행복해 보이지 않는다는 점이네. 나는 이런 줄표를 썩 좋아하지는 않지만 여기서는 달리 표현할 재간이 없군. 그리고 이것만으로도 충분히 명백한 듯하네.

10월 12일

오시안이 내 마음속에서 호메로스를 밀어내고 말았네. 이 위대한 시인이 끌어들이는 세계는 어떤 곳인가! 짙은 안개가 피어오르는 희미한 달빛 속에서, 조상들의 혼령을 이끌고 가는 폭풍 소리가 웅웅거리는 광야를 방랑하는 곳이지. 숲속 시냇물의 포효 소리에 반쯤 묻힌 혼령들의 신음이 산속 동굴에서 들려온다네. 고결한 죽음을 맞이한 연인의 이끼와 풀이 무성한 네 개의 묘석 주위에는 죽을 듯이 애통해하는 소녀의 통곡이 들려오기도 하지. 그런가 하면 백발의 음유시인이 눈앞에 나타나 광막한 황야에서 선조들의 발자취를 찾아 헤매다가 그들의 묘석을 찾아내고는 비탄에 빠진 채, 거세게 물결치는 바다 저편으로 자취를 감추는 정겨운 저녁별을 바라보기도 한다네. 이 영웅의 마음속에는 지난 세월이 생생히 살아 있으니, 아늑한 햇살은 용사들의 진군 길을 비춰주고 달빛은 승리를 거둔 후 화환에 둘러싸여 귀

환하는 배를 밝혀주던 그런 시절이 아니겠는가. 그의 이마에 새겨진 깊은 고통을 읽으면, 기진맥진한 채 비척거리며 무덤 쪽으로 걸어가는, 마지막 남은 영웅의 모습이 보인다네. 그러다 앞서 세상을 뜬 자들의 맥없이 다가오는 혼령을 대하기라도 하면 그 영웅은 또다시 벅차오르는 기쁨을 맛본다네. 그런 다음 차가운 대지와, 바람에 흔들리는 키 큰 수풀을 내려다보며 외치겠지. "나그네는 오리라, 오리라, 나의 아름답던 모습을 기억하는 그 나그네는 와서 물으리라. '핑갈의 훌륭한 아들, 그 음유시인은 어디에 있는가?' 그의 발길은 나의 무덤을 넘어 지나칠 것이니 나를 찾아 이 세상 곳곳을 부질없이 헤맬 것이다." 오, 친구! 나는 이 고결한 용사처럼 칼을 빼 들고, 서서히 죽어가는 혹독한 고통으로부터 나의 영웅을 해방시켜주고 싶네. 그리고 해방된 그 반신(半神)에게 내 영혼을 따라 보내고 싶네.

10월 19일

이 공허함! 마음속에 느껴지는 이 지독한 공허함! 그녀를 한 번만, 단 한 번만이라도 안아볼 수 있다면 이 공허함이 채워질 텐데.

10월 26일

그래, 나는 확신할 수 있네. 사랑하는 친구, 인간이란 존재는 정말로 대수로울 것이 없다는 것을 점점 분명히 느낀다네. 로테의 집에 여자 친구가 찾아왔네. 나는 옆방에 책을 가지러 갔다가 도무지 책 읽을 엄두가 나지 않아 무언가 써볼 요량으로 펜을 들었네. 그때 두 사람이 조용히 대화를 나누는 소리가 들렸네. 이번에 누가 결혼을 하고, 또 누가 병에 걸렸는데 심각한 상태라는 등 자질구레한 사건과 시내에서 생긴 일에 대해 이야기하더군. "그 여자는 마른기침을 달고 사는데 얼굴은 피골이 상접한데다 가끔 실신까지 한다더라. 가망이 없는 모양이야." 친구가 말했네. "○○ 씨도 상태가 몹시 안 좋다던데" 하고 로테가 말을 받더군. "벌써 온몸이 퉁퉁 부어올랐다나봐." 친구가 말했네. 나는 상상력이 발동하여 그 불쌍한 사람들의 병상을 머릿속에 그려보았네. 그러자 아주 생생히 관찰할 수 있겠더군. 그들은 이 생과 이별하는 것을 매우 애통해했네. 그들이 얼마나…… 빌헬름! 그런데 우리의 아가씨들은 낯모르는 사람이 죽어간다는 듯 이야기를 나누었네. 주위를 둘러보며 방 안을 여기저기 살펴보니 로테의 옷가지와 알베르트의 서류들 그리고 지금은 정이 들어 친숙해진 가구와 잉크병까지 눈에 들어오더군. 그러고는 곰곰이 생각해보았네. 현실을 직시하라! 이 집에서 너는 과연 어떤 존재인가? 너의 두 친구들은 너를 존경한다. 너는 가끔 그들에게 즐거움을 선사하며 네 마음도 그들 없이는 존재할 수 없을 거라 느낀다. 그런데 이제 네가 떠난다면, 네가 이들과 이별하게 되면? 그들은 너를 상실함으로써 운명 속에 생겨난 공허함을 얼마나 오랫동안 느낄 것인가? 대체 얼마나 오래? 아, 인간이란 이처럼 덧없는 존재라네. 자신의 존재 가치를 확인할 수 있는 곳에서도, 자신의 현존에 대한 유일하고도 참된 인상을 심어줄 수 있는 곳에서도, 사랑하는 사람의 기억과 영혼 속에서도 인간은 흔적도 없이 소멸되고 사라져버려야만 하네. 그것도 순식간에!

10월 27일

인간관계라는 게 고작 이 정도밖에 안 되는가 싶을 때는, 가끔 내 가슴을 찢고 뇌수를 칼로 찌르고 싶어지네. 사랑도, 기쁨도, 온정도, 즐거움도 내가 남에게 베풀지 않는 한 남도 내게 베풀지 않는다네. 그리고 내 마음이 행복으로 가득 차 있다 해도 내 앞에 서 있는 사람이 냉정하고 의기소침하다면 그 사람을 행복하게 해줄 수 없다네.

10월 27일 저녁

내가 가진 것이 이렇게 많으나 그녀를 향한 그리움이 모든 것을 빼앗아가네. 아무리 많은 것을 가지고 있다 해도 그녀가 없으면 아무것도 없는 것이나 마찬가지네.

10월 30일

그녀의 목덜미를 끌어안으려 한 적이 수백 번도 더 된다네! 그토록 사랑스러운 사람이 눈앞에 어른거리는데도 움켜잡을 수 없는 사람의 마음이 어떨지는 하느님만이 아시네. 손을 내밀어 무엇인가를 움켜잡으려는 것은 인간의 가장 자연스러운 충동일 것이네. 아이들은 마음에 드는 게 있으면 무엇이든 붙잡지 않는가? 그런데 나는?

11월 3일

하느님은 아실 걸세! 내가 종종 다시는 깨어나지 않기를 바라면서, 아니 가끔은 그렇게 되리라는 기대감에 젖어 잠자리에 든다는 사실을 말일세. 그러다 아침에 눈을 뜨고 다시 태양을 보면 비참한 기분이 든다네. 아, 나의 마음이 변덕스러울 수만 있다면 모든 책임을 날씨나 제삼자나 잘못된 계획 탓으로 돌릴 텐데. 그러면 이 견딜 수 없는 울분을 절반으로 줄일 수 있을 텐데. 정말 유감이야! 모든 잘못이 내게 있음을 너무나 잘 알고 있으니. 아닐세, 잘못이 아닐 수도 있네! 일찍이 내 모든 행복이 그러했듯 내 모든 불행의 원천 역시 내 마음속에 숨어 있다고 보는 것으로 충분하네. 충만한 감정 속을 떠돌면서 걸음걸이마다 낙원이 뒤따라 열리고, 온 세상을 넘치는 사랑으로 껴안으려는 마음을 가졌던 과거의 내가 지금의 나와 같은 존재가 아니란 말인가? 그런 마음이 이제는 생명을 다했기에 그곳에서는 더이상 기쁨이 샘솟지 않는다네. 게다가 두 눈도 메말라버렸지. 생기를 불어넣어주는 눈물에 의지해서도 더이상 원기를 회복하지 못할 지경이 된 나의 감각은 불안스레 내 이맛살만 찌푸리게 한다네. 삶의 유일한 기쁨을 상실해버려서 너무도 괴롭네. 내가 주변 세계를 만들어내도록 힘이 되어주었던 성스러운 생명력, 그 힘이 사라져버렸네. 창가에 서서 저 멀리 고갯마루를 바라다보면 산마루에 올라앉은 아침해가 안개를 밀쳐내며 고즈넉한 초원을 비추고, 유유히 흐르는 계곡물은 버들 나목 사이를 헤치며 나에게 다가온다네. 아! 이 멋진 자연도 내 눈앞에서는 에나멜을 칠한 그림처럼 생기 없이 서 있을 뿐이고, 이 모든 환희의 광경도 내 심장에서 뇌수 안으로 단 한 방울의 행복조차 길어올리지 못하네. 사지 멀쩡한 사내놈이 말라버린 샘물처럼, 깨져버린 물통처럼 하느님 앞에 서 있는 꼴이지. 땅바닥에 엎드려 눈물을 흘릴 수 있게 해달라고 하느님께 애원한 적이 한두 번이 아니네. 머리 위의 하늘이 황동빛을 띠고 주위의 대지가 가물어갈 때, 비를 갈구하는 농부처럼 말일세.

그러나, 아, 우리의 이 처절한 애원에도 불구하고 하느님은 비와 햇빛을 내려주지 않으리라는 것을 나는 느낀다네. 머릿속에 떠올리기만 해도 고통스러운 그 시절, 그 시절은 왜 그리도 행복했을까. 인내심을 가지고 성령을 기다리면서 하느님이 내게 선사하는 기쁨을 충심으로 감사히 받아들였기 때문이 아니었을까!

11월 8일

그녀가 나의 무절제함을 질책했네! 아, 그것도 아주 사랑스럽게 말일세! 나의 무절제함이란 포도주를 한 잔으로 시작해서 한 병 다 비워버리곤 하는 것을 말하네. "그러지 마세요!" 그녀가 말했네. "로테를 생각해서라도요!" "생각하라고요!" 내가 말했지. "그런 말을 할 필요가 있을까요? 나도 생각은 하고 있어요! 아니, 생각하지 않습니다! 당신은 늘 제 영혼 앞에 서 있으니까요. 오늘도 저는 당신이 일전에 마차에서 내렸던 그 자리에 앉아 있었답니다." 그녀는 내가 그런 이야기에 더 깊이 빠져들지 않게 하려고 화제를 돌렸네. 친구, 나는 이 지경이 되었다네. 그녀는 나를 마음 내키는 대로 다룰 수 있다네.

11월 15일

빌헬름, 자네의 진심 어린 염려와 호의적인 충고에 감사하네. 너무 염려치 말게. 혼자 견뎌내는 모습을 곁에서 지켜봐주기만 하게. 몹시 지친 것은 사실이지만, 헤쳐나갈 힘은 충분하네. 자네도 알고 있듯이 나는 종교를 존중한다네. 종교가 지친 자들에게는 지팡이가 되어주고, 병들어 죽어가는 자들에게는 소생력을 길러준다는 것도 잘 알고 있네. 그런데 종교가 모든 사람에게 그럴 수 있고 또 그래야만 하는 걸까? 자네가 이 넓은 세상을 두루 살펴보면, 설교를 들었든 듣지 못했든 종교의 그런 효과를 얻지 못한 사람, 또 앞으로도 얻지 못할 수많은 사람들을 보게 될 것이네. 그렇다면 나는 종교의 그런 효과를 얻게 될까? 하느님의 아들까지도, 자기 주위에 몰려드는 사람들이 아버지 하느님이 보내주신 자들이라고 말하지 않았던가? 그런데 만일 내가 그에게 보내진 사람이 아니라면? 그리고 내 마음이 그렇게 전하듯 아버지 하느님이 나를 당신 곁에 두려 한다면? 부디 이 말을 곡해하지는 말게. 사심 없는 내 말에 조롱이 섞여 있다고 생각하지는 말게. 내 심정을 그대로 드러내 보이는 것뿐이니까. 그러지 않았다면 아예 입을 열지 않았을 걸세. 나는 잘 알지 못하는 일에는 말을 가급적 아끼고 싶네. 사람의 운명이란 제 한계를 감내하면서 자신의 술잔을 비워버리는 것이 아니겠는가? 이 술잔은 인간 예수의 입술에도 쓰디쓴 것이었는데, 내가 왜 굳이 허세를 부려가며 달콤한 척하겠는가? 내 모든 존재가 삶과 죽음의 갈림길에서 전율을 느끼고, 과거는 암울한 미래의 심연 위에서 번갯불처럼 번쩍이고, 내 주위의 모든 것이 가라앉으며, 나와 함께 온 세상이 몰락하려고 하는 이 소름 끼치는 순간에 무엇 때문에 주저하고 두려워하겠는가? 이것은 속수무책으로 추락해가는 상황에서 아무리 기어오르려고 애를 써도 소용 없는 깊은 내면의 계곡에 빠진 채 "나의 하느님! 나의 하느님! 어찌하여 저를 버리셨습니까?" 하고 부르짖는 인간의 목소리와 다를 바 없지 않겠는가? 이런 마당에 그렇게 내뱉은 말을 대체 왜 부끄러워해야 한단 말인가? 하늘을 보자기 싸듯 둥글게 말 수 있다는 그분조차도 피하지 못한 순간을 내가 왜 겁내야 하는가?

11월 21일

그녀는 자신과 나를 파멸시킬 독약을 스스로 준비하고 있다는 사실을 알지도, 느끼지도 못한다네. 그런데도 나는 나를 자멸로 이끌기 위해 그녀가 내미는 술잔을 오히려 즐거워하며 받아 마신다네. 나에게 자주—자주?—아니, 자주는 아니지만 이따금 보내는 그녀의 그 따스한 눈길, 나도 모르게 튀어나온 감정을 흔쾌히 받아주는 그녀의 배려심, 그리고 나의 인고에 대한 연민이 드러나는 그녀의 낯빛은 대체 무엇을 의미하겠나?

어제 내가 돌아가려고 할 때 그녀가 손을 내밀며 말했네. "잘 가요, 사랑하는 베르테르!" 사랑하는 베르테르! 그녀가 나에게 '사랑하는' 이라는 말을 한 것은 이번이 처음이었던 만큼 그 말이 뼛골에 사무쳤네. 나는 이 말을 수백 번도 더 되뇌어보았네. 어젯밤 잠자리에 들 때도 혼잣말을 중얼거리던 끝에 "잘 자요, 사랑하는 베르테르!"라는 말이 튀어나오더군. 그러고 나서는 혼자 웃을 수밖에 없었네.

11월 22일

"그녀를 제게 맡겨주십시오!" 하고 기도할 수는 없다네. 하지만 가끔은 그녀가 내 사람 같다네. "그녀를 제게 주십시오!" 하고 기도할 수도 없네. 그녀는 다른 남자의 사람이니까. 너무도 쓰라린 마음에 이렇게 빈정대는 걸세. 이런 기도마저 중단한다면 온갖 반명제들만 늘어놓게 되겠지.

11월 24일

그녀는 내가 무엇을 참아내는지 잘 알고 있네. 오늘따라 그녀의 눈길이 내 마음속 깊은 곳까지 스며들었네. 집에 찾아갔더니 그녀 혼자 있더군. 나는 아무 말도 하지 않았고 그녀도 나를 그저 바라만 보았네. 나는 그녀에게서 더이상 우아한 아름다움이나 탁월한 정신의 번득임 같은 것을 보려 하지는 않네. 그런 것은 이미 내 눈앞에서 모두 사라져버렸네. 그런 것보다 훨씬 매력적인 눈길이 전해졌지. 거기엔 진심 어린 관심과 감미로운 연민이 가득 서려 있었네. 왜 나는 그녀 발치에 몸을 던지면 안 되는가? 왜 나는 그녀의 목을 끌어안고 끝없는 키스로 답하면 안 되는가? 그녀는 피아노 쪽으로 몸을 피해 연주하면서 감미로운 목소리로 속삭이듯 노래했네. 그녀의 입술이 그토록 매력적으로 보인 적은 처음이었네. 그 입술은 피아노에서 솟아나는 감미로운 선율을 빨아들이려는 듯 열려 있었네. 그리고 그 순결한 입에서는 은근한 반향(反響)만이 되울려 나오는 듯했네. 자네에게 그 광경을 그대로 전해줄 수 있으면 좋으련만! 나는 도무지 견딜 수가 없어서 고개 숙여 맹세했네. "하늘의 영이 감도는 저 입술에 감히 입을 맞추려 하지 않을 것이다." 그럼에도—하고 싶으니—아! 그런 생각이 내 영혼 앞에 장벽처럼 서 있다네. 그런 행복을 위해서라면 목숨을 바쳐서라도 죗값을 치르겠네. 그것이 정녕 죄일까?

11월 26일

때때로 나는 자신에게 이렇게 말한다네. "너의 운명은 특이하다. 다른 사람들을 행복하다고 평해도 좋다. 이토록 고통을 받은 자는 세상에 없었으니." 그러고 나서 옛 시인의 시를 읽으면 마치 내 마음을 들여다보는 것 같네. 나는 숱한 고통을 견뎌내야만 하네. 아, 과연 나보다 비참한 인간이 나 이전에 존재했을까?

11월 30일

요즈음 같아선 도무지 평상심을 회복하기가 힘드네. 가는 곳마다 나를 당혹스럽게 하는 일을 겪으니 말일세. 오늘도! 아, 운명이여! 아, 인간이여!

정오 무렵 개울가를 따라 산책했네. 음식을 입에 대고 싶은 생각이 전혀 없었네. 모든 것이 황량하게만 느껴졌지. 산기슭에서 차고 습한 저녁 바람이 불어오고 잿빛 비구름이 골짜기로 몰려들었네. 저 멀리 남루한 푸른색 옷차림의 한 사내가 보이더군. 암벽 사이를 기어다니는 것이 약초라도 찾는 듯 보였네. 내가 다가가자 발소리를 듣고 힐끗 뒤돌아보았는데, 인상이 정말 흥미롭더군. 얼굴 전체에서 잔잔한 애수가 묻어나면서도 정직하고 선량한 마음씨가 엿보였네. 검은 머리는 두 가닥으로 말아서 핀을 꽂았고 나머지 부분은 굵직하게 땋아 묶어서 등 뒤로 늘어뜨린 모습이었네. 차림새로 보아 신분이 낮아 보이기에 그가 하는 일에 관심을 보여도 언짢게 여기지 않겠다 싶었지. 그래서 그에게 뭘 찾느냐고 물었더니 "꽃을 찾고 있습니다" 하고 깊은 한숨을 내쉬더군. "그런데 한 송이도 못 찾겠네요." "그야 제철이 아니니까 그럴 수밖에요." 나는 웃으면서 말했네. "꽃이 많습니다." 그는 내가 있는 곳으로 성큼 내려오면서 말했네. "우리 집 정원에는 장미와 인동덩굴 이렇게 두 종류가 있습니다. 하나는 아버지가 주셨는데 둘 다 잡초처럼 무성하게 자랐습니다. 이틀이나 그 꽃들을 찾아다녔는데 통 보이질 않습니다. 저 바깥에도 늘 꽃이 피어 있답니다. 노란 꽃, 파란 꽃, 붉은 꽃 들이죠. 용담초 꽃도 아름답습니다. 그런데 전혀 보이질 않는군요." 나는 섬뜩한 기분이 들어 슬쩍 에둘러 물어보았네. "꽃은 무엇에 쓰려고요?" 그는 묘하게 실룩대는 미소로 얼굴을 일그러뜨리더니 "다른 사람들한테는 얘기하면 안 됩니다" 하고 손가락을 입술에 갖다 대었네. "애인에게 꽃다발을 주기로 약속했습니다." "그것 참 근사하군요." 나는 말했네. "그녀는 다른 물건도 많습니다. 부자거든요." "그래도 당신이 주는 꽃다발을 마음에 들어할 겁니다." "오!" 그가 계속 말했네. "그녀는 보석과 왕관도 있습니다." "그런데 그녀의 이름은 뭔가요?" "네덜란드 정부가 내게 돈을 지불했더라면" 하고 그가 대답했네. "난 딴 사람이 되었을 겁니다. 나도 좋은 때가 있었지요. 하지만 이젠 틀렸어요. 이제 나는……" 하늘을 올려다보는 그의 촉촉한 눈길이 모든 것을 말해주었네. "예전에는 행복하셨군요?" 내가 물었지. "아, 다시 한 번 그 시절로 돌아갔으면 좋겠어요." 그가 말했네. "그때는 물속을 헤엄치는 물고기처럼 행복하고 즐겁고 신바람이 났으니까요!" "하인리히!" 그때 한 노부인이 우리 쪽으로 다가오면서 소리쳤네. "하인리히, 대체 어디 있었니? 사방팔방으로 찾아다녔잖아. 어서, 밥 먹으러 가자." "아드님이신가요?" 나는 그녀 쪽으로 다가가면서 물었네. "맞아요, 불쌍한 내 아들이랍니다!" 그녀가 대답했네. "하느님이 제게 무거운 십자가를 지워주셨지요." "언제부터 저렇게 되었나요?" 내가 물었네. "저렇게 얌전해진 지는 6개월쯤 되었답니다." 그녀가 대답했네. "저만 한 것도 다행이지요. 전에는 1년 내내 미쳐 날뛰는 바람에 정신병원에 들어가 사슬에 묶여 지내야 했답니다. 이젠 그 누구에게도 행패를 부리지 않습니다. 지금은 허구한 날 왕이며 황제 타령만 합니다. 원래는 선량하고 온순한 아이라서 집안 살림을 도와주기도 하고 글씨도 반듯하게 잘 썼습니다. 그런데 어느 날 갑자기 우울증 증세를 보이더니 지독한 열병 끝에 그만 미쳐버리고 말았어요. 그리고 지금은 당신이 보는 것처럼 이 지경입니다. 그 이야기를 하자면, 선생님……" 나는 유수처럼 쏟아져나오는 그녀의 말을 막을 참으로 이렇게 물어보았네. "아드님이 행복하고 좋았다고 자랑하는 그 시절은 언제를 말하는 건가요?" "바보 같은 녀석!" 노부인은 쓸쓸한 연민의 미소를 지으며 말하더군. "한참 미쳐 있을 때였죠. 그걸 언제나 자랑 삼아 얘기한답니다. 정신병원에 있을 때여서 자신에 대해 전혀 아는 바가 없었죠." 그 말이 내게 천둥소리처럼 들려왔네. 나는 그녀의 손에 약간의 돈을 쥐여주고는 황급히 그 자리를 떠났네.

넌 그때가 행복했을 테지! 나는 시내를 향해 잰걸음으로 걸어가면서 한바탕 소리쳤네. 그때 너는 물 만난 물고기처럼 행복했겠지! 하늘에 계신 하느님! 당신은 이성을 갖기 전이나 이성을 다시 잃어버렸을 때가 아니면 행복을 느끼지 못하도록 인간의 운명을 만들어놓으신 건가요! 불행한 사람아! 하지만 나는 자네의 우울증과 자네를 잠식해들어가는 그 착란 상태가 오히려 부럽군. 자네는 기대에 부풀어 자네의 여왕에게 꽃을 꺾어다 주려고 한겨울에도 밖으로 나다니질 않는가. 그리고 꽃을 찾지 못해 슬퍼하면서도 정작 그 까닭은 모르지. 그런데 나는 어떤가? 나는 아무런 희망도 목적도 없이 밖으로 나왔다가 그 모습 그대로 집에 돌아왔네. 자네는 네덜란드 정부가 돈을 지불해주었더라면 자네가 어떤 사람이 되었을지를 허황되게나마 상상하지. 자신이 행복해질 수 없는 까닭을 세상이 방해하는 탓으로 돌릴 수 있으니 자넨 축복받은 사람이네! 자네는 느끼지 못하네. 자네의 불행은 산산이 부서진 자네의 마음속과, 착란에 빠진 자네의 머릿속에서 싹터올랐고, 그런 상황에서는 세상의 어떤 왕이라도 자네를 구제할 수 없음을 깨닫지 못하네.

멀리 온천으로 여행을 떠났다가 도리어 병세가 악화되어 여생을 더 고통스럽게 보내는 환자를 비웃는 인간이나, 양심의 가책과 마음의 번뇌를 떨쳐버리려고 성자의 무덤으로 고난의 순례를 떠나는 사람들을 멸시하는 자는 처참한 죽음을 당해야 하네. 길도 나지 않은 곳을 걷다가 발바닥을 베여도, 그 발걸음 하나하나는 괴로워하는 영혼에겐 한 방울의 진통제가 될 걸세. 그리고 끝까지 견뎌낸 하루하루의 고행만큼 마음속 괴로움의 무게도 줄어드는 것이지. 그런데도 당신들, 편한 자리에 앉아서 사전이나 뒤적이는 얼치기 먹물들이 감히 그것을 광기라고 불러도 된단 말인가? 광기! 오, 하느님! 저의 눈물을 보십시오! 당신은 인간을 그토록 가련한 존재로 창조하시고는, 그것도 모자라 얼마 되지 않은 이 보잘것없는 가난과 당신에게 품은 한 줌의 믿음마저 낚아채 가는 형제들까지 붙여주셔야 했습니까? 만물을 사랑하시는 하느님! 나무 뿌리의 치유력이나 포도즙의 효험을 신뢰하는 것은 바로 당신에 대한 신뢰가 아니겠습니까? 우리를 에워싼 만물에 우리가 항상 필요로 하는 치유와 진정의 힘을 비축해둔 것은 바로 당신입니다. 제가 느낄 수 없는 아버지 하느님! 지난날에는 제 영혼을 충만케 해주시더니 지금은 제게서 얼굴을 돌리신 아버지시여, 저를 당신에게로 불러주십시오! 더이상 침묵을 지키지 말아주십시오! 당신의 침묵은 이 목마른 영혼을 견딜 수 없게 합니다. 예기치 않게 다시 돌아온 아들이 목을 껴안으며 이렇게 외칠 때 과연 화를 낼 인간이, 괘씸히 여길 아버지가 있을까요? "제가 돌아왔습니다, 아버지. 당신의 뜻대로라면 참고 견뎠어야 할 여행을 중도에 그만두고 돌아왔다고 해서 너무 노여워 마십시오. 세상의 이치는 어딜 가나 마찬가지인 것 같습니다. 수고와 노동에는 그만한 대가와 즐거움이 따릅니다. 하지만 그런 것이 제게 무슨 의미가 있겠습니까? 저는 오직 당신이 계신 곳에서만 행복을 느낄 수 있습니다. 저는 아버지 앞에서 고락(苦樂)을 같이하고 싶습니다." 하늘에 계신 아버지, 그런데도 당신은 그를 쫓아내실 건가요?

12월 1일

빌헬름! 내가 지난번에 편지로 이야기했던 그 행복하고도 불행한 남자는 로테의 아버지 밑에서 일하는 서기였더군. 그는 남몰래 로테를 흠모해오다가 마침내 그 사실을 털어놓았는데, 그 바람에 해고를 당하고는 급기야 미쳐버렸다고 하네. 이 이야기가 내게 얼마나 큰 충격을 주었는지 이 무미건조한 글에서나마 느낄 수 있기를 바라네. 알베르트는 내게 그 이야기를 태연하게 들려주었는데, 자네도 이 글을 아마 태연하게 읽고 있겠지.

12월 4일

부탁이네만 제발 좀 이해해주게. 나도 어쩔 도리가 없네. 더이상 견딜 수가 없단 말일세! 오늘 나는 그녀 가까이에 앉았네. 나는 그저 우두커니 앉아 있었고, 그녀는 피아노를 연주하고 있었지. 이런저런 멜로디를 연주하며 자신의 모든 감정을 유감없이 표출하는 듯했네. 정말이지 모든 감정을 말일세! 자네가 원하는 감정까지도 말이야. 그녀의 어린 여동생은 내 무릎 위에 앉아서 인형 옷을 입혀주었네. 순간 눈물이 핑 돌더군. 그래서 고개를 약간 수그렸더니 그녀의 결혼반지가 눈에 확연히 들어왔네. 눈물이 솟구쳐오르더군. 그런데 그녀가 갑자기 더없이 달콤한 옛 멜로디를 연주하기 시작했네. 아주 느닷없이 말일세. 일말의 위안과 지난날의 추억이 가슴속에 차올랐네. 저 노래를 즐겨 듣던 시절의 추억들, 로테 곁을 떠나야 했던 우울하고 불만 가득했던 날들에 대한 생각, 그리고 좌절되고 만 희망의 기억들이 뇌리를 스쳐가더군. 방 안을 이리저리 서성거려보았지만 복받치는 감정 때문에 숨이 막힐 지경이었네. "제발." 나는 치밀어 오르는 감정을 추스르지 못하고 그녀 쪽으로 달음질치며 말했네. "제발 그만하세요!" 그녀는 연주를 멈추고 나를 뜨악한 얼굴로 쳐다보더군. "베르테르." 그렇게 말하면서 그녀가 지어 보인 미소는 내 영혼 깊숙한 곳까지 스며들었네. "베르테르, 평소에 당신이 그렇게도 좋아하던 곡인데 마다하는 걸 보니 몸이 별로 좋지 않은가봐요. 그만 돌아가시는 게 좋겠어요! 그리고 제발 좀 안정을 취하세요." 나는 자리를 박차고 나왔네. 하느님! 당신은 저의 이 고통을 헤아리실 테죠. 이제는 고통을 끝내주십시오.

12월 6일

어딜 가나 그녀의 모습이 나를 따라다니네. 잠들어 있거나 깨어 있거나 내 영혼을 온통 사로잡는다네! 두 눈을 감으면 여기, 내면의 시력이 모이는 머릿속에 그녀의 검은 눈동자가 어른거리네. 바로 여기지! 어떻게 설명해야 할지 모르겠네. 어쨌든 눈을 감는 순간 그녀의 모습이 나타난다네. 바다와도 같이 심연과도 같이 그녀의 모습이 내 앞에, 내 안에 스며들어서는 나의 머릿속을 장악해버린다네.

반신(半神)이라고까지 추대받는 인간이란 과연 어떤 존재일까? 가장 많은 힘이 필요한 순간에 정작 쓸 힘이 남아 있지 않으니 이 무슨 경우인가? 날 듯이 기뻐할 때든 슬픔에 잠겨 있을 때든 인간은 그 감정에 충실히 안주할 수 없다네. 무한한 자의 충만함 속으로 자신을 헌

신하기를 갈망하는 순간, 무감각하고 차가운 의식 속으로 다시 끌려
오니 말일세.

편집자가 독자에게

사실 나는 우리의 친구 베르테르의 주목할 만한 마지막 며칠과 관
련해서 자필로 기록된 자료들이 가능한 한 많이 남아 있기를 내심 기
대했습니다. 그렇게 되면 애써 나의 이야기를 끼워넣으면서까지 그가
남긴 편지의 맥을 끊을 필요가 없을 테니까요.

나는 그의 개인사를 잘 알 만한 사람들의 입을 통해 정확한 정보를
수집하려고 노력했습니다. 그와 관련된 이야기들은 그리 복잡하지 않
아서 모두 대동소이했습니다. 단지 베르테르와 관련된 사람들의 성향
에 대해서만큼은 의견이 분분했고 평가도 다양했습니다.

이제 우리에게 남은 일은 각고의 노력 끝에 얻어낸 정보들을 사실
그대로 이야기하고, 고인이 남긴 편지를 삽입하고, 또 그간 발견한 것
은 사소한 메모 조각이라도 소홀히 다루지 않는 일일 것입니다. 더욱
이 평범하지 않은 사람들에게서는 행위의 본질적이고 진정한 동기를
파악하기가 어렵기 때문입니다.

베르테르의 마음속에는 불만과 의기소침함이 갈수록 깊이 뿌리를
내리더니 결국 그 두 감정이 서로 단단히 얽히면서 그의 존재를 송두
리째 장악해버렸습니다. 그의 정신은 조화를 이루지 못한 채 깨져버
렸고, 마음속의 열불과 격정은 천성의 모든 에너지를 엉망으로 만들

어버림과 동시에 가혹한 효과를 불러일으켜 마침내 그를 초주검 상태로 몰고 갔습니다. 그는 그런 상태에서 빠져나오기 위해 과거에 그 어떤 고통과 싸웠을 때보다 처절하게 고군분투해야 했습니다. 마음의 불안은 그에게 남아 있던 정신력은 물론 활력과 예리한 통찰력까지 잠식해들어갔습니다. 남과 어울릴 때도 우울증을 보이더니 갈수록 불행한 인간으로 변했습니다. 그리고 점점 불행해지는 만큼 남에게도 부당한 행동을 하게 되었습니다. 적어도 알베르트의 친구들은 그렇게 말합니다. 그들의 주장에 따르면, 오랫동안 소망해오던 행복을 마침내 움켜쥐게 되었고 이런 행복을 앞으로도 유지하려는 알베르트처럼 순수하고 차분한 사람을 베르테르는 제대로 평가할 수 없었다는 것입니다. 베르테르는 매일같이 자신의 모든 활력을 소진시키고, 저녁에는 곤경에 처해 괴로워하는 인간이었다는 것입니다. 그들은 또 알베르트가 그처럼 짧은 시간에 변하는 사람이 아니며, 베르테르가 그를 처음 알게 되었을 때부터 높이 평가하고 존중해온 그 모습 그대로의 인간이라고 했습니다. 알베르트는 로테를 그 누구보다도 사랑했고 자랑스러워했으며, 모든 사람이 그녀를 세상에서 가장 훌륭한 여인으로 인정해주기를 원했다는 겁니다. 알베르트가 의혹의 기미를 미연에 방지하려 했다고 해서, 그리고 그 순간 이 소중한 소유물을 순진한 방식으로라도 그 누구와도 공유하려 하지 않았다고 해서 그를 비난할 수 있을까요? 베르테르가 로테와 같이 있을 때면 알베르트가 종종 그녀의 방에서 나와버렸다는 사실은 그들도 인정합니다. 그러나 그것도 친구를 증오하거나 혐오해서가 아니라, 어디까지나 자신이 그곳에 함께 있으면 친구가 거북해할까봐 그랬다는 것입니다.

로테의 아버지는 방에만 있어야 할 정도로 몸 상태가 좋지 않았습니다. 그래서 그는 로테에게 마차를 보냈고 그녀는 그 마차를 타고 집을 나섰습니다. 첫눈이 쌓여 온 천지를 뒤덮은 눈부신 겨울날이었습니다.

베르테르는 다음 날 아침 그녀를 뒤쫓아갔습니다. 알베르트가 그녀를 데리러 오지 않으면 자신이 그녀와 동행할 작정이었습니다.

화창한 날씨에도 베르테르의 울적한 기분은 나아지지 않았습니다. 가슴은 먹먹하고 머릿속에서는 슬픈 영상들이 떠나지 않았으며 기분은 오직 상념의 물결 속에서만 고동쳤습니다.

항상 자신과 불화하며 살아온 베르테르의 눈에는 다른 사람들도 불안하고 혼란스러워 보였습니다. 그는 알베르트와 로테의 좋은 금슬을 자신이 깨뜨렸다는 생각에 자책했습니다. 하지만 그런 자책 속에는 그녀의 남편에 대한 불만도 어느 정도 섞여 있었습니다.

길을 가는 와중에도 그의 생각은 온통 그 불만에 쏠려 있었습니다. "그래 맞아." 그는 이를 갈면서 혼잣말을 중얼거렸습니다. "이것이 허물없고 친근하며 모든 것을 함께 나누는 다정한 사이란 말인가! 소리 없이 오래 지속되는 신뢰란 말인가! 오히려 권태감과 무관심의 표현이 아닌가! 그는 귀하고 소중한 자기 아내보다도 온갖 시시콜콜한 일에 더 마음이 팔려 있는 것은 아닌가? 자기의 행복이 얼마나 값진지 알고나 있을까? 그녀에게 그 가치에 합당한 경의를 표하고 있는 걸까? 그런데도 그녀는 그의 몫이다. 그래 좋아, 그의 소유지. 그건 너무도 명약관화한 사실이지. 나는 그런 생각엔 이미 면역이 되었다고 봐. 하지만 어쩌면 그런 생각이 나를 미치게 만들고 죽음으로 몰아갈 수도 있다. 과연 나에 대한 알베르트의 우정은 제대로 된 걸까? 그는 내가 로테를 추종하는 것을 보고 자신의 권리에 대한 간섭이라고 생각하지는 않을까? 그리고 그녀에 대한 나의 배려심을 두고 자기를 완곡하게 비난한다고 받아들이지는 않을까? 나는 잘 알아. 다 느끼고 있어. 그는 나와 마주치는 것을 달가워하지 않아. 나를 멀리하고 싶은 거지. 나라는 존재 자체가 그에게는 눈엣가시인 거야."

베르테르는 이미 몇 차례나 빠른 걸음을 멈추고 그 자리에 우두커니 멈춰 서곤 했는데, 그 모양이 꼭 오던 길을 되돌아가고 싶어하는 눈치였습니다. 하지만 그때마다 다시 발걸음을 내디뎠습니다. 생각에 잠겼다 혼잣말을 했다 하면서 어느덧 수렵관에 도착했습니다.

그는 문 안으로 들어서면서 노인과 로테의 안부를 물을 참이었습니다. 집 안이 어딘가 모르게 소란스러웠습니다. 맏이가 와서 말하기를 발하임에서 농부 하나가 맞아 죽었다는 것입니다. 맏이의 말은 베르테르에게 그다지 큰 인상을 남기지는 못했습니다. 방에 들어섰을 때 로테는 노인을 설득하느라 여념이 없었습니다. 노인은 건강이 좋지 않은데도 불구하고 현장에 가서 사건을 조사하겠다고 했습니다. 용의자는 아직 밝혀지지 않은 상태였고, 피살자는 이른 아침 현관문 앞에서 발견되었습니다. 사람들의 추측에 의하면 피살자는 어느 과부의 머슴이었습니다. 과부는 이전에 다른 머슴을 고용했는데, 그 머슴은 불화로 집에서 쫓겨났다고 했습니다.

그 이야기를 듣자마자 베르테르는 자리를 박차고 일어났습니다. "그럴 수가!" 그는 소리쳤습니다. "그곳으로 가봐야겠어요. 잠시도 지체할 시간이 없어요." 그는 서둘러 발하임을 향해 떠났습니다. 온갖 추억들이 생생히 되살아났습니다. 그간 여러 차례 만나 대화를 나누면서 소중히 여기게 된 바로 그 사내가 범행을 저질렀음을 조금도 의심치 않았습니다.

시신이 있는 주막으로 가려면 보리수를 통과해야 하는데, 전에는 그토록 정겹게 느껴졌던 그 장소에서 공포가 느껴졌습니다. 이웃 아이들이 모여 놀곤 하던 그 문간이 피로 더럽혀져 있었습니다. 인간의 가장 아름다운 감정인 사랑과 신뢰가 폭력과 살인으로 변해 있었습니다. 아름드리나무들은 잎이 다 진 채로 서리에 덮여 있었고, 야트막한 교회 담장을 아치형으로 둘러싸고 있던 아름다운 산울타리의 잎도 모두 떨어져서 그 틈새로 눈 덮인 묘석들이 보였습니다.

온 마을 사람들이 모여 있는 주막 앞으로 다가가려는데, 갑자기 한바탕 소동이 벌어졌습니다. 저 멀리에 한 무리의 무장한 사람들이 보였습니다. 모두들 범인을 잡아 끌고 오는 것이라며 법석을 떨었습니다. 베르테르가 그쪽으로 눈을 돌려보니 더이상 의심의 여지가 없었습니다. 그렇습니다, 범인은 바로 그 과부를 그토록 사랑했고, 분노와 절망을 삭이며 떠돌아다니던, 얼마 전 베르테르가 만난 바로 그 사내였습니다.

"이 무슨 짓거리란 말인가, 이 불쌍한 사람아!" 베르테르는 잡혀 온 남자에게 다가서며 소리쳤습니다. 그 사내는 베르테르를 말없이 바라보며 침묵을 지키다가 마침내 차분하게 답했습니다. "그 누구도 그녀를 가질 수 없어요. 그녀 역시 그 누구도 남편으로 맞을 수 없을 겁니다." 사람들이 그를 주막 안으로 끌고 들어가자 베르테르는 황급히 그 자리를 떠났습니다.

이 경악스럽고도 충격적인 경험이 그가 마음속에 간직해왔던 모든 것을 뒤흔들어놓았습니다. 그는 잠시나마 슬픔과 불쾌함, 냉소적인 체념의 상태에서 벗어날 수 있었습니다. 견딜 수 없는 연민의 정이 치밀면서 그자를 구제하고 싶은 강렬한 욕망이 생겨났습니다. 그 사내의 처지가 너무도 가엾다는 생각이 들었고, 범인이라고는 하나 죄는 없다는 생각이 들었습니다. 그의 입장이 되어 생각했기 때문에 그의 무고함을 다른 사람들에게도 이해시킬 수 있으리라 확신했습니다. 그는 그 사내를 위해 변호할 수 있기를 바랐으며, 호소력 있는 변론이 벌써부터 입술에 와 닿았습니다. 그는 수렵관을 향해 발걸음을 재촉하면서도 행정관 앞에서 언급할 말을 나지막이 읊조려보지 않을 수 없었습니다.

방에 들어섰을 때 알베르트가 와 있는 것을 보고 베르테르는 잠시 기분이 언짢았습니다. 하지만 곧 마음을 가다듬고 행정관에게 자신의 견해를 열렬히 피력했습니다. 행정관은 여러 차례 머리를 내저었습니다. 베르테르는 자신의 활력과 열의와 진실에 기대어 사내를 변호하기 위해 할 수 있는 말을 다 했지만 행정관은 마음이 동하는 기색이 전혀 없었습니다. 오히려 우리 친구의 발언을 도중에 가로막고 강하게 반박하는가 하면, 살인범을 두둔하고 나선다고 비난까지 했습니다. 그런 논리라면 모든 법은 무용지물이 되고, 국가적 차원에서는 치안 부재 상태가 초래될 거라고 했습니다. 이런 사건에서만큼은 자신이 최고 책임자임을 상기시키지 않을 수 없으며 모든 일은 규정과 절차에 따라 처리해야 한다는 것이었습니다.

베르테르도 물러서지 않고 그 사람이 도주할 수 있게 도와주는 사람이 있다면 부디 눈감아달라고 부탁했습니다. 행정관은 그 부탁마저 거절했습니다. 마침내 대화에 끼어들게 된 알베르트도 늙은 행정관의 편을 들었습니다. 베르테르는 다수결 원칙 때문에라도 물러설 수밖에 없었습니다. 행정관이 몇 번이고 "그건 안 되네. 그자를 구원할 방도는 없네!"라고 하자 베르테르는 주체할 수 없는 상처를 입고 길을 떠났습니다.

이 말이 그에게 얼마나 깊이 각인되었는지는 그의 서류 뭉치 속에서 발견된 한 장의 쪽지를 통해 알 수 있습니다. 이 쪽지는 그날 쓰인 게 분명합니다.

"자네는 구제받을 수 없네, 불쌍한 인간아! 우리가 구원받지 못한다는 사실을 나는 잘 알고 있네."

행정관이 있는 자리에서 알베르트가 용의자와 관련해 밝힌 마지막 견해는 베르테르의 심기를 매우 불편하게 했습니다. 그 말 속에는 자기를 겨냥한 몇몇 과민반응이 녹아들어 있다고 믿었기 때문입니다. 조금만 더 심사숙고했다면 총명한 베르테르가 두 남자의 주장이 옳다는 것을 모를 리 만무했지만, 그것을 시인하고 인정했다가는 그의 가장 깊은 내면을 부정해야 할 것 같은 생각이 들었습니다.

이 일과 관련하여 우리는 알베르트와 그의 관계를 적나라하게 밝혀줄 쪽지 한 장을 그의 서류 속에서 발견했습니다.

"그가 훌륭하고 선량한 사람이라고 말한들 무슨 소용이 있겠는가. 그 사실이 이렇게 나의 오장육부를 찢어놓고 있으니. 나는 공정해질 수가 없다."

눈이 녹을 기미가 보일 만큼 온화한 저녁이어서 로테는 알베르트와 함께 걸어서 돌아왔습니다. 도중에 그녀는 이리저리 사방을 둘러보았는데, 베르테르가 동행하지 않은 걸 못내 아쉬워하는 눈치였습니다. 알베르트는 베르테르의 이야기를 꺼내면서 그가 공명정대하지 못하다고 꼬집었습니다. 베르테르의 불행한 열정에 대해 언급하고는 가능하면 그와 거리를 두고 싶다는 뜻을 비쳤습니다. "우리를 위해서도 그렇게 하는 것이 좋을 듯하오." 그가 말했습니다. "그래서 당신한테 부탁하는 건데" 하고 그가 말을 이었습니다. "그가 당신에 대한 태도를 바꿀 수 있게 해줘요. 그리고 너무 잦은 방문도 삼갔으면 좋겠소. 사람들의 이목이 쏠리고 있어요. 벌써 사람들이 그 일에 대해 여기저기 소문을 내고 있어요." 로테는 침묵을 지켰는데, 알베르트는 그녀의 침묵이 마음에 걸리는 모양이었습니다. 최소한 그후로 그는 그녀에게 베르테르에 관한 어떤 얘기도 하지 않았으며, 행여라도 그녀가 베르테르의 이야기를 할 때는 완곡하게 중단시키거나 화제를 돌리곤 했습니다.

그 불행한 사내를 구하려던 베르테르의 헛된 노력은 꺼져가는 촛불의 마지막 불꽃이었습니다. 그럴수록 베르테르는 더 지독한 고통과 무력감 속으로 빨려들어갔습니다. 게다가 범인이 이제 와서 범행을 부인하는 형편이어서 자신이 반대 증인으로 소환될지 모른다는 이야기를 들었을 때, 그는 거의 미쳐버릴 지경이었습니다.

현실에서 경험했던 모든 불쾌한 일, 공사관에서 겪었던 불화, 실패했거나 마음 상했던 모든 일이 떠올랐다가 다시 사라지곤 했습니다.

이 모든 일이 자기의 무위도식을 정당화해주는 것 같았습니다. 모든 전망이 차단되어버린 듯했으며, 일상적인 사회생활을 하려 해도 스스로 동기를 부여하지 못했습니다. 그래서 끝내 자신의 독특한 감수성과 사고방식, 끝없는 열정에 빠져들어, 자신 때문에 안정된 삶이 깨져버린 다정하고 사랑스러운 여인과의 무미건조하고도 비극적인 만남을 지속하고자 했습니다. 결국 아무런 목적도 전망도 없는 일에 에너지를 낭비함으로써 점점 우울한 파국으로 치달았습니다.

그의 정신적 혼란과 열정, 지칠 줄 모르는 추진력과 노력, 삶의 피로 등에 대해서는 그가 남긴 몇 통의 편지가 가장 확실한 증거가 될 것이기에 이쯤에서 그 편지를 소개하고자 합니다.

12월 12일

사랑하는 빌헬름, 사람들이 악령에 시달린다고 여기는 사람들이 있지 않나. 내가 지금 그 불행한 사람들의 상황에 처해 있다네. 가끔씩 나를 옥죄어오는 것은 두려움도 아니고 욕망도 아니네. 그것은 가슴을 찢고 목을 졸라대는 내면의 알 수 없는 광란 같은 것이네. 고통스럽네! 정말 견디기 어려워! 그럴 때면 나는 인간에게 적대적인 계절의 을씨년스러운 밤 풍경 속을 이리저리 배회하고 다닌다네.

어젯밤에도 밖으로 나가지 않을 수 없었네. 날씨가 갑자기 해동기로 접어들면서 강물이 흘러넘치고 시냇물이 불어나, 발하임에서부터 내가 좋아하는 아래쪽 골짜기까지 온통 물에 잠겼다는 말을 들었네!

나는 밤 열한시가 지나서 밖으로 뛰쳐나갔다네. 바위 아래쪽으로 거센 물줄기가 달빛을 받으며 소용돌이치는 광경을 보니 정말 무시무시하더군. 밭과 초원과 산울타리까지 모든 것이 물에 잠겨서 그 넓은 계곡이 온통 폭풍이 몰아치는 거친 바다로 변해 있었네! 그러다 다시 달이 떠올라 검은 구름 위에 머물자, 내 앞에서 물바다가 섬뜩하리만치 휘황찬란한 달빛을 되비추면서 포효하듯 흘러갔네. 온몸에 소름이 끼치면서 일말의 그리움이 밀려오더군! 나는 두 팔을 활짝 벌린 채 심연을 향해 서서 심호흡을 했네. 아래로! 저 아래로! 나의 고통과 나의 슬픔이 저 물결처럼 아래로 떠내려가며 씻겨가는 희열감으로 숨이 가빠졌네! 오! 하지만 너는 땅바닥에서 발을 떼어 이 모든 고통을 끝내버리지 못하는구나! 나는 내 운명의 시계가 아직 멈추지 않았음을 느끼네! 오, 빌헬름! 저 폭풍우로 구름을 찢고 이 두 손으로 물줄기를 잡아볼 수만 있다면 내 목숨이라도 바칠 텐데! 감옥에 갇혀 있는 이자에게도 언젠가는 그런 환희가 주어지지 않겠는가?

무더운 여름날 로테와 산책하다 앉아 쉬곤 하던 버드나무 아래, 그 아담한 장소를 내려다보니 마음이 얼마나 아프던지. 그곳 또한 물에 잠겨 버드나무의 흔적조차 찾아볼 수 없었네! 오, 빌헬름! 나는 그녀가 사는 초원과 그녀의 수렵관 주변을 떠올렸네! 우리의 정자도 저 거친 격류로 인해 지금쯤 초토화되었겠지! 그리고 감옥에 갇힌 죄수가 가축 떼와 목장과 명예직을 얻는 꿈을 꾸듯, 지난 세월의 햇살이 내 머릿속을 비추었네. 나는 그 자리에 섰네! 그리고 스스로 목숨을 끊을 용기를 낸 마당이니 굳이 나 자신을 꾸짖지도 않았네. 원하는 바이지만. 그래서 여기 이렇게 노파처럼 앉아 있는 것이네. 죽음의 문턱에 다다른, 아무런 낙도 없는 삶을 얼마간이라도 더 연장하고, 생활고를 덜어보겠다고 울타리에서 땔감을 긁어 모으고, 문전걸식을 일삼는 노파처럼 말일세.

12월 14일

친구, 이것을 어떻게 이해해야 할까? 나도 나 자신이 놀라울 뿐이네! 그녀를 향한 나의 사랑은 그 무엇보다 성스럽고 순수하며 남매애 같은 그런 사랑이 아니었나? 언제 한 번이라도 죄가 될 만한 욕망을 품어본 적이 있었던가? 그렇다고 맹세까지 할 생각은 없네. 어쨌든 꿈이란 것은! 아, 이렇게 모순된 작용들의 원인을 알 수 없는 낯선 힘에서 찾으려고 했던 사람들은 얼마나 진솔한가! 어젯밤이었네! 이 말을 하자니 떨리는군. 나는 두 팔로 그녀를 가슴에 안은 채, 사랑을 속삭이는 그녀의 입술에 끝없이 키스를 퍼부었다네. 나의 눈은 사랑에 도취된 그녀의 눈빛을 향유했네! 하느님! 그때의 타는 듯한 기쁨을 진실한 애정을 가지고 다시 떠올리면서 지금껏 행복감에 젖어 있다면 벌을 받아야 하나요? 로테! 로테! 나는 이제 틀렸나보오! 감각이 혼란스러운 것이 벌써 일주일째, 사고가 정지하고 눈가엔 눈물이 마르지 않는다네. 그 어디에 있어도 행복을 느끼지 못하면서 또 어디에 있어도 행복하다네. 더이상 아무것도 갈망하지 않네. 이쯤 되면 떠나는 게 더 현명한 선택이 아닐까 싶네.

당시 세상을 뜨고자 하는 베르테르의 결심은 그러한 상황 속에서 더욱더 확고해져갔습니다. 로테에게 돌아온 후로 그러한 생각은 언제나 그의 마지막 희망이자 바람이었습니다. 하지만 조급하고 성급한 행동을 가급적 자제한 채, 최대한 확신을 가지고 침착하게 결행하리라 스스로 다짐했습니다.

주저와 갈등이 어느 정도였는지는 한 종이쪽지에 잘 드러납니다. 그것은 아마도 빌헬름에게 보내는 편지의 서두인 듯한데, 날짜도 없이 다른 서류 뭉치 사이에서 발견되었습니다.

"그녀의 존재와 운명, 그리고 내 운명에 대한 그녀의 연민이 다 타서 눌어붙은 나의 머리에서 마지막 남은 눈물을 짜내고 있네.

장막을 걷고 그 안으로 들어가는 거야! 그걸로 모든 것이 끝이야! 그런데 무엇 때문에 이렇게 주저하고 망설이지? 장막 뒤의 모습이 어떤지 모르기 때문인가? 아니면 영영 되돌아오지 못하기 때문인가? 그 무엇도 확실하게 알지 못하는 곳에는 혼란과 암흑만 있을 거라 지레짐작하는 것이 우리 인간 정신의 특성이겠지."

베르테르는 마침내 이런 우울한 생각에 더 익숙해졌으며 각오는 더 확고해져서 되돌릴 수 없는 지경이 되었습니다. 이 점은 친구에게 쓴 아래의 애매모호한 편지가 잘 입증해줍니다.

12월 20일

빌헬름, 내 말을 그렇게 이해하다니 자네의 우정에 감사하네. 그래, 자네 말이 옳아. 떠나는 것이 더 현명할 듯하네. 하지만 자네들이 있는 곳으로 돌아오라는 제안은 썩 내키지 않네. 나는 적어도 좀더 먼 길로 둘러가고 싶네. 그때쯤이면 결빙기가 지나고 길 사정도 한결 나아질 테니까. 자네가 나를 데리러 오겠다니 나로서는 더없이 고마운 일이지만 2주만 미뤄주게. 그리고 더 자세한 소식은 편지로 알릴 때까지 기다려주게. 무르익기 전에는 따지 않는 것이 좋겠지. 2주 더 있고 덜 있는 것의 차이는 크다네. 어머니께는 아들을 위해 기도해달라고, 그리고 여러 모로 심려를 끼친 데 대해 용서를 빈다고 말씀드려주게. 기쁘게 해드려야 할 분을 외려 슬프게 해드리는 것이 나의 운명이었나보네. 잘 있게! 내 가장 소중한 친구! 하늘의 축복이 자네와 함께하기를 바라네! 잘 있게!

이 무렵 로테의 심정이 어떠했는지, 남편과 그녀의 불행한 친구에 대한 감정이 어떠했는지는 말로 표현하기 어렵습니다. 단지 우리가 아는 그녀의 성격에 비추어 짐작할 수 있을 뿐입니다. 그리고 아름다운 영혼을 가진 여성이라면 그녀의 심경을 들여다보고, 그녀에게 일종의 감정이입을 할 수도 있을 것입니다.

어쨌든 로테가 무슨 수를 써서라도 베르테르와 일정한 거리를 두기로 결심한 것만은 분명합니다. 그간 그녀가 주저해왔던 것은 친구를

156

생각하는 진정한 배려심 때문이었습니다. 그녀는 거리를 두는 것이 베르테르에게 얼마나 힘들지, 그러니까 그것이 베르테르에게는 불가능에 가깝다는 것을 잘 알고 있었습니다. 하지만 그 무렵 그녀는 종전보다 훨씬 신중하게 처신해야 한다는 생각에 사로잡혔습니다. 그러한 관계에 대해 그녀가 일체의 언급을 회피해왔듯이, 그녀의 남편 또한 일언반구도 하지 않았습니다. 그럴수록 그녀는 남편을 생각하는 자신의 마음이 남편 못지않음을 행동으로 보여주겠다고 생각했습니다.

베르테르가 마지막으로 삽입된 이 편지를 친구에게 쓴 날은 크리스마스 직전의 일요일이었습니다. 그날 저녁 그가 로테를 찾아갔을 때, 그녀는 마침 혼자 있었습니다. 그녀는 어린 동생들에게 크리스마스 선물로 주려고 장만해둔 장난감들을 정리하는 중이었습니다. 베르테르는 아이들이 무척 기뻐할 거라고 말하고 자신의 어린 시절 이야기를 꺼냈습니다. 갑자기 문이 열리면서 초와 사탕과자와 사과 등으로 장식된 크리스마스트리가 눈앞에 나타나 하늘을 날듯 황홀해지던 시절 말입니다. "당신도" 하고 로테는 당혹스러운 속내를 다정한 미소로 감추면서 말했습니다. "당신도 고분고분 말을 잘 들으면 선물을 받을 거예요. 긴 양초나 그 밖의 다른 것도요." "고분고분 말을 잘 듣다니요, 대체 무슨 뜻입니까?" 그가 큰 소리로 말했습니다. "어떻게 하면 되죠? 어떻게 하면 그럴 수 있죠, 로테?" "목요일 밤이" 하고 그녀가 말했습니다. "크리스마스이브예요. 그날 저녁에 아이들은 물론이고 아버지도 오시기로 했어요. 그날 모두 선물을 받을 테니 당신도 오세요. 하지만 그전에 오시면 안 돼요." 베르테르는 속으로 뜨끔했습니다. "부탁드릴게요." 그녀가 말을 이었습니다. "일단 한번 그렇게 해보죠. 제 마음이 편치 않아서 이런 부탁을 드리는 거예요. 지금 상태로는 안 돼요. 이런 식으로 가다간 도저히 안 돼요.” 그는 그녀에게서 눈길을 돌린 채 방 안을 서성이면서 “이런 식으로 가다간 도저히 안 돼요” 하고 혼잣말처럼 웅얼거렸습니다. 그 말 한마디가 베르테르를 어떤 절망 속으로 몰아넣었는지 깨달은 로테는 이런저런 질문을 하면서 그의 생각을 돌려보려 했지만 아무 소용이 없었습니다. “알겠어요, 로테.” 그가 외쳤습니다. “다시는 당신을 만나러 오지 않겠습니다!” “그게 무슨 말씀인가요?” 그녀가 말을 받았습니다. “베르테르, 당신은 우리를 다시 만날 수 있고 또 만나야 해요. 그저 조금만 자제해달라는 거예요. 당신은 어째서 한번 시작한 일은 끝장을 봐야 직성이 풀릴까요. 왜 그런 격한 성격을 타고났을까요! 제발 부탁이에요.” 그녀는 그의 손을 잡으며 말을 이었습니다. “조금만 자제해주세요! 당신의 정신, 당신의 학식, 당신의 재능이 많은 즐거움을 가져다줄 거예요! 그러니 제발 사나이답게 생각하세요. 당신을 딱하게 여기는 것 말고는 아무것도 해줄 수 없는 저를 위해 당신의 그 애절한 집착을 다른 데로 돌려주세요.” 그는 이를 악문 채 암담한 표정으로 그녀를 바라보았습니다. 그녀는 그의 손을 잡았습니다. “잠깐이라도 마음을 가다듬고 생각해보세요, 베르테르!” 그녀가 말했습니다. “당신은 자신을 기만하고, 의도적으로 파멸의 길로 내몰고 있다는 걸 모르나요! 베르테르, 왜 하필이면 저를? 다른 남자의 몸이 된 저 같은 여자를? 저는 두려워요. 저를 가질 수 없다는 사실이 당신의 그런 소망을 부추기는 건 아닐까 해서요.” 그는 몹시 언짢은 듯 굳어버린 표정으로 로테를 바라보면서 그녀의 손에서 자신의 손을 슬며시 뺐습니다. “현명하십니다!" 베르테르는 큰 소리로 말했습니다. "정말 현명해요! 그 대사는 알베르트의 작품인가보죠? 정치적이로군요! 매우 정치적입니다!" "그런 얘기쯤은 누구나 할 수 있지 않나요?" 로테가 대꾸했습니다. "그리고 설마 이 넓은 세상에 당신의 소망을 실현시켜줄 아가씨가 단 한 명도 없을까요? 마음을 굳게 먹고 적극적으로 찾아보세요. 분명히 찾아낼 거예요. 오래전부터 스스로를 막다른 상황으로 몰아넣는 당신이 늘 마음에 걸렸답니다. 당신과 우리 모두에게 염려스러운 일이 아닐 수 없어요. 자신감을 가지세요. 여행이라도 하면 기분이 달라질 거예요! 당신에게 어울리는 소중한 사람을 찾아서 돌아오세요. 그렇게 해서 우리 진정한 우정의 행복을 나누도록 해요."

"그런 말은" 하고 베르테르는 차갑게 웃으며 말했습니다. "인쇄를 해서 가정교사들에게 읽혀야 할 것 같은데요. 사랑하는 로테! 나를 조금만 더 이대로 내버려두세요, 곧 모든 일이 원만히 해결될 겁니다!" "좋아요, 베르테르, 하지만 크리스마스이브 전에는 오시면 안 돼요!" 그가 대답하려던 찰나에 알베르트가 방으로 들어왔습니다. 그들은 계면쩍게 인사를 나눈 다음 어색한 분위기 속에서 나란히 방 안을 서성거렸습니다. 베르테르는 별 내용 없는 얘기를 꺼냈다가 싱겁게 중단하곤 했습니다. 알베르트 역시 다를 바 없었습니다. 그러던 알베르트가 아내에게 일전에 부탁했던 일은 어떻게 되었는지 물어보았습니다. 아직 끝마치지 못했다는 말을 들은 그는 그녀에게 몇 마디를 더 던졌습니다. 베르테르는 그 말투가 너무 쌀쌀맞게, 아니 너무 가혹하게 들렸습니다. 그는 그 자리를 뜨고 싶었지만 그것도 여의치 않아 결국 여덟시까지 머물렀습니다. 베르테르의 불만과 불쾌감은 점점 강도를 더해갔고, 결국 저녁상이 차려질 무렵에 모자와 지팡이를 집어들었습니다. 알베르트는 좀더 있다 가라고 권했지만, 그는 그것이 의례적인 인사치레 같아서 쌀쌀맞게 고맙다는 말만 던지고는 밖으로 나와버렸습니다.

베르테르는 집으로 돌아왔습니다. 하인이 등불을 밝혀 그를 맞으려 하자 그는 하인의 손에서 등불을 빼앗아 들고는 혼자서 방으로 들어가버렸습니다. 그러고는 이내 대성통곡을 하는가 싶더니 막 흥분해서 혼잣말을 중얼거리기도 하고 열불을 내며 방 안을 왔다갔다했습니다. 급기야 옷도 벗지 않은 채로 침대에 쓰러졌습니다. 열한시경에 하인이 방으로 들어가 장화를 벗겨야 할지 물어보았을 때도 그는 그대로 누워 있었습니다. 그는 그렇게 하라고 시키고, 내일 아침에는 자기가 부를 때까지 방에 들어오지 말라고 단단히 일렀습니다.

12월 21일, 월요일 아침 일찍 베르테르는 로테에게 다음과 같은 편지를 썼습니다. 이 편지는 그가 사망한 뒤 그의 책상 위에서 봉인된 채로 발견되어 로테에게 전해졌습니다. 몇 가지 정황에 비춰볼 때, 그는 이 편지를 단락별로 나누어 쓴 것 같습니다. 따라서 저도 이 편지를 단락별로 나누어 소개하려 합니다.

"결정했습니다. 로테, 나는 죽으려 합니다. 나는 이 편지를 낭만적 감흥이나 부풀림 없이 침착하게, 당신을 마지막으로 보게 될 날 아침에 쓰고 있습니다. 사랑하는 로테, 당신이 이 편지를 읽을 때쯤이면, 인생의 마지막 순간까지 당신과 대화를 나누는 것 외에 다른 즐거움을 알지 못했던, 불행하고 불안했던 한 인간의 굳어버린 시체를 싸늘한 무덤이 덮고 있을 겁니다. 어젯밤은 참혹하기도 했지만 한편으로

160

는 은혜로운 밤이었습니다. 나의 각오를 굳혀준 밤이었으니까요. 어제 감정이 지나치게 격해진 나머지 당신의 손을 뿌리치고 나왔을 때 온갖 상념이 밀려왔지요. 아무런 희망도 기쁨도 없는 내 존재가 당신 곁에 붙어 있다고 생각하니 얼음장처럼 차가운 전율이 일었습니다. 방 안에 들어오자마자 정신없이 무릎을 꿇었습니다. 오, 하느님! 당신은 내 마지막 위안거리로 쓰라린 눈물을 흘릴 수 있게 해주셨습니다! 수천 가지 계책이 마음속에서 다툼을 벌였지만, 결국 단 하나의 생각이 끝까지 살아남아 내 마음을 쟁취하고 말았습니다. 바로 죽으리라는 생각이! 나는 자리에 누웠습니다. 다음 날 아침이 되어 조용히 잠에서 깨어났을 때도 그 생각은 확고하게 남아 있었습니다. 그것은 절망이 아니라 확신이었습니다. 모든 것을 끝까지 참고 견뎌낸 내가 이젠 당신을 위해 나를 바치겠다는 확신 말입니다. 그래요, 로테! 내가 왜 그걸 숨기겠습니까? 우리 셋 중 하나는 물러나야 하는데 내가 그 사람이 되려는 겁니다! 나의 가장 소중한 사람이여! 미친 듯 날뛰는 생각이 상처 난 가슴에 스며들 때가 있습니다. 당신의 남편을 죽이고 싶은 생각! 아니면 당신을! 그것도 아니면 나 자신을! 어느 아름다운 여름날 저녁 산에 오르거든, 그토록 자주 이 골짜기를 오르곤 했던 내 모습을 기억해주십시오. 그리고 저기 키 큰 풀들이 석양빛을 받으며 이리저리 바람에 나부낄 때면, 교회 묘지 저편의 내 무덤도 한번 바라봐주십시오. 이 편지를 쓰기 시작했을 때는 마음이 고요했는데 지금은 아이처럼 눈물을 짓고 있습니다. 이 모든 것이 눈앞에 너무도 생생하게 떠오르기 때문입니다."

밤 열시경에 베르테르는 하인을 불렀습니다. 그는 옷을 입으며 며칠 여행을 떠날 것이니 옷가지를 손질해놓고 짐을 꾸릴 만반의 준비를 해두라고 일렀습니다. 또한 일체의 채무 관계를 정리하고, 빌려준 책들은 되찾아올 것이며, 매주 얼마씩 돈을 줘왔던, 형편이 어려운 사람들에게는 두 달치 액수를 미리 주라고 지시했습니다.

베르테르는 음식을 방으로 가져오라고 했고 식사 후에는 말을 타고 곧장 행정관을 만나러 갔지만 행정관은 집에 없었습니다. 베르테르는 깊은 생각에 잠긴 채 정원을 이리저리 거닐었습니다. 슬픈 기억의 편린들을 하나하나 긁어모으려는 듯 보였습니다.

어린아이들이 베르테르를 가만히 내버려두지 않았습니다. 그의 꽁무니를 쫓아다니며 엉겨붙기도 하고, 내일, 모레, 그리고 글피가 되면 로테네로 가서 크리스마스 선물을 받을 거라고도 하고, 얼마나 놀랄 만한 선물이 기다리고 있을지, 그 깜찍한 상상력을 마음껏 펼치면서 재잘거렸습니다. "내일!" 베르테르는 큰 소리로 외쳤습니다. "모레! 그리고 글피가 되면!" 그런 다음 아이들 하나하나에게 애정 어린 키스를 해주고 막 떠나려는데, 한 아이가 그에게 귓속말을 하려고 했습니다. 아이는 형들이 근사한 연하장을 아주 큼직하게 써놓았다고 귀띔해주었습니다. 한 장은 아빠에게, 또 한 장은 알베르트와 로테에게, 그리고 나머지 한 장은 베르테르 아저씨에게 썼는데, 그걸 새해 아침에 전해줄 거라고 했습니다. 그 말에 베르테르는 가슴이 뭉클했습니다. 그는 아이들에게 돈을 조금씩 나눠주고는 말에 올랐습니다. 노인에게 안부를 전해달라고 하고는 두 눈에 눈물이 가득 고인 채로 그곳을 떠났습니다.

베르테르는 다섯시경에 집으로 돌아왔습니다. 하녀에게 불을 잘 살펴보고 밤중까지 꺼지지 않게 하라고 일렀습니다. 하인에게는 책과 속옷을 여행가방 아래쪽에 꾸려 넣고, 옷가지는 잘 싸서 묶어두라고 시켰습니다. 그러고는 로테에게 보낸 마지막 편지의 다음 단락을 쓴 것 같습니다.

"나를 기다리는 건 아니겠죠! 내가 당신 말대로 크리스마스이브나 되어야 다시 찾아가리라 믿고 있겠죠. 오, 로테! 그러나 오늘이 아니면 다시 볼 기회는 없을 겁니다. 당신은 크리스마스이브에 이 편지를 손에 들고 몸을 떨면서 하염없는 눈물로 이 편지를 적실 것입니다. 나는 죽을 겁니다. 그래야만 합니다! 마음을 굳히고 나니 이리도 편안해지는군요."

그사이 로테는 상태가 심상치 않았습니다. 베르테르와 마지막 대화를 나눈 뒤, 그와 헤어지는 것이 얼마나 어려우며 베르테르 또한 그녀와 떨어지는 것을 얼마나 고통스러워할지를 알았던 것입니다.

로테는 알베르트가 있는 자리에서 지나가는 말로 베르테르가 크리스마스이브 전에는 찾아오지 않을 거라고 했습니다. 알베르트는 처리해야 할 일이 있어서 말을 타고 이웃 관리를 찾아갔다가 그곳에서 하룻밤을 묵어야 했습니다.

그래서 로테는 혼자 앉아 있었습니다. 동생들도 어딜 가고 곁에는 아무도 없었습니다. 그녀는 자신의 상황을 차분히 되짚어보며 온갖 상념에 빠져 있었습니다. 그녀는 자신이 지금의 남편과 영원히 맺어져 있다고 생각했습니다. 남편의 사랑과 진심을 잘 알고 있었기에 그녀도 남편을 가슴 깊이 사랑했습니다. 그의 차분하고 믿음직한 성격은 하늘이 정해준 것 같았습니다. 그 토대 위에서 착실한 부인이 삶의 행복을 일궈가도록 말이지요. 남편이 자신과 아이들에게 언제까지나 그런 존재로 남으리라 생각했습니다. 그러나 한편으로는 베르테르도 매우 소중한 존재가 되었습니다. 서로를 알게 된 첫 순간부터 그들의 감정은 완벽에 가까우리만치 일치했으며, 오랜 시간을 사귀면서 함께 경험한 수많은 일들이 가슴에 지울 수 없는 인상을 남겼습니다. 그녀가 흥미롭게 느끼거나 생각했던 모든 것을 그와 함께 나누는 데 익숙해져서, 그와의 헤어짐은 그녀의 존재 자체에 다시는 채울 수 없는 공허감을 남길 것 같았습니다. 아, 이 순간 그를 오빠로 변신시킬 수 있다면 얼마나 행복할까! 그를 친구와 결혼시킬 수 있다면, 그래서 그와 알베르트의 관계도 예전처럼 다시 좋아질 수 있다면!

로테는 자기 친구들을 하나하나 떠올리며 따져보았습니다. 하지만 다들 뭔가 부족하다는 느낌만 들 뿐, 베르테르에게 어울릴 만한 친구는 딱히 없었습니다.

이런저런 생각에 잠겨 있자니 뭐라고 딱 꼬집어 얘기할 수는 없지만, 그를 곁에 붙잡아두기를 진정으로 바란다는 것을 처음으로 깊이 느꼈습니다. 그러면서도 자신은 그를 차지할 수 없으며 차지해서도 안 된다고 스스로 되뇌었습니다. 매사에 해맑고 긍정적으로 처신해온 그녀의 순수하고 아름다운 마음이 이젠 행복을 기약할 수 없다는 우울한 감정에 시달리게 된 것입니다. 가슴은 먹먹하게 죄어오고 눈에는 짙은 먹구름이 덮였습니다.

로테가 계단을 올라오는 베르테르의 소리를 들은 때가 여섯시 반경이었습니다. 그녀는 그의 발소리와 자기를 찾는 그의 목소리를 단박에 알아챘습니다. 순간 가슴이 세차게 고동쳤습니다. 그가 방문했을 때 이토록 가슴이 두근거린 적은 한 번도 없었던 것 같았습니다. 그녀는 집에 없는 것처럼 속여서라도 이 만남을 피해야 할 것 같았습니다. 그래서 그가 방으로 들어왔을 때 흥분한 나머지 당황한 말투로 소리쳤습니다. "약속을 어기셨군요." "나는 약속을 한 적이 없어요." 그가 대답했습니다. "그래도 최소한 제 부탁을 들어주셨어야죠." 그녀가 대꾸했습니다. "우리 두 사람의 평안을 위해 부탁했던 거예요."

그녀는 베르테르와 단 둘이 있는 상황을 피할 요량으로 친구 몇 명을 불러오라고 사람을 보냈을 때도, 자신이 무슨 말을 하고 있고 무슨 짓을 하고 있는지 제대로 알지 못했습니다. 베르테르는 가지고 온 책들을 내려놓고는 다른 가족들의 안부를 물었습니다. 그녀는 친구들이 오기를 바라면서도, 한편으로는 오지 않기를 바랐습니다. 하녀가 돌아와서는 두 친구 모두 올 수 없다고 전했습니다.

그녀는 하녀에게 일거리를 들고 옆방에 가 있으라고 하려다 곧 생각을 바꾸었습니다. 베르테르가 방 안을 이리저리 서성이는 동안, 로테는 피아노 쪽으로 갔습니다. 미뉴에트를 연주하기 시작했지만 제대로 칠 수가 없었습니다. 그녀는 마음을 가다듬고는 태연하게 베르테르 옆으로 가서 앉았습니다. 그는 여느 때처럼 안락의자에 앉아 있었습니다.

"뭐 읽을 만한 거 없나요?" 그녀가 말했습니다. 그는 아무것도 없었습니다. "그렇다면 저기 서랍 안에" 하고 그녀가 말하기 시작했습니다. "당신이 번역한 오시안의 시 몇 편이 있어요. 저도 아직 읽어보지는 못했어요. 실은 당신이 읽어주는 걸 듣고 싶었거든요. 하지만 지금까지 그럴 기회도 없었고, 또 그럴 기회를 만들려고 하지도 않았어요." 그는 미소를 지으며 시 원고를 꺼내 들었습니다. 원고를 집어드는 순간 온몸에 전율이 느껴지면서 눈물이 앞을 가렸습니다. 그는 자리를 잡고 앉아 원고를 읽기 시작했습니다.

어스름한 밤의 별들이여, 그대는 서쪽 하늘에서 아름답게 반짝이는구나. 그대는 빛나는 이마를 치켜들고는 구름을 헤치고 당당하게 언덕을 오르는구나. 그대는 무엇을 찾으려고 황야를 그리도 애달피 바라보는가? 폭풍우는 가라앉았고 멀리 개울물의 중얼거림이 들려온다. 출렁이는 물결이 먼 바위에 부딪쳐 부서지고, 불나방 떼의 윙윙거리는 소리가 들판에 가득하네. 아름다운 별빛이여, 그대는 어디를 바라보는가? 그대는 미소를 지으며 흘러가려 하지만 물결이 기쁜 마음으로 그대를 감싸안고 그 사랑스러운 머리카락을 감겨주는구나. 잘 있어라, 고요한 빛이여. 모습을 드러내어라, 그대 오시안의 영혼이 깃든 숭고한 빛이여!

이제 그 빛은 강렬하게 비친다네. 나는 세상을 떠난 벗들의 모습을 본다네. 그들은 지나간 시절에 그랬듯 다시 로라로 모여드네. 핑갈은 축축한 안개 기둥처럼 나타나고, 그의 용사들이 그를 에워싸네. 그리고 보라! 노래하는 시인들을. 백발의 울린! 위풍당당한 리노! 사랑스러운 노래꾼 알핀! 그리고 그대, 고요히 탄식하는 미노나! 나의 친구들이여, 셀마에서 축제를 벌인 후로 그대들은 얼마나 변했는지. 언덕 위에서 나직이 속삭이는 풀잎들을 앞다투어 눕히는 봄바람처럼, 우리는 노래의 명예를 걸고 경쟁했지.

그때 미노나가 어여쁜 자태를 드러냈네. 아래로 내리깐 눈에는 눈물이 가득했고, 언덕에서 몰아치는 변덕스러운 바람에 머리칼이 나부꼈지. 그녀의 깜찍한 목소리가 드높아지자 용사들의 마음속에 어둠이 내렸지. 그들은 자주 살가르의 무덤을 보아왔고, 자주 창백한 콜마의 불 꺼진 집을 보아왔기 때문이니. 감미로운 목소리의 콜마는 언덕에서 버림받았다네. 살가르는 돌아오겠다고 약속했지만 사방은 이미 밤이 차지해버리고 말았네. 저기 언덕 위에 혼자 앉아 있는 콜마의 목소리를 들어보라.

콜마

밤이 되었네! 나는 폭풍의 언덕에 홀로 버려져 있네. 바람은 산 중에서 윙윙대고 냇물은 바위를 휘감고 흘러내리며 울부짖네. 폭풍 우 몰아치는 이 언덕에서 버림받은 나는 비를 피할 오두막조차 없네.

오, 달이여, 구름을 뚫고 떠올라라! 밤하늘의 별들이여, 모습을 드러내다오! 한줄기 빛이라도 좋으니 나의 사랑하는 이가 사냥에 지쳐 쉬고 있는 곳으로 나를 인도해다오. 활시위는 느슨하게 풀려 있고 사냥개들은 가쁜 숨을 몰아쉬며 그의 곁을 지키고 있을 테지! 그러나 나는 이곳, 무성한 수목으로 뒤덮인 강가 바위에 홀로 앉아 있어야 하네. 요란스러운 강물 소리와 폭풍우 소리에 사랑하는 그 대의 목소리를 들을 수 없네.

나의 살가르는 왜 주저하는 걸까? 자기가 한 말을 잊기라도 한 걸까? 저편에 바위와 나무가 있고 이곳 가까이에는 콸콸 흐르는 강물이 있네. 어둠이 닥쳐오면 그대는 이곳으로 오겠다고 약속했네. 나의 살가르는 어디서 헤매는 걸까? 그대와 함께 그 잘난 아버지와 오빠를 버리고 달아나려 했건만! 우리 두 집안은 오래전부터 원수지간이었지만 우리 두 사람만큼은 원수가 아니라네. 오, 살가르!

바람아, 잠시만 침묵해다오! 물살이여, 잠깐만 멈추어다오! 내 목소리가 계곡 사이로 울려퍼져 나의 방랑자가 내 목소리를 듣도록. 살가르! 나예요, 내가 지금 당신을 부르고 있어요! 나무와 바위가 있는 여기에서요! 살가르! 그리운 님이여! 나는 여기에 있는데 그대는 왜 오기를 주저하나요?

보라, 달이 떠오른다. 강물은 골짜기에서 반짝이고 언덕 위에는 잿빛 바위들이 우뚝 솟아 있건만. 이 높은 산등성이에서도 그의 모습은 보이지 않네. 그보다 먼저 달려와야 할 개들도 그의 도착을 알리지 않으니 나 여기 홀로 앉아 있을 수밖에.

그런데 저 아래 황야에 누워 있는 자들은 누구인가? 나의 연인일까? 나의 오빠일까? 친구들이여, 말해다오! 그런데 그들은 대답하지 않네. 내 마음은 왜 이리도 불안할까! 그들은 이미 죽은 자들이라네! 그들의 칼은 결투로 인해 붉게 물들었네! 오, 오빠, 오빠, 왜 나의 살가르를 죽였나요? 살가르, 그대는 무슨 까닭으로 나의 오빠를 죽였나요? 두 분 모두 내게는 소중했거늘! 그대는 언덕 위의 수많은 용사들 중에서도 가장 탁월했는데! 그토록 처절한 결투였단 말인가. 대답해주세요! 내 목소리를 들어주세요, 사랑하는 이들이여! 그러나 그들은 말이 없네. 언제까지고 침묵을 지키려 하네! 그들의 가슴은 흙처럼 차디차다네!

　오, 언덕의 바위에서, 폭풍우 몰아치는 산봉우리에서 말해주오, 죽은 이들의 넋이여! 말해주오! 난 전혀 두렵지 않으니! 그대들은 어디로 휴식을 취하러 갔나요? 산속 어느 무덤 터에서 나 그대들을 찾을 수 있을까요? 바람 속에서는 희미한 목소리 하나 들리지 않고, 폭풍의 언덕에서는 아무런 대답도 들리지 않는구나.

　나는 비탄에 빠져 주저앉은 채 눈물을 흘리며 아침이 오기만을 기다리네. 그대들 죽은 자들의 친구들이여, 무덤을 파헤쳐다오, 그리고 내가 갈 때까지는 흙을 덮지 말아다오, 나의 삶도 꿈처럼 사라지리니, 내 어찌 살아남아 있겠는가! 나 또한 여기 머무르니, 물결이 바위에 부딪치며 울어대는 이곳 냇가에서 나의 사랑하는 이들과 살리라. 언덕에 밤이 오고 황야에 바람이 몰아칠 때, 나의 영혼은 바람을 맞고 서서 친구들의 죽음을 슬퍼할 것이네. 사냥꾼이 정자에서 내 목소리를 듣는다면, 두려움을 느끼면서도 그 목소리를 사랑하게 될 것이네. 사랑하는 벗들을 애도하는 내 목소리가 달콤하게 들릴 것이기에. 내 그들 두 사람을 그토록 사랑했기에!

　미노나, 이것이 그대의 노래였지. 수줍은 듯 얼굴 붉히는 토르만의 딸이여. 콜마를 애도하며 흘리는 눈물인 만큼 우리의 마음도 착잡해지네.

　울린이 하프를 들고 나타나서 알핀의 노래를 들려주었네. 알핀의 목소리는 다정다감했고, 리노의 영혼은 섬광 같았네. 그러나 그들은 벌써 좁은 무덤 속에 잠들고, 그들의 목소리는 셀마에서 사라져갔다네. 용사들이 쓰러지기 전 언젠가, 사냥터에서 돌아온 울린은 언덕 위에서 벌이는 그들의 노래 경연을 들었네. 그들의 노래는 감미로우면서도 애잔했지. 최고의 용사 모라르의 죽음을 애도하는 노래였네. 그의 영혼은 핑갈의 영혼 같았고, 그의 칼은 오스카의 칼 못지않았네. 그러나 그는 쓰러졌고, 그의 아버지는 비탄에 빠졌으며, 여동생의 눈에는 눈물이 가득 고였네. 그 용맹스러운 모라르의 여동생 미노나의 눈에 눈물이 홍수처럼 솟구쳤다네. 미노나는 울린의 노랫소리가 흘러나오기 전에, 서편의 달이 폭풍우를 예견하여 구름 속에 어여쁜 얼굴을 파묻듯 그 자리에서 물러났네. 나는 울린과 함께 구슬픈 노래에 맞춰 하프를 탔네.

리노

비바람이 잦아들더니 맑게 갠 정오에는 구름마저 흩어지네. 변화무쌍한 태양은 줄달음질 치면서 언덕을 비추고, 산속의 여울물은 붉게 물든 채 계곡으로 흘러드네. 여울물이여, 소곤대는 너의 목소리도 달콤하지만 내게 들려오는 소리는 더욱더 달콤하다네. 그것은 죽은 자들을 애도하는 알핀의 목소리라네. 그의 머리는 연륜을 이기지 못해 구부러지고, 눈물짓는 두 눈은 붉게 충혈되었네. 알핀, 타고난 노래꾼이여, 그대는 왜 침묵하는 언덕 위에 홀로 있는가? 그대는 왜 숲속에 몰아치는 돌풍처럼 비통해하는가? 어째서 저 먼 해안에 일렁이는 물결처럼 통탄하는가?

알핀

리노, 내 눈물은 죽은 자들을 위한 것이며 내 목소리는 무덤 속에 거주하는 자들을 위한 것이라네. 언덕 위에 훤칠한 그대 모습 보이고, 황야의 아들들 중에서도 단연 군계일학의 자태로구나. 하지만 그대 또한 모라르처럼 쓰러질 테고, 그대 무덤가에도 슬퍼하는 자가 와 앉으리라. 언덕은 그대를 잊을 것이며 그대의 활은 시위가 풀린 채로 내팽개쳐지리라.

오, 모라르, 그대는 언덕을 누비는 노루처럼 잽싸고, 밤하늘에 솟아오르는 불길처럼 매서웠다. 그대의 분노는 폭풍우 같았고, 그대의 칼은 전장에서 황야에 내리치는 번개 같았다. 그대의 목소리는 비 온 뒤 숲속의 시냇물 소리와 같았고, 먼 산언덕을 깨우는 천둥소리와 다를 바 없었네. 많은 사람이 그대의 손에 쓰러졌고, 그대 안에 타오르는 분노의 불길이 그들을 삼켜버렸노라. 그러나 그대가 전장에서 돌아왔을 때 그대의 얼굴에서는 더없는 평온함이 묻어났다네. 그대의 얼굴은 폭풍우가 걷힌 뒤의 태양과 같았고, 적막한 밤하늘의 달빛과 닮았지. 그대의 가슴은 모진 바람이 가라앉은 뒤의 호수처럼 고요했다네.

이제 그대의 집은 옹색하고 그대의 잠자리는 어두컴컴하다! 과거에는 그토록 위대했던 그대이건만 무덤의 폭은 고작 세 발짝에 불과하네! 머리에 이끼를 뒤집어쓴 네 개의 묘석만이 그대를 위한 유일한 기념물이라네. 한 그루 나목, 바람결에 속삭이는 키 큰 풀들만이 용맹했던 모라르의 무덤을 사냥꾼들에게 암시해주네. 그대를 위해 애도의 눈물을 쏟아줄 어머니도 없고, 사랑의 눈물을 흘려줄

애인도 없다네. 그대를 낳아준 분은 이미 세상을 떴고 모르글란의
딸들도 쓰러지고 말았으니.

그런데 저기 지팡이를 짚고 있는 이는 누구인가? 세월 탓에 머리
칼이 희끗희끗해지고, 눈물로 두 눈 붉게 충혈된 저이는 누구인가?
오, 모라르, 그는 바로 그대의 아버지, 그대만을 아들로 둔 아버지
라네. 그는 전장에서 맹위를 떨쳤던 그대의 명성을 들었고, 혼비백
산 사라져버린 적들의 이야기도 들었네. 그는 모라르의 명성을 들
었네! 아! 그의 부상 소식은 듣지 못했네. 절규하라, 모라르의 아버
지여, 절규하라! 하지만 아들은 당신의 울음소리를 듣지 못하네.
죽은 자들의 잠은 깊고, 베고 누운 흙베개는 낮다네. 그는 당신의
목소리에 귀 기울이지 않으니 아무리 불러보아도 잠에서 깨어나지
못하리라. 오, 무덤의 아침은 언제 찾아와서 잠든 이에게 "깨어나
라!" 하고 일러줄 텐가.

편히 쉬어요, 인간들 가운데 가장 고결한 자여, 전장의 정복자
여! 그러나 이 전쟁터는 다시는 그대를 보지 않을 것이며, 어두운
숲도 그대의 검광으로 불 밝혀지지 않으리라. 그대는 아들 하나 남
기지 않았지만 이 노래가 그대의 이름을 간직하리라. 후손들은 그
대의 이야기를 들으리라. 전장에서 승화한 모라르의 이야기를 들으
리라.

용사들의 탄식 소리 드높았지만 아르민의 애절한 한숨 소리 그
가운데 가장 드높았다네. 이는 젊은 시절에 전장에서 사라진 아들
의 죽음이 떠올라서였다네. 명성이 자자한 갈말의 영주 카르모르도

용사 곁에 앉았네. "아르민이 한숨지으며 통탄하는 까닭은 무엇인가?" 그가 말했네. "울어야 할 연유라도 있는 것인가? 영혼을 감동시키고 희열을 느끼게 해주는 노랫소리 울려나오지 않는가? 그 노랫소리는 호수에서 계곡으로 퍼지는 은은한 안개와도 같아서, 그 촉촉함이 피어나는 꽃들을 활기차게 하리라. 그러나 태양이 힘차게 솟아오르면 안개는 다시 사라져버린다네. 아르민, 왜 그대는 비탄에 빠져 있는가? 호수로 둘러싸인 고르마의 통치자여."

"비탄에 빠져 있다고! 그렇긴 하지만 내 슬픔의 이유는 사소하지 않다네. 카르모르, 그대는 가슴에 아들을 묻어본 적도 없고 꽃다운 딸을 잃어본 적도 없지. 용맹스러운 콜가르는 살아 있고, 비할 데 없이 아름다운 처녀 안니라도 살아 있지 않은가. 카르모르, 그대 집안의 나뭇가지에는 꽃이 피고 있네. 그러나 이 아르민은 가문의 마지막 후손이라네. 오, 다우라! 네 침실은 어둡고, 무덤 속에서 네 잠도 뒤숭숭하리라. 너는 언제 그 아름다운 목소리로 내게 노래를 들려주며 깨어나려 하는가? 불어다오, 가을 바람이여, 불어다오! 어두운 황야 위로 휘몰아쳐라! 숲속의 거센 냇물이여, 콸콸 흘러라! 폭풍우여, 떡갈나무 꼭대기에서 울부짖어라! 오, 달이여, 흐트러진 구름을 뚫고 나와 변화무쌍한 그대의 창백한 얼굴을 보여다오! 내 아이들이 숨진 그 진저리치는 밤을 내게 환기시켜다오. 패기만만하던 아린달이 쓰러지고 사랑스러운 다우라가 눈을 감던 그날 밤을.

내 딸 다우라, 너는 무척이나 아름다웠다. 푸라 언덕 위에 뜬 달처럼 아름다웠고, 내려 쌓인 눈처럼 새하얬으며 산소처럼 신선했다! 아린달, 전장에서 너의 활은 강했고 너의 창은 비호같이 빨랐다. 너의 눈초리는 파도 위의 안개 같았고, 너의 방패는 폭풍 속의 불구름 같았다!

전장에서 이름을 날린 아르마르가 찾아와 다우라에게 구혼했고, 다우라도 마냥 거절할 수 없었네. 그들의 친구들이 거는 기대 또한 아름다웠네.

오드갈의 아들 에라트는 원한을 품었네. 아르마르의 손에 그의 동생이 목숨을 잃었기 때문이었네. 에라트는 뱃사공으로 변장하고 찾아왔네. 그의 나룻배는 파도에 아름답게 출렁였고, 곱슬곱슬한 머리카락은 늙어서 백발이 되었으며, 진지한 얼굴에는 평온함이 깃들어 있었노라. '그대 절세미인이여!' 그가 말했네. '아르민의 사랑스러운 딸이여, 저기 저편의 바위 위에, 그리 멀지 않은 바다, 나무 열매가 붉게 익어 손짓하는 곳에서 아르마르가 그대 다우라를 기다리고 있소. 물결치는 바다를 건너 그의 연인을 그에게 데려다주려고 내가 왔소.'

다우라는 그를 따라가서는 아르마르를 불러보았네. 하지만 바위에 부딪히는 파도 소리뿐 아무런 대답이 없더라. '아르마르! 내 사랑! 내 사랑! 그대는 왜 이렇게 나를 애타게 하나요? 듣고 있나요, 아르나르트의 아들이여! 들어보세요! 이 다우라가 그대를 부르고 있어요!'

배신자 에라트는 코웃음을 치며 육지로 달아났네. 그녀는 아버지와 오빠를 목청껏 불렀네. '아린달! 아르민! 이 다우라를 구해줄 사람이 아무도 없나요?'

그녀의 목소리는 바다 저편까지 퍼졌네. 내 아들 아린달이 사냥을 방해받은 데 대해 보상이라도 받으려는 듯 씩씩거리며 언덕을 내려왔노라. 허리춤에선 화살이 짤그락거렸고, 손에는 활이 들려 있었으며, 짙은 회색 맹견 다섯 마리가 그를 둘러싸며 내려왔노라. 아린달은 바닷가에서 그 뻔뻔스러운 에라트와 마주치자 그를 붙잡아 떡갈나무에 묶고는 밧줄로 허리를 결박했네. 결박된 자의 신음은 바람을 타고 울려퍼졌네.

아린달은 다우라를 데려오려고 거룻배를 타고 파도에 몸을 실었네. 그때 격분한 아르마르가 와서 회색 깃털이 달린 화살을 쏘았네. 화살은 이내 바람을 가르는 소리와 함께 네 가슴에 꽂혀버렸네. 오, 나의 아들, 아린달! 배신자 에라트 대신 네가 죽다니. 배는 바위에 도착했지만 아린달은 쓰러져 죽고 말았네. 오빠의 피가 네 발치에까지 흘러가 닿았으니 그 슬픔을 어찌 말로 다할까, 오, 다우라!

거룻배는 파도에 부서졌네. 아르마르는 다우라를 구하려고, 아니면 스스로 목숨을 끊으려고 바닷속으로 몸을 던졌네. 그때 언덕에서 몰아치는 거센 돌풍에 바다에 격랑이 일었고, 아르마르는 물속으로 가라앉아 다시는 떠오르지 못했네.

파도가 부서지는 바위에 홀로 서서, 나는 내 딸의 통곡을 들었네. 그 울부짖음 애절하고 드높았지만 아버지는 딸을 구할 수 없었네. 나는 밤새 바닷가에 서서 희미한 달빛 속에 어른거리는 딸의 모습을 보았고, 밤새 구슬피 우는 소리를 들었네. 바람 소리는 소란스러웠고 세찬 빗줄기는 산등성이에 휘몰아쳤지. 아침이 밝아오기 전부터 딸의 목소리가 점점 약해지더니 그녀의 숨결도 바위 위 수풀 사이로 스쳐가는 저녁 바람처럼 사라져갔다네. 이 아르민만 홀로 남겨두고, 그녀는 슬픔에 못 이겨 숨을 거두었네. 전장을 호령했던 나의 패기는 온데간데없고 여자들 사이에서 자존심도 무너져버렸네.

산에서 폭풍우가 몰아칠 때, 북풍이 파고(波高)를 높여 격랑을 일으키면 나는 절규하는 바닷가에 앉아 저 몸서리쳐지는 바위를 바라본다네. 달빛 저물 때면 나는 종종 내 아이들의 혼령을 본다네. 희미한 어스름 속을 서글픈 모습으로 함께 배회하는 영혼들을.”

로테의 눈에서 눈물이 폭포처럼 쏟아져내려 먹먹했던 가슴에 숨통이 트였습니다. 하지만 그 때문에 베르테르도 낭송을 멈추고 말았습니다. 그는 원고를 내던지고 로테의 손을 잡고는 쓰디쓴 눈물을 흘렸습니다. 로테는 다른 한 손으로 손수건을 꺼내어 눈을 가렸습니다. 두 사람은 주체할 수 없을 정도로 감동에 젖었습니다. 그들은 고결한 사람들의 운명에서 자신들의 불행을 느꼈습니다. 느낌이 통했던 탓인지 두 사람의 눈물 또한 하나가 되어 흘렀습니다. 뜨겁게 달아오른 베르테르의 입술과 눈두덩이가 로테의 팔에 닿았습니다. 로테는 온몸에 전율을 느꼈습니다. 떨어지려 했지만 고통과 연민이 납덩이처럼 짓눌러 움직일 수가 없었습니다. 그녀는 심호흡을 하고 정신을 가다듬은 다음, 계속 읽어달라고 흐느끼며 부탁했습니다. 그야말로 천상의 목소리로 애원했습니다! 베르테르의 몸은 떨려왔고 가슴은 미어지는 듯했습니다. 그는 원고를 집어들고는 반쯤 가라앉은 목소리로 읽기 시작했습니다.

봄바람아! 나를 깨우는 까닭이 무엇인가? “내가 천상의 이슬로 당신을 적셔줄게요!"하고 위로의 말이라도 하려는지. 그러나 나의 생기가 다하는 순간이 왔고, 나의 잎들을 모조리 떨궈버릴 폭풍우도 그리 멀지 않은 곳에 있네. 내일이면 일찍이 내 아름답던 모습을 본 적 있는 방랑자가 올 것이네. 그의 두 눈은 들판을 둘러보며 나를 찾겠지만 끝내 발견하지는 못하리라.

이 노랫말이 지닌 강한 마력이 불행한 베르테르를 짓눌렀습니다. 그는 깊은 절망에 빠져 로테 앞에 무릎을 꿇고 앉아서, 그녀의 두 손을 잡아 자신의 눈과 이마에 갖다 대었습니다. 그러자 그녀에게 불현듯 남자의 심상치 않은 계획에 대한 석연치 않은 예감이 일었습니다. 그녀는 의식이 몽롱해지는 듯했습니다. 그녀는 그의 손을 잡아끌어 자기 가슴에 가져다 지그시 누르면서 벅찬 감정을 견디지 못해 그에게로 몸을 구부렸습니다. 그러자 불타는 듯한 뺨이 서로 맞닿았습니다. 그 순간부터 이 두 사람에게 세상은 존재하지 않았습니다. 베르테르는 그녀를 양팔로 가슴에 꼭 끌어안은 채, 말을 더듬는 그녀의 떨리는 입술에 격렬한 키스를 퍼부었습니다. "베르테르!"그녀는 고개를 돌리면서 질식할 듯한 목소리로 외쳤습니다. "베르테르!"그녀는 가녀린 손으로 그의 가슴을 밀쳐내려 했습니다. "베르테르!"그녀는 더없이 고결한 감정이 묻어나는 목소리로 침착하게 외쳤습니다. 그는 더이상 고집부리지 않고 그녀를 품에서 놓아주며 제정신이 아닌 듯 그녀 앞에 쓰러져 엎드렸습니다. 그녀는 뿌리치듯 일어나서는 사랑과 분노 사이에서 몸을 떨면서 불안하고 혼란스러운 목소리로 말했습니다. "이게 우리의 마지막이에요! 베르테르! 이제 나를 두 번 다시 볼 수 없을 거예요." 그런 뒤 그녀는 이 비참한 남자를 사랑이 가득한 눈빛으로 바라보고는 황급히 옆방으로 들어가 문을 잠갔습니다. 베르테르는 그녀의 등 뒤로 팔을 내뻗었지만 감히 붙잡을 생각은 못 했습니다. 그는 소파에 머리를 기댄 채 바닥에 누워 있었습니다. 30분이 넘게 그 자세로 있다가 인기척을 듣고 다시 정신이 들었습니다. 하녀가 식사 준비를 하려고 들어왔던 것입니다. 베르테르는 방 안을 왔다갔다하다가 다시 혼자가 되었을 때 옆방 문 쪽으로 다가가 작은 목소리로 그녀를 불렀습니다. "로테! 로테! 딱 한마디만 할게요! 작별인사만이라도 하게 해줘요!" 그녀는 아무 말도 하지 않았습니다. 그는 기다렸다가 애원해보고 또다시 기다렸습니다. 그러다 갑자기 문에서 물러나면서 외쳤습니다. "잘 있어요, 로테! 영원히 안녕!"

베르테르는 성문에 도착했습니다. 그를 잘 아는 문지기들이 아무 말 없이 성문 밖으로 내보내주었습니다. 진눈깨비가 흩날렸습니다. 그는 열한시경에야 집으로 돌아와 문을 두드렸습니다. 그가 집에 돌아왔을 때, 하인은 주인의 모자가 없어졌음을 알아차렸습니다. 하지만 딱히 참견할 입장도 못 되고 해서 아무 말도 하지 않고 옷을 벗겨주었습니다. 온몸이 흠뻑 젖어 있었습니다. 사람들은 나중에 그 모자를 계곡이 내려다보이는 산비탈 언덕 위의 바위에서 찾아냈습니다. 어둡고 땅도 질퍽한 밤에 어떻게 그곳까지 굴러떨어지지 않고 올라갔는지 알 수 없었습니다.

베르테르는 침대에 누워 한참을 잤습니다. 다음 날 아침 하인이 부름을 받고 커피를 준비해 갔을 때, 그는 뭔가를 쓰고 있었습니다. 그는 로테에게 다음과 같은 편지를 쓰고 있었습니다.

"마지막으로, 정말 마지막으로 눈을 떴습니다. 이 두 눈은 두 번 다시 태양을 보지 못할 것입니다. 안개가 자욱이 끼어서 태양을 가렸습니다. 자연이여, 슬퍼해다오! 그대의 아들, 그대의 친구, 그대의 연인이 마지막 순간을 향해 다가가고 있다. 로테, 이것이 마지막 아침이라고 스스로에게 말하는 기분이란 정말 무엇에도 견줄 수가 없습니다. 흐릿한 꿈을 꾸는 상태와 매우 흡사합니다. 마지막 아침! 로테, 나는 이 말의 진정한 의미를 모릅니다. 마지막이라! 지금 나는 이렇게 원기 왕성하게 서 있지 않나요? 하지만 내일이면 사지를 쭉 뻗은 채 땅바닥에 누워 있겠죠. 죽는다는 것! 대체 그것은 무엇을 의미하나요? 봐요, 죽음에 관해서 이야기하는 순간, 우리는 꿈을 꾸는 겁니다. 나는 사람들이 죽어가는 모습을 많이 봐왔습니다. 하지만 인간이란 매우 유한한 존재여서 제 삶의 처음과 끝을 알지 못합니다. 나라는 존재는 아직 나의 것, 아니 당신의 것입니다! 오, 사랑하는 로테, 당신의 것입니다! 그런데 한순간에 갈라지고 이별하게 되다니—어쩌면 영원히 말인가요? 아닙니다, 로테, 아니에요. 내가 어떻게 사라질 수 있겠습니까? 그리고 당신이 어떻게 사라질 수 있겠어요? 우리는 이렇게 엄연히 존재합니다! 사라져버리다니! 대체 그게 무슨 말인가요? 고작해야 한마디 말에 불과합니다. 내 가슴에 아무런 감정도 불러일으키지 못하는 공허한 울림일 뿐입니다. 죽음, 로테! 그것은 차가운 땅에 묻히는 것입니다. 그토록 좁은 곳에! 그토록 캄캄한 곳에! 삶이 암담하던 청춘 시절, 내게 전부나 다름없던 여자친구가 있었습니다. 그녀가 죽었을 때 나는 운구를 따라 무덤까지 갔지요. 사람들이 관을 아래로 내리고 관 밑에 묶여 있던 밧줄을 슬금슬금 풀어내고는 다시 위로 당겼습니다. 그런 다음 누군가의 첫 삽질로 관 위에 흙이 뿌려지자 관 뚜껑에서 둔탁한 소리가 울려나왔습니다. 소리는 갈수록 희미해지더니 급기야 관 전체가 흙으로 덮였습니다! 나는 그만 무덤가에 쓰러지고 말았습니다. 충격을 받아 동요했고 두려움이 엄습했으며 내 안의 모든 것이 갈기갈기 찢기는 듯했지요. 하지만 나는 그 일이 어떻게 일어났는지, 또 앞으로 어떻게 될지 알지 못했습니다. 죽는다는 것! 무덤! 나는 이런 말들을 이해할 수 없습니다!

오, 용서해줘요! 나를 용서해줘요! 어제 일을 말입니다! 그때가 내 생의 마지막 순간이었더라면 좋았을 것을. 오, 나의 천사여! 처음으로, 분명 처음으로 내 마음 가장 깊은 곳에서 벅찬 희열감이 열화와 같이 타올랐습니다. 그녀는 나를 사랑한다! 그녀는 나를 사랑한다! 당신의 입술에서 흘러나온 성스러운 불꽃이 아직도 내 입술에서 타오릅니다. 내 가슴은 일찍이 경험하지 못했던 뜨거운 환희로 들끓고 있습니다. 용서해요! 나를 용서해요!

당신이 나를 사랑한다는 것을 알고 있었습니다. 정감 넘치는 그 첫 눈길에서, 그리고 처음 나눈 악수에서 말입니다. 하지만 당신과 떨어져 있고, 알베르트가 당신 곁에 있을 때면 또다시 열병 같은 회의감에 빠져들어 의기소침해지곤 했습니다.

당신이 지난번 내게 보내주었던 꽃을 기억하나요? 진절머리 나던 한 모임에서 내게 말 한마디 걸지 못하고, 악수조차 건넬 수 없었을 때 말입니다. 나는 자정이 될 때까지 그 꽃 앞에 무릎을 꿇고 앉아 있었습니다. 그 꽃은 나에게 당신의 사랑을 여실히 증명해주었습니다.

하지만 아! 이젠 그런 느낌도 사라졌습니다. 눈에 보이는 성스러운 계시를 통해 천상의 충만함으로 은총을 느꼈던 신앙인의 마음에서 그 은총의 감정이 사그라지듯 말입니다.

그런 것들은 다 부질없지요. 그러나 어제 당신의 입술에서 느꼈고, 지금도 내 안에서 타오르는 이 생기는 영원히 꺼지지 않을 것입니다! 그녀는 나를 사랑한다! 이 팔은 그녀를 포옹했고 이 입술은 그녀의 입술 위에서 떨렸으며 이 입은 그녀의 입가에서 중얼거렸습니다. 당신은 나의 것입니다! 그래요, 로테, 당신은 영원히 나의 것입니다.

알베르트가 당신의 남편이라는 사실이 대체 무엇이란 말인가요? 남편이라! 그것은 현세에서나 통용되는 말이죠. 그렇게 본다면 내가 당신을 사랑하고, 그의 품에서 내 품으로 당신을 가로채려는 것이 현세에서는 죄가 되겠죠. 죄가 된다고요? 좋아요, 그렇다면 스스로 나에게 벌을 내리겠습니다. 나는 그 죄를 천상의 희열로써 맛보았고, 죄에서 풍겨나오는 생명의 향유(香油)와 기운을 마음껏 들이마셨습니다. 그 순간부터 당신은 내 것입니다! 내 것이고 말고요, 오, 로테! 나 먼저 갈게요! 나의 아버지 곁으로, 그리고 당신의 아버지 곁으로. 가서 그분께 하소연할 것이며, 그러면 그분은 당신이 올 때까지 나를 위로해줄 겁니다. 당신이 오면 나는 득달같이 달려가 당신을 끌어안을 겁니다. 하느님이 보시는 앞에서 당신을 껴안고 언제까지나 당신 곁에 머물겠습니다.

나는 지금 꿈을 꾸거나 헛된 공상을 하는 게 아닙니다! 무덤 가까이에 오니 외려 모든 것이 명료해집니다! 우리는 영원히 함께 있을 겁니다! 우리는 다시 보게 될 겁니다! 나는 당신 어머니도 만나 뵐 겁니다! 당신 어머니를 찾아뵙고 내 속내를 모조리 털어놓겠습니다! 당신 어머니, 당신 모습 그대로인 그분께."

열한시경 베르테르는 하인에게 알베르트가 돌아왔는지 물었습니다. 하인은 그가 말을 끌고 지나가는 것을 보았다고 대답했습니다. 그러자 베르테르는 다음과 같은 쪽지를 봉하지 않은 채로 하인에게 건넸습니다.

"여행에 필요할 것 같아서 그러니 권총을 좀 빌려주시겠습니까? 안녕히 계십시오!"

사랑스러운 부인 로테는 지난밤을 뜬눈으로 지새웠습니다. 그녀가 우려했던 일이 벌어지고 말았으니까요. 전혀 예상치 못했고 우려하지도 않았던 방식으로 터진 일이었습니다. 평소에는 그토록 맑고 경쾌하게 흐르던 그녀의 피가 열병처럼 끓어오르더니 온갖 상념이 평온하던 마음을 들쑤셔놓았습니다. 자신이 가슴 깊이 느낀 것은 베르테르의 포옹이 일으킨 뜨거운 불길이었을까? 아니면 그의 무모한 행동에서 비롯된 불쾌감이었을까? 그것도 아니라면 천진난만하고 자유롭게 자신에 대한 신뢰감에 가득 차서 살아온 지난날과 현재의 상태를 비교해봤을 때 느낀 불만이었을까? 이제 남편을 어떻게 대할까? 고백 못 할 것도 없지만 솔직히 털어놓자니 망설여지는 상황을 그에게 어떻게 말할 것인가? 서로가 베르테르에 관해서는 오래전부터 침묵으로 일관해온 마당에, 먼저 침묵을 깨고 적절치도 않은 때에 예기치 못했던 일을 털어놓아야 하나? 베르테르가 방문했다는 소식만으로도 남편이 불쾌해하지 않을까 두려운데, 이런 예상치 못했던 파국을 어떻게 털어놓을까? 이 마당에 남편이 자기를 올바른 눈으로 보아주고, 어떤 선입견도 없이 자기 말을 들어주리라 기대할 수 있을까? 자신의 심경을 이해해주기를 바랄 수 있을까? 수정같이 투명한 유리잔처럼 무슨 일이든 남편에게 털어놓았으며 마음속의 어떠한 감정도 숨긴 적 없고 또 숨길 수도 없었던 자신이 이제 와서 남편을 기만할 수 있을까? 꼬리를 물고 이어지는 생각에 그녀는 당혹스러웠습니다. 그런데 그녀의 생각은 자꾸만 베르테르에게로 되돌아갔습니다. 베르테르는 이제 그녀가 잃어버린 존재에 불과했지만, 그렇다고 그대로 내버려둘 수도 없는 노릇이었습니다. 하지만 그녀를 잃으면 아무것도 남지 않을 베르테르를, 그녀는 유감스럽게도 그 스스로에게 맡겨둘 수밖에 없었습니다.

그 순간에는 분명히 느끼지 못했지만, 최근 들어 소원해진 베르테르와 남편의 관계가 로테의 마음을 무겁게 짓눌렀습니다! 그토록 합리적이고 그토록 선량한 사람들도 겉으로 드러나지 않는 가치관의 차이 때문에 서로 침묵하고 끝내 자신의 정당함과 상대방의 부당함을 저울질하기에 이르렀습니다. 게다가 여러 사정이 얽히고설키면서 모든 것이 달린 중대한 순간에도 결국 그 매듭을 풀 수 없는 지경에 이르렀습니다. 그 두 사람이 좀더 일찍 행복한 신뢰감으로 서로에게 다가갔더라면, 그들 간에 사랑과 관용이 상승효과를 일으켜 서로의 속마음을 열어 보였더라면 우리의 친구를 구원할 수 있었을지도 모릅니다.

여기에는 한 가지 특별한 사정이 더 있습니다. 이미 그의 편지에서도 드러나듯이 베르테르는 세상을 떠나려는 자신의 열망을 결코 숨기지 않았습니다. 알베르트는 여러 차례 그의 그런 견해에 이의를 제기해왔으며 로테하고도 이를 화제 삼아 이야기를 나눈 적이 있습니다. 자살 행위에 대해 단호한 반감을 드러내던 알베르트는 평소의 그답지 않은 극도의 예민함을 드러내면서 자살 의도의 진정성을 의심할 만한 근거가 있다고 주장하곤 했습니다. 더욱이 그런 행동을 우롱하는 듯한 말투까지 써가면서 베르테르의 의도를 믿을 수 없다고 로테에게 밝힌 바 있었습니다. 그런 남편의 말은 끔찍한 장면이 떠오를 때마다 마음을 진정시켜주기도 했지만, 다른 한편으로는 지금 이 순간 그녀를 괴롭히는 고민거리를 남편에게 털어놓기 힘들게 만들기도 했습니다.

알베르트가 돌아오자 로테는 어쩔 줄 몰라하며 황망히 그를 맞았습니다. 그의 표정이 썩 밝아 보이지 않았습니다. 일이 완전히 마무리되지 않았고 이웃에 사는 관리가 외골수에다 아주 얄팍한 인간성을 드러냈기 때문입니다. 게다가 돌아오는 길이 좋지 않았던 것도 그를 불쾌하게 만들었습니다.

그가 그간 별일 없었느냐고 묻자 그녀는 어제저녁에 베르테르가 방문했다고 당황한 듯 서둘러 대답했습니다. 이어 그는 혹시 우편물이 오지 않았는지 물었고, 편지 한 통과 소포를 그의 방에 갖다두었다는 대답을 들었습니다. 그가 자기 방으로 건너가자 로테만 혼자 남았습니다. 사랑하고 존경하는 남편이 돌아왔다는 사실이 그녀에게 새로운 느낌을 주었습니다. 그의 관대한 성품과 사랑 그리고 선량함을 떠올리자 마음이 한결 편안했습니다. 그녀는 남편을 따라 들어가야만 할 것 같은 야릇한 기분에 평소대로 일거리를 챙겨 들고 그의 방으로 들어갔습니다. 그는 소포를 뜯고 편지를 읽는 데 열중했습니다. 다소 불쾌한 내용도 있는 듯했습니다. 그녀가 몇 가지 질문을 하자 그는 짧게 대답하고는 책상에 앉아 무언가를 쓰기 시작했습니다.

그들은 한 시간이나 그렇게 앉아 있었고, 로테의 마음은 점점 착잡해졌습니다. 남편이 아무리 기분이 좋다 해도 지금 이 순간 흉중의 일을 털어놓는다는 것이 얼마나 힘든지 그녀는 알고 있었습니다. 그녀는 우울한 기분에 빠져들었습니다. 그리고 그러한 기분을 숨기고 눈물을 참으려 하면 할수록 더욱 초조해졌습니다.

베르테르의 하인이 들어왔을 때 로테의 당혹감은 극에 달했습니다. 하인에게 쪽지를 건네받은 알베르트는 천연덕스럽게 아내를 쳐다보며 말했습니다. "그에게 권총을 내주도록 해요." 그리고 하인에게는 이렇게 말했습니다. "여행 잘 다녀오길 바란다고 전해주시오." 그 말이 그녀에게는 천둥소리처럼 들렸습니다. 그녀는 비척대며 겨우 자리에서 일어났습니다. 무슨 일이 일어나고 있는지 알지 못했습니다. 그녀는 천천히 벽 쪽으로 다가갔습니다. 후들거리는 손으로 권총을 내려 먼지를 털어내면서도 여전히 주저했습니다. 알베르트가 미심쩍은 눈빛으로 재촉하지 않았다면 그녀는 더 오랫동안 머뭇거렸을 것입니다. 그녀는 하인에게 말 한마디 못한 채 그 불길한 물건을 건네주었습니다. 하인이 집 밖으로 나가자 극심한 공황 상태에 빠진 그녀는 일감을 챙겨 들고는 방으로 돌아왔습니다. 온갖 끔찍한 일들이 벌어질 것 같았습니다. 지금이라도 당장 남편의 발치에 엎드려 어제저녁의 일과 그녀의 잘못, 그리고 그녀의 예감을 모두 고백할까 생각했습니다. 하지만 그래보았자 별 뾰족한 수가 없으리라는 사실을 곧 깨달았습니다. 더구나 남편을 구슬려서 베르테르에게 가보라고 하는 것은 기대조차 할 수 없는 노릇이었습니다. 어느덧 식사 시간이 되었습니다. 때마침 뭔가 상의할 일이 있어 왔다가 곧 돌아갈 참이었던 마음씨 착한 친구가 그냥 남아준 덕에 식탁에서의 대화 분위기는 그리 나쁘지 않았습니다. 그녀는 감정을 최대한 억누른 채 이런저런 이야기를 하면서 그 일을 애써 잊으려 했습니다. 하인은 권총을 가지고 베르테르에게 돌아갔습니다.

로테가 직접 권총을 건네주었다는 말을 듣자 베르테르는 감격해서 그것을 받아들였습니다. 그는 빵과 포도주를 가져오게 하고 하인에게 식사를 하라고 이르고는 자리에 앉아서 뭔가를 쓰기 시작했습니다.

"권총이 당신의 손을 거쳐 내게 왔습니다. 권총의 먼지도 직접 닦아냈다면서요. 나는 권총에 수천 번 키스했답니다. 당신의 손길이 그 권총에 닿았습니다! 그대, 천상의 영혼이여, 당신은 나의 결심을 격려하고 지지해줍니다. 로테, 당신이 내게 그 물건을 건네주었습니다. 나는 당신의 손이 죽음을 넘겨주길 바랐는데, 아! 이제 그렇게 되었네요. 나는 심부름하는 하인에게 모든 것을 낱낱이 물어보았습니다. 권총을 건네줄 때 당신은 몹시 떨었고 작별인사도 한마디 하지 않았다더군요! 그럴 수가요! 어떻게 그럴 수가 있나요! 안녕이란 단 한 마디 말도 않다니! 나를 당신에게 영원히 붙잡아 맸던 그 한순간 때문에 내게 마음의 문을 닫아버려야 했나요? 로테, 천년이 지나도 그때 그 감동은 지워지지 않을 겁니다! 당신만을 위해 이토록 애태우는 사람을 당신이 미워할 리 없음을 나는 잘 압니다."

식사를 마친 뒤, 베르테르는 하인에게 모든 것을 빠짐없이 챙기라고 일렀습니다. 그리고 이런저런 서류를 찢어버리고는 밖으로 나가 남아 있던 자잘한 부채를 정리했습니다. 다시 집으로 돌아왔다가 다시 밖으로 나가 비가 오는데도 불구하고 성문 앞 백작의 정원과 그 일대를 배회했습니다. 그리고 땅거미가 내려앉을 무렵에야 집으로 돌아와 펜을 들었습니다.

"빌헬름, 나는 마지막으로 들판과 숲과 하늘을 바라보았네. 자네도 잘 지내게! 사랑하는 어머니, 저를 용서해주십시오! 빌헬름, 내 어머니를 위로해드리게! 그대들 모두에게 하느님의 축복이 있기를! 내 물건들은 모두 잘 정리해놓았네. 잘 있게! 우린 다시 만나게 될 것이네. 더 기쁜 마음으로."

"용서하십시오, 알베르트, 나는 당신에게 배은망덕한 짓을 저질렀습니다. 나는 당신 가정의 평화를 깨뜨렸고 당신들 부부 사이에 불신감을 조장했습니다. 안녕히 계십시오! 나는 이제 모든 걸 끝장내려 합니다. 내 한 목숨 희생하는 것으로 당신들이 행복해졌으면 좋겠습니다! 알베르트! 알베르트! 저 천사와 같은 존재를 행복하게 해주십시오! 하느님의 은총이 당신에게 내리기를!"

베르테르는 그날 밤에도 온갖 서류와 씨름했습니다. 그중 대부분은 찢어서 난로 속에 던져넣었고 몇몇 서류 뭉치는 빌헬름의 주소로 봉인했습니다. 짧은 글귀와 갖가지 단상이 대부분이었는데, 그중 몇 가지는 편집자인 나도 읽어볼 수 있었습니다. 베르테르는 정각 열시에 화로에 불을 더 지피고 포도주 한 병을 가져오라고 하고는 하인에게 잠자리에 들라고 일렀습니다. 하인의 방은 다른 관리인들의 방과 마찬가지로 뒤쪽 깊숙한 곳에 있었습니다. 하인은 아침에 일어나는 즉시 주인의 시중을 들 수 있도록 옷을 입은 채로 잠자리에 들었습니다. 아침 여섯시가 되기 전에 우편 마차가 집 앞에 올 것이라는 말을 주인에게서 들었기 때문입니다.

"열한시가 지났습니다. 사방이 적막에 잠겨 있습니다. 내 마음도 더없이 평온합니다. 하느님, 마지막 순간에 이 같은 온기와 기운을 베풀어주신 당신께 감사드립니다.

소중한 그대여, 나는 창가로 다가가 밖을 내다봅니다. 질풍처럼 몰려가는 구름 사이로 끝없이 펼쳐진 하늘의 별들을 쳐다봅니다! 그래, 너희는 언제까지고 떨어지지 않을 거야! 영원한 하느님이 너희를, 그리고 나까지도 가슴에 품고 계실 테니까. 모든 성좌 중에서 내가 가장 좋아하는 큰곰자리의 북두칠성을 쳐다보고 있습니다. 한밤중에 당신과 헤어져 집 문을 나설 때면 저 별은 늘 내 쪽을 바라보며 떠 있었지요. 그때마다 난 황홀한 기분으로 그 별자리를 쳐다보곤 했습니다! 그리고 두 손을 높이 들어 그 별자리를 현재의 내 행복을 나타내는 성스러운 징표로 삼곤 했습니다. 지금도, 로테, 당신을 생각나지 않게 하는 무엇이 과연 존재할까요! 당신이 나를 에워싸고 있지 않느냔 말입니다! 그도 그럴 것이 나는 고결한 당신의 손길이 닿은 것이라면 아무리 보잘것없는 것이라도 어린아이처럼 닥치는 대로 모아들이지 않던가요!

사랑하는 당신의 실루엣! 나는 그것을 당신에게 돌려주고 싶습니다. 로테, 부디 그것을 소중히 다뤄주세요. 외출할 때나 귀가할 때 나는 그 위에 수천 번도 더 키스했고 또 수천 번이나 손인사를 했습니다.

나는 당신 아버님께 짧은 편지를 써 보내 내 시신을 거둬달라고 부탁드렸습니다. 교회 묘지의, 들판을 바라보는 쪽 뒤편 한구석에 보리수 두 그루가 서 있습니다. 그곳에 잠들고 싶습니다. 그분은 친구를 위해서 능히 그렇게 해주실 수 있고, 또 기꺼이 해주시리라 믿습니다. 당신도 한 번 더 부탁드려주면 좋겠습니다. 하지만 나는 신앙심 깊은 기독교 신자들에게 그들의 육신을 이 가엾고 불행한 인간 곁에 눕혀달라고 무리하게 요구하고 싶지는 않습니다. 외려 나를 길가나 호젓한 골짜기에 묻어주셔도 좋을 것 같습니다. 그러면 성직자나 레위 사람들이 독특한 내 묘석 앞을 명복을 빌며 지나갈 테고 사마리아 사람들도 눈물 한 방울 정도는 흘려줄 테지요.

로테! 죽음의 환희를 들이마실 저 차갑고 섬뜩한 잔을 움켜쥐는 것이 난 조금도 두렵지 않아요! 당신이 그 잔을 내게 건네준 이상 난 주저하지 않을 겁니다. 모두가! 모든 것이! 이렇게 해서 내 삶의 모든 바람과 희망이 이루어졌습니다! 나 이제 이처럼 냉담하게, 이처럼 완강하게 죽음의 청동문을 두드릴 겁니다.

당신을 위해 죽을 수 있는 행복을 누리고 싶었습니다! 로테, 당신을 위해 이 한 몸 희생하고 싶었습니다! 당신의 삶에 평온과 행복을 되찾아줄 수만 있다면 나는 기꺼이 의연하게 죽고 싶었습니다. 그러나, 아! 사랑하는 사람들을 위해 피를 흘리고 목숨을 바쳐, 몇 갑절 더 새로운 생명의 불길이 타오르게 하는 것은 극소수의 고결한 사람에게나 주어지는 기회일 테지요.

로테, 당신의 손이 닿아서 더없이 성스러워진 이 옷을 입은 채로 묻히고 싶습니다. 당신 아버님께도 그렇게 부탁드려놓았습니다. 나의 영혼은 관 위를 천천히 떠돌며 모든 것을 구경할 겁니다. 사람들이 내 주머니를 뒤져보는 일은 없었으면 좋겠습니다. 여기 이 담홍색 리본은 아이들에게 둘러싸여 있던 당신을 처음 보았을 때, 당신의 가슴에 달려 있던 것입니다. 오, 그 아이들에게 몇천 번이라도 좋으니 부디 키스해주고, 또 그들의 불행한 친구의 운명에 대해서도 이야기해주세요. 사랑스러운 아이들! 언제나 나를 둘러싸고 모여 놀던 아이들이 생각나는군요! 그러니 내가 당신과 대체 어떤 인연을 맺고 있었던 것일까요! 처음 만난 그 순간부터 나는 당신과 떨어질 수가 없었습니다. 이 리본도 나와 함께 묻어주었으면 합니다. 내 생일에 당신이 선물해주었죠! 나는 그 모든 것을 탐내며 매번 내 것으로 만들어버렸죠! 아, 그렇게 뻗어가던 길이 나를 이런 막다른 곳으로 이끌리라고는 전혀 예상하지 못했습니다! 아무 걱정 마세요! 부탁입니다, 걱정하지 마세요!

총알은 장전해두었습니다. 지금 막 열두시를 알리는 종이 울립니다! 자, 이제 때가 됐습니다. 로테! 로테, 잘 있어요! 안녕!"

이웃 사람 하나가 화약 불꽃을 보았고 총성도 들었습니다. 하지만 모든 것이 이내 잠잠해지는 바람에 더이상 관심을 갖지는 않았습니다.

이튿날 아침 여섯시에 하인이 등불을 켜 들고 방으로 들어갔습니다. 그는 방바닥에 쓰러져 있는 주인과 권총을 보았습니다. 주위에는 유혈이 낭자했습니다. 그는 비명을 지르며 주인을 끌어안았습니다. 하지만 주인은 아무런 대답도 없이 그저 그르렁 소리만 냈습니다. 하인은 의사와 알베르트를 부르러 달려갔습니다. 초인종 소리를 들었을 때 로테는 온몸에 전율이 일었습니다. 그녀는 남편을 깨웠고 그들은 잠자리에서 일어났습니다. 하인은 큰 소리로 흐느끼면서 더듬거리며 사건의 전말을 전했습니다. 로테는 의식을 잃고 알베르트 앞에 쓰러졌습니다.

의사가 도착했을 때 베르테르는 이미 손써볼 여지가 없는 상태였습니다. 맥박이 간신히 뛰고 있긴 하나 사지는 뻣뻣하게 굳어 있었습니다. 권총을 오른쪽 눈 위에 대고 머리를 쏜 탓인지 뇌수가 밖으로 터져나와 있었습니다. 소용없는 일인 줄 알면서도 팔의 혈관 하나를 째어 사혈을 시키자 피가 흘러나왔습니다. 가냘프게나마 숨소리가 들려왔습니다.

의자 등받이에 피가 묻어 있는 걸로 봐서 베르테르는 책상에 앉은 채로 자살을 결행했던 모양입니다. 그런 다음 아래로 굴러떨어져 경련을 일으키며 의자 주위에서 몸부림쳤던 것 같습니다. 그는 머리를 창문 쪽으로 향하고 탈진한 채로 반듯이 누워 있었습니다. 그는 푸른색 연미복에 노란 조끼를 단정하게 걸쳤고 장화도 신고 있었습니다.

집안은 물론이고 이웃과 시내 전체에 한바탕 소동이 벌어졌습니다. 알베르트가 안으로 들어왔습니다. 사람들은 베르테르를 침대 위에 눕혀놓고 이마에 붕대를 감아두었습니다. 얼굴은 이미 죽은 사람의 낯빛이었고 사지는 전혀 움직이지 않았습니다. 폐에서는 그르렁거리는 소리만 새어나올 뿐이었습니다. 그마저도 약해졌다 강해졌다 하는 것이 임종이 머지않아 보였습니다.

그는 포도주는 한 잔만 마신 듯했습니다. 책상 위에는 『에밀리아 갈로티』*가 펼쳐져 있었습니다.

알베르트가 경악했다거나 로테가 비통해했다는 말은 하지 않겠습니다.

늙은 행정관이 소식을 듣고는 말을 몰고 달려왔습니다. 그는 뜨거운 눈물을 흘리며 죽어가는 베르테르에게 키스했습니다. 그의 장성한 아들들도 아버지의 뒤를 따라 들어왔습니다. 그들은 비할 데 없이 침통한 표정으로 침대 옆에 무릎을 꿇고는 베르테르의 손과 입술에 입을 맞추었습니다. 베르테르가 가장 아꼈던 맏이 녀석은 그가 숨을 거둔 뒤에도 입술에 매달려 떨어지려 하지 않는 통에 사람들이 강제로 떼어놓아야 했습니다. 그는 낮 열두시 정각에 숨을 거두었습니다. 행정관이 그곳에 있으면서 여러 가지 필요한 조치를 취했기 때문에 별다른 차질은 없었습니다. 행정관은 밤 열한시경에 베르테르가 직접 정한 장소에 시신을 매장하도록 했습니다. 늙은 행정관과 그의 아들들이 시신을 따라갔지만 알베르트는 그럴 수 없었습니다. 로테의 생

---

* 독일 극작가 레싱의 비극. 자신에게 반한 영주의 간계로 약혼자를 잃은 에밀리아가 영주와 결혼해야 하는 처지에 이르자 결국 아버지에게 부탁해 목숨을 끊는다는 내용이다.

명이 걱정되었기 때문입니다. 일꾼들이 운구를 맡았으며 성직자는 한 사람도 동행하지 않았습니다.

소외된 가슴과 상처 입은 영혼에게 부치는 공개서한

2007년 영국의 과학 전문지 『네이처』는 인류 역사를 바꾼 세계의 천재 열 명을 선정하여 발표했다. 대부분이 과학자일 것이라는 예상을 깨고 다양한 분야에서 두루 업적을 일군 이른바 '르네상스형' 인물이 높은 순위를 차지했으며 괴테 역시 그 중심에 서 있었다. 인간과 자연에 대한 무한한 호기심을 가지고 세상 모든 것의 연관성을 파악하려고 노력한 괴테는 인문학과 자연과학의 경계를 넘나든 통합적 지식인의 대표적 인물이라 할 수 있다.

단테, 셰익스피어와 함께 세계 3대 시성으로 불리는 요한 볼프강 폰 괴테는 프랑크푸르트의 부유한 중산층 가문에서 태어났다. 아버지는 엄격한 원칙주의자였으나 어머니는 활기차고 이지적인 여성이었다. 괴테는 어렸을 때부터 라틴어, 그리스어, 음악, 미술 등 다방면에서 재능을 보였으며 여덟 살 때 이미 조부모에게 신년시를 써 보낼 정도로 문학적 재능이 뛰어났다. 그는 라이프치히와 슈트라스부르크에서 법학을 공부한 후, 1771년 고향으로 돌아와 프랑크푸르트 배심재판소에서 변호사로 활동할 수 있는 허가를 받았다. 하지만 아버지의 강압에 따른 법률 공부보다는 철학과 문학, 의학 등에 더 심취했다. 그후 『젊은 베르테르의 슬픔』으로 문단의 주목을 받고, 1775년 젊은 대공 카를 아우구스트의 초청을 받아 바이마르로 가서 여러 공직을 거치게 된다. 괴테는 그곳에서 50여 년간 머물면서 바이마르를 고전주의 문학의 중심지로 부흥시켰다. 또한 식물학, 해부학, 광물학, 지질학, 색채론 등에 몰두하여 다방면의 재능을 펼쳐 보였다.

초기 괴테의 사유 방식에 커다란 영향을 미친 인물은 철학자 헤르더(Johann Gottfried Herder)였다. 괴테는 헤르더를 통해 계몽주의를 넘어 비합리적이고 신비주의적인 사상을 경험하게 된다. 또한 헤르더는 괴테로 하여금 셰익스피어의 천재성에 열광케 했고, 오시안을 알게 해주었으며, 민중시에 눈뜨게 해주었다.

이른바 '천재 시대'이자 '질풍노도'라 불리던 이 시기의 키워드는 단연 '자연'이었다. 자연은 우주만물을 지칭하는 '외적 자연'뿐만 아니라 인간의 본성이라 할 수 있는 '내적 자연'까지도 포괄하는 개념이었다. 이성과 합리성보다는 감정과 욕망 같은 본능적인 것, 예감이나 계시 같은 무의식적인 것, 근본적인 것과 마성적인 것, 특수하고 개별적인 것 등의 가치가 주목받게 된 것도 이러한 맥락에서였다. 『젊은 베르테르의 슬픔』에서 보이는 극단적인 주관화 경향이라든지 범신론적 종교관, 자연에의 몰입, 귀족사회에 대한 서민적 반감, 민중적 삶에 대한 동감 등도 이러한 시각에서 이해할 수 있다. 이렇듯 괴테는 자연을 그저 대상으로 삼기만 한 것이 아니라 자연의 일부로서 자기 자신을 발견한 시인이기도 했다. 그런 점에서 오늘날의 생태주의 사상은, 자연과 인간을 하나로 보는 괴테의 세계관에 많은 빚을 지고 있는 셈이다.

괴테는 평생에 걸쳐 체계적인 세계관을 가져본 적이 없었다. 언제나 열린 자세로 세상을 경험하기 위함이었다. 따라서 개념이나 법칙보다는 자연과의 합일에서 길어올리는 '관조'와 '직관'을 중요하게 여겼다. 괴테가 『색채론』을 통해 뉴턴의 빛 이론에 반기를 들었던 이유나, 이념과 체계를 중시했던 평생의 지적 동반자 실러와 사물의 '근원현상'에 대해 설전을 벌였던 까닭도 인간과 자연의 상호보완적 관계와 긴밀한 소통 구조를 강조하고 싶어서였다. 종교와 관련해서도 스스로를 유일신론자이자 다신론자이며 범신론자라고 밝힌 것도 괴테의 유연한 사고에서 비롯되었다.

괴테의 이러한 열린 사유는 민족문학 간의 소통, 이른바 '세계문학'에 대한 구상으로 이어진다. 청소년기와 대학 시절부터 독일문학뿐만 아니라 로마, 그리스, 영국 및 프랑스 문학의 대표작들을 섭렵했던 괴테는 서양문학 전체를 포괄적으로 조망하고자 했고, 인도와 페르시아와 중국 등의 동양문학까지도 탐독했다. 이를 바탕으로 개별 민족문학 간의 상호작용이라는 이념을 떠올렸고, 결국 '세계문학'이라는 개념을 주창하였다.

괴테가 표방하고자 한 세계문학론과 세계시민주의는 다문화주의 환경으로 거듭나고 있는 우리 시대에도 많은 시사점을 제공해준다.

즉 예술(문학)이라는 보편적 언어를 통해 나와 다른 타자와 공존하는 방식 혹은 소통하는 모델을 제시함으로써 진정한 의미의 세계 정신을 펼쳐 보여주었다.

괴테의 작품 세계

『젊은 베르테르의 슬픔』부터 『빌헬름 마이스터』 『친화력』 『파우스트』 『색채론』에 이르기까지 괴테의 작품 세계를 특징짓는 중심 테제는 '양극성'과 '조화'이다. 감성과 이성, 남성적인 것과 여성적인 것, 빛과 어둠, 육체와 영혼 등과 같이 대립되는 양극은 서로를 부정하는 관계가 아니라, 상호보완의 과정을 거쳐 궁극적으로 조화의 단계로 나아가게 된다는 것이 괴테의 세계관이었다. '부정적인 것이 긍정적인 삶의 조건으로 기능할 때 그것은 더이상 악이 아니다'라는 괴테의 탄력적 시각은, 자신을 "항상 악을 원하면서도 항상 선을 만들어내는 힘의 일부분"이라고 주장하는 『파우스트』의 메피스토를 통해 잘 드러난다.

괴테가 남긴 수많은 작품들 중에서도 특히 『파우스트』는 세계적인 대작으로 꼽힌다. 1771년부터 1831년까지 무려 60년을 이 작품에 투자한 만큼 『파우스트』의 집필 과정은 괴테 자신의 지적 성장 과정과 일치한다. 괴테의 자서전이라 할 만큼 청년기의 정열과 장년기의 예술혼, 그리고 노년기의 지혜가 녹아든 역작이다. 1부와 2부로 구성되어 있는 『파우스트』는 중세부터 전해내려오던 파우스트 전설을 토대로 한다. 모든 학문 분야를 섭렵했지만 여전히 만물의 근원과 원리를 알 수 없다는 이유로 자살하려는 파우스트 박사에게 악마 메피스토가 나타나 영혼을 담보로 그의 결핍된 욕망을 충족시켜주겠다고 제안한다. 그리고 그 계약 기한은 파우스트가 온갖 쾌락을 향유한 뒤에 마침내 "멈추어라 순간이여, 그대는 참으로 아름답구나"라는 자기만족의 말을 내뱉을 때까지로 합의한다.

"태초에 행동이 있었다"라는 명제에서도 드러나듯 '생각하는 지식인'에서 '행동하는 지식인'으로 거듭나는 것이 『파우스트』의 핵심 사상이다. 사람은 어떠한 미망의 길을 걷더라도 노력을 게을리하지 않는 한 결국 구원받을 수 있다는 믿음을 괴테는 이 작품을 통해 웅변적으로 보여주었다.

『파우스트』가 괴테의 경험 세계와 세계관을 압축적으로 내면화한 작품이라면 『빌헬름 마이스터의 수업시대』와 『빌헬름 마이스터의 편력시대』는 괴테의 휴머니즘 사상과 교육관을 파노라마식으로 구현한 작품이다. '마이스터'란, 이론보다는 현장 경험과 손기술로 해당 분야에서 최고의 경지에 이른 명인을 가리킨다. 괴테는 주인공 빌헬름을 인생의 거장으로 설정해놓고, 그가 도제로 훈련받은 수업시대와, 방랑과 체념을 통해 공동체적 삶의 원리를 터득해가는 편력시대를 두 개의 작품으로 나누어 보여준다. 셰익스피어 극을 좋아하는 빌헬름이 연극배우로 출발해서 로타리오, 테레제, 나탈리 같은 아름다운 영혼과의 교류를 통해 휴머니즘적 전인교육을 받게 된다는 내용의 『빌헬름 마이스터의 수업시대』는 주인공이 다양한 경험을 통해 삶의 혜안을 넓혀가는 과정을 그린다는 점에서 '성장소설' 혹은 '교양소설'이라 불리기도 한다. 아울러 근대사회로의 이행 과정에서 이성과 합리성의 원리 때문에 배제되어온 타자의 목소리를 들려주는 것도 이 작품의 미덕 가운데 하나이다.

한편 『빌헬름 마이스터의 편력시대』에서 외과의사가 된 빌헬름은 인도주의와 기술을 접목시키려고 노력하면서 자기 중심적인 개인, 즉 단순한 유미주의자의 차원을 넘어 사회의 유용한 구성원으로 발전한다. 인간의 교양화 과정을 밀도 있게 그려내는 교양소설은 독일 고전주의 소설의 주류이며, 『빌헬름 마이스터』는 이러한 교양소설의 대표적인 걸작으로서 현대에까지 큰 반향을 일으키고 있다.

그런가 하면 『친화력』은 '친화력'이라는 화학적 개념을 인간관계에 적용시킨 일종의 실험소설이다. 괴테는 이 작품에서 이성적이고 윤리적인 인간이 과연 비합리적이고 본능적인 자연법칙, 즉 에로스의 힘을 거부할 수 있는가를 묻는다. 결혼이라는 사회적 질서와 혼외 사랑이라는 욕망의 에너지가 충돌하는 상황 설정은 당시로서는 매우 선정적인 주제였기 때문에 숱한 논란을 불러일으켰다.

문학작품의 명성에 가려 상대적으로 빛을 발하지 못한 『색채론』은 무려 20여 년에 걸친 연구의 결과물이다. 흰 빛 속에 다른 모든 색이 존재한다는 이론을 정립한 뉴턴과 달리, 괴테는 모든 색이 밝음과 어둠의 상호작용을 통해 생겨난다고 주장했다. 뉴턴이 빛을 물리학적으로 분석했다면, 괴테는 인간의 심리적, 생리적 측면에서 이해하고자 했다. 따라서 뉴턴에게 프리즘이라는 '도구'가 절대적이었다면, 괴테에게는 빛을 바라보는 '인간의 눈'이 더 중요했다. 하지만 색채의 주관화를 통해 인간과 자연의 유기적 연관성을 입증하려 했던 괴테의 이론은 체계성이 떨어진다는 이유로 일부 화가와 생리학자들의 관심만 받았을 뿐 세인들의 주목을 받지는 못했다. 그러다가 20세기 중반에 들어 생태주의가 환경 파괴적이고 도구적인 과학주의를 대체할 강력한 담론으로 부각되면서 『색채론』의 사상과 가치가 재조명된다.

『젊은 베르테르의 슬픔』

문학작품은 시대정신을 들여다볼 수 있는 미적 프리즘으로 기능한다. 한 시대의 문화 담론과 사회적 가치 체계를 가늠할 때 문학작품이 긴요한 '코드'로 작용한다는 의미이다. 그렇다면 『젊은 베르테르의 슬픔』은 어떤 문화적 코드를 발신하고 있을까?

이 소설에는 무엇보다 '욕망의 주체'인 개인과 '억압 기제'인 사회 질서 간의 갈등이 전면에 부각된다. 베르테르라는 개인이 세상과 소통하는 방식은 욕망이라는 '내적 자연'에 근거한다. 베르테르의 존재 방식이 시민사회의 가치 척도, 예컨대 신분, 계급, 능력, 활동성, 도덕성 등과 충돌을 겪는 것도 이 때문이다. 그렇다면 그 당시의 지배적인 가치 체계는 무엇이었을까?

18세기 들어 경제적으로 부유해진 시민 계층은 성직자와 귀족 계층에 이어 세번째 신분을 확보한다. 그리고 당시의 작가 대부분이 시민 계층 출신이었다. 시민 계층이 귀족 계층의 퇴폐성과 허례허식에 맞서 내세운 시민적 가치들, 즉 정직성, 소박함, 도덕성, 감상주의 등이 점차 시대의 지배적인 생활관으로 자리 잡게 된다. 진보적인 시민 계층에서 연애결혼이라는 새로운 현상이 나타나게 된 것도 이 무렵이었다. 여전히 정략결혼의 틀에 묶여 있던 귀족 계층과는 달리 시민 계층이 배우자를 선택할 때는 사랑이 핵심적인 가치로 작용하기 시작한 것이다. 하지만 18세기의 시민계급 문화는 성(性)을 온전히 표현해낼 보편적인 언어를 갖고 있지는 못했다. 때문에 성은 종종 '도덕성'으로 포장되었고, 사랑이라는 정열적인 에너지는 상대한테 느껴지는 정신적 차원의 품위와 미덕에 따라 그 밀도와 강도가 달라지는 경향을 보였다. 말하자면 파트너 선택에서 사랑이 가장 고귀한 동기로 작용하긴 했지만, 사랑은 여전히 순수와 정절이라는 윤리적 문법을 따라야 했고, 결혼 그 자체는 '변화 불가능한 질서'를 의미했다. 그렇게 볼 때 베르테르의 자살은 당시 지배적인 도덕 질서에 대한 인정의 표현인 동시에 불인정의 의지이기도 하다. 말하자면 사랑의 신성함(혹은 욕망의 자연스러움)이 결혼의 신성함과 부딪쳐 일어난 가혹한 불협화음이었던 것이다. 프로이트가 '쾌락원칙'이라 이름 붙인 욕망의 사다리가 '현실원칙'의 벽을 넘지 못한 것이 베르테르의 불행이었다.

괴테가 스물다섯 살에 발표한 『젊은 베르테르의 슬픔』은 당시 유행하던 루소의 서간소설 『신 엘로이즈』와 리처드슨의 서간소설에서 영향을 받은 감상문학의 전형을 보여준다. 괴테는 인간의 내면 풍경을 여과 없이 드러낼 수 있다는 점과, 허구와 사실의 경계를 넘나들면서 독자를 고백의 대상으로 끌어들이는 서간소설의 독특한 매력을 활용했다.

총 82편의 편지로 구성되어 있는 이 소설은 당시 괴테와 같은 젊은 세대가 공통적으로 겪었던 운명의 이야기이자 영혼의 초상이며, 그들이 앓고 있던 마음의 병을 감동적으로 그려낸 '공감의 서사'이다. 따라서 비록 개별적인 사건이지만 보편적인 인간사를 품고 있으며, 일

회적인 사건이지만 항구적 공명(共鳴)을 일으킨다.

　이 소설이 강한 흡인력을 갖는 또 하나의 이유는 괴테가 직접 겪은 사건에 바탕을 두고 있다는 점이다. 베츨라어에서 법관 시보로 근무하던 괴테는 당시 친구인 케스트너의 약혼녀 샤를로테 부프를 사랑하지만, 이룰 수 없는 사랑 때문에 서글픈 비애감에 빠져 고향 프랑크푸르트로 되돌아온다. 마침 그 무렵 상관의 부인을 연모하던 친구 예루잘렘이 권총으로 스스로 목숨을 끊었다는 소식을 케스트너한테 듣게 된다. 괴테에게 더욱 충격적으로 다가왔던 사실은 예루잘렘이 자살에 사용한 권총을 빌려준 이가 다름 아닌 케스트너, 즉 자신이 그토록 사랑한 샤를로테의 약혼자라는 점이었다. 7주라는 짧은 기간 동안 영혼의 심전도를 기록하듯 써내려간 『젊은 베르테르의 슬픔』이 그토록 강렬한 떨림을 주는 이유가 바로 여기에 있다.

　빌헬름이라는 절친한 친구에게 자신의 심경을 토로하는 고백 형식의 이 작품을, 독백의 시대이자 소통 부재의 시대를 사는 우리가 추체험(追體驗)할 수 있는 것은 '보편적 사랑'이 존재하리라는 기대 때문이다. 베르테르가 지향하는 사랑의 방식은 다분히 '민주적'이다. 그가 아는 사랑의 조건은 열정뿐이며, 그 조건은 누구나 충족시킬 수 있기 때문이다. 문제는 이러한 열정이 금기나 윤리 같은 문화적 규범에 길들여질 수밖에 없다는 점이다. 베르테르의 비극이 보편적 개인의 아픔으로 읽히는 대목이기도 하다.

　『젊은 베르테르의 슬픔』의 서사 공간에는 사랑이라는 내적 당위성과 도덕적 질서 간의 길항 구조 외에도 에로스와 타나토스(죽음의 충동), 광기와 이성, 그리고 민중과 식자층 간의 팽팽한 긴장이 존재한다. 그 경계를 규정하는 것은 '문화'와 '정상'이라는 가치 기준이다. 따라서 베르테르가 추구하는 '자연'스럽고도 민중적인 생활방식이나 마음에 늘 품고 다니는 죽음의 충동은 철저히 비문화적인 가치로 폄훼될 수밖에 없다.

자살행위를 속박에서 벗어나는 자기 구원의 유일한 수단으로 여기는 베르테르와는 달리, 나약함이나 병적인 행동의 결과라고 일축해버린 알베르트를 비롯해서 교양의 가면을 쓴 위선과 오만의 귀족 사회, 그리고 베르테르가 자살한 후 그의 시신을 따르지 않았던 성직자들에게는 베르테르의 삶의 방식이 철저히 비정상으로 비쳐질 수밖에 없었다. 결국 베르테르는 자살을 택함으로써, 신분 질서와 이성 중심주의, 윤리적 심급 등 '문화의 카르텔'이 준엄하게 실현되는 '감옥' 같은 세상을 등진다. 자연의 품처럼 따뜻한 열정을 키워내려 했던 베르테르에게 현실의 온도는 너무도 차가웠기 때문이다.

행복의 이유인 동시에 불행의 원인이 되기도 하는 사랑의 이율배반적 메시지를 온몸으로 발신했던 사회적 타자이자 문화적 경계인 베르테르, 즐겨 입었던 노란색 조끼와 푸른색 연미복을 당시 젊은이들의 패션 아이콘으로 만들었던 감성인 베르테르, '베르테르 효과'라는 모방 자살 신드롬을 일으켰던 시대의 반항아 베르테르. 그의 사랑과 고통의 서사가 오롯이 살아 숨쉬는 『젊은 베르테르의 슬픔』은 우리 시대의 소외된 가슴과 상처 입은 영혼에게 부치는 공개서한이다.

안장혁

1749년	8월 28일 마인 강변의 프랑크푸르트에서 법학박사이자 황실 고문관인 아버지 요한 카스파르 괴테와 텍스토르가(家) 출신의 어머니 카타리나 엘리자베트의 장남으로 태어남.
1750년	12월 7일 여동생 코르넬리아 출생.
1752년	3년간 유치원에 다님.
1755년	암 그로센 히르쉬그라벤 가(街)에 있는 생가 개축. 부친의 감독 아래 개인교습을 받기 시작함. 11월 1일, 리스본에 지진이 일어나자 괴테는 종교적 충격을 받음.
1759년	프랑스군이 프랑크푸르트를 점령함. 토랑 백작이 괴테의 생가에서 숙영(宿營).
1764년	4월 3일 요제프 2세가 신성로마제국의 독일 황제로 즉위. 괴테는 관람객들 틈에 끼어 대관식을 구경함.
1765년	10월부터 1768년 8월까지 라이프치히 대학에 다님. 술집 처녀 쇤코프, 베리쉬, 미술학교 교장 외저 등과 친교를 맺음. 재학중 첫 시집 『아네테Annette』와 희곡 『연인의 변덕Die Laune des Verliebten』을 집필.
1768년	7월 중병에 걸림. 8월 28일 라이프치히를 떠남. 9월부터 약 1년 반 동안 와병으로 프랑크푸르트에서 요양함. 어머니의 친구인 경건주의자 클레텐베르크와 교제. 『공범들Die Mitschuldigen』 집필.
1770년	4월부터 1771년 8월까지 슈트라스부르크 대학에 다님. 10월 처음으로 제젠하임 방문. 브리온과 알게 됨.
1771년	『프리데리케 브리온을 위한 시Gedichte für Friederike

Brion』 발표. 8월 6일 법학박사 학위 받음. 8월 중순 프랑크 푸르트로 귀향. 8월 말 프랑크푸르트 배심재판소의 변호사로 승인받음.『셰익스피어의 날에 부쳐 *Zum Schäkespears Tag*』『철수鐵手 고트프리트 폰 베를리힝겐 역사 극본 *Geschichte Gottfriedens von Berlichingen mit der eisernen Hand dramatisiert*』 발표.

1772년   메르크 및 다름슈타트 시(市)의 감상주의파와 친교를 맺음. 베 츨라 소재 제국대법원에서 법관 시보로 일함. 샤를로테 부프 와 알게 됨.『독일 건축술에 관하여 *Von deutscher Baukunst*』 발표. 잡지『프랑크푸르트 학자보學者報』의 동인이 됨.『방랑 자의 폭풍 노래 *Wanderers Sturmlied*』 발표.

1773년   『넝마촌락의 대목장 축제 *Jahrmarktsfest zu Plundersweilern*』 『사티로스 *Satyros*』『연극적 협주곡 *Concerto dramatico*』『신 神과 영웅 들과 빌란트 *Götter, Helden und Wieland*』『에르 빈과 엘미레 *Erwin und Elmire*』『목사의 편지 *Brief des Pastors*』 발표. 2년에 걸쳐『초고 파우스트 *Urfaust*』『프로메 테우스 *Prometheus*』『마호메트 *Mahomet*』 발표.

1774년   라바터와 바제도브와 함께 란 지방 및 라인 지방 여행. 뒤셀 도르프에 있는 야코비 형제 방문. 프랑크푸르트에서 작센-바 이마르-아이제나흐의 황태자 아우구스트 공작과 처음 만남. 『젊은 베르테르의 슬픔 *Die Leiden des jungen Werther*』『클 라비고 *Clavigo*』『클라우디네 폰 빌라 벨라 *Claudine von Villa Bella*』『영원한 유대인 *Der ewige Jude*』 발표.

1775년   쇠네만과 약혼했으나 가을에 파혼. 5월부터 석 달간 스위스 여행.『슈텔라 *Stella*』『릴리의 노래 *Lili-Lieder*』 발표.『에그몬 트 *Egmond*』 집필 시작. 11월 바이마르 도착. 슈타인 부인과 처음 만남.

1776년   바이마르에 장기간 체류할 것을 결심. 4월 일름 강변의 초원에 있는 별장으로 이사하여 1782년 6월까지 그곳에서 기거. 6월부터 바이마르공화국의 국무에 종사하기 시작. 비밀공사관 참사관으로 임명됨. 10월 헤르더가 신교의 총 지방감독으로 바이마르에 옴. 11월 일메나우 광산의 재가동을 위한 준비의 책임을 맡음. 12월 라이프치히와 뵈를리츠 여행. 『슈타인 부인을 위한 시*Gedichte für Frau Stein*』『형제자매*Die Geschwister*』『프로제르피나*Proserpina*』 발표. 이후 몇 년간 바이마르 애호가 극장의 공연에 참여.

1777년   6월 8일 동생 사망. 9월부터 10월까지 아이제나흐와 바르트부르크 성(城)에 체류. 12월 말을 타고 하르츠 여행. 『릴라*Lila*』『감상주의感傷主義의 승리*Der Triumph der Empfindsamkeit*』 발표. 『빌헬름 마이스터의 연극적 사명*Wilhelm Meisters theatralische Sendung*』 첫 부분 완성. 『겨울 하르츠 여행 *Harzreise im Winter*』 발표.

1778년   5월 아우구스트 공작과 함께 베를린과 포츠담 여행. 『인간성의 한계*Grenzen der Menschheit*』 발표.

1779년   1월 국방위원회 및 도굴공사위원회의 지도를 맡음. 이후 공화국의 여러 지역을 자주 여행. 2월 『타우리스 섬의 이피게니에*Iphigenie auf Tauris*』 발표. 9월 추밀고문관으로 임명됨. 9월부터 다섯 달 동안 아우구스트 공작과 두번째로 스위스 여행. 『물 위 정령들의 노래*Gesang der Geister über den Wassern*』『예리와 베텔리*Jery und Bätely*』 발표.

1780년   광물학 연구에 몰두하기 시작. 『토르크바토 타소*Torquato Tasso*』 집필 시작.

1781년   여름부터 이후 몇 년간 티푸르트에서 바이마르 궁정 사교계에 참석. 11월부터 석 달간 바이마르 자유미술학교에서 해부학 강연. 『여자 어부*Die Fischerin*』『엘페노르*Elpenor*』 발표.

1782년   3월부터 두 달간 외교적 임무로 튀링겐 궁전 여행. 5월 25일부친 사망. 6월 2일 프라우엔플란에 있는 집으로 이주. 6월 3일 황제 요제프 2세에 의해 발급된 귀족증서를 받음. 6월 11일 재정국의 임무를 맡음. 12월부터 두 달간 데사우와 라이프치히로 여행.

1783년   9월부터 두 달간 두번째 하르츠 여행. 괴팅겐과 카셀 여행. 『신적神的인 것Das Göttliche』 발표.

1784년   2월 24일 일메나우에서 새로운 광산 개장. 3월 인간의 간악골(間顎骨) 발견. 8월부터 9월까지 아우구스트 공작과 브라운슈바이크 여행. 크라우스와 함께 세번째 하르츠 여행. 『익살과 간계와 복수Scherz, List und Rache』 『비밀Die Geheimnisse』 발표.

1785년   식물학 연구 시작. 6월부터 석 달간 카를스바트에 체류. 1월부터 1786년까지 여러 차례 일메나우와 예나에 체류. 『빌헬름 마이스터의 연극적 사명』 끝냄.

1786년   7월부터 두 달간 카를스바트에 체류. 9월 3일 카를스바트에서 남몰래 이탈리아 여행길에 오름. 9월 28일부터 10월 14일까지 베네치아에 체류. 10월 29일 로마에 도착. 『타우리스 섬의 이피게니에』를 운문으로 개작.

1787년   2월부터 다섯 달 동안 나폴리와 시칠리아로 여행. 4월 팔레르모 식물원에서 근원식물의 원리 인식. 『에그몬트』 끝냄. 『나우시카Nausikaa』 구상. 『파우스트Faust』와 『토르크바토 타소』 작업.

1788년   4월 23일 로마 떠남. 6월 18일 바이마르로 돌아옴. 6월 일메나우위원회를 제외하고 일체의 정무(政務)에서 물러남. 그후 공화국의 학문기관 및 예술기관 지도. 7월 불피우스와 동거. 9월 7일 루돌슈타트에서 실러 만남. 『로마의 비가Römische Elegien』 발표.

1789년   9월부터 두 달간 아쉐르스레벤과 하르츠 여행. 12월 25일 아들 아우구스트 탄생. 『토르크바토 타소』 끝냄.

1790년 3월부터 넉 달 동안 베네치아 여행. 4월 두개골의 척추골 이론 발견. 7월부터 넉 달 동안 프로이센군의 야영지인 슐레지엔 지방을 돌아봄. 크라카우와 스텐스토하우 여행. 『색채론 *Farbenlehre*』 연구 시작. 『식물변형론 *Die Metamorphose der Pflanzen*』 『베네치아의 경구警句 *Venezianische Epigramme*』 발표. 『파우스트, 프라그멘트 *Faust, ein Fragment*』 인쇄.

1791년 바이마르 궁정극장 감독을 맡음. 『대大 코프타 *Der Groß-Cophta*』 『광학光學에 대한 기고 *Beiträge zur Optik*』 발표.

1792년 8월 아우구스트 공작을 수행하여 프랑스에서 종군. 9월 20일 발미 대포격. 겨울 뒤셀도르프에서 야코비 방문, 뮌스터에서 갈리친 영주 부인 방문.

1793년 마인츠가 포위되었을 때 이를 목격함. 『시민 장군 *Der Bürgergeneral*』 『라이네케 푹스 *Reineke Fuchs*』 발표.

1794년 7월 말 예나에서 자연연구학회 회의가 끝난 뒤 실러와 식물 원형에 관한 대담. 실러와 교우 시작. 7월부터 두 달간 아우구스트 공작과 함께 뵈를리츠와 드레스덴 여행. 『흥분한 자들 *Die Aufgeregten*』 『독일 피난민들의 대화 *Unterhaltungen deutscher Ausgewanderten*』 발표. 이때부터 이후 몇 년간 자주 예나에 체류하면서 예나 대학 교수들과 교제. 자연과학 연구, 특히 변형론과 색채론에 몰두.

1795년 카를스바트에 체류. 『동화 *Das Märchen*』 발표. 『크세니엔 *Xenien*』 집필 시작.

1796년 『크세니엔』 발표. 『빌헬름 마이스터의 수업시대 *Wilhelm Meisters Lehrjahre*』 끝냄. 『헤르만과 도로테아 *Hermann und Dorothea*』 발표. 벤베누토 첼리니의 전기 번역.

1797년 세번째 스위스 여행. 8월부터 프랑크푸르트에 체류. 어머니를 마지막으로 봄. 12월 바이마르 도서관과 고전(古錢) 진열실 최고 감독. 『담시*Balladen*』 발표. 『파우스트』 다시 집필 시작.

1798년 바이마르의 근교 오버로슬라에 토지를 갖게 됨. 10월 12일 실러 작 〈발렌슈타인의 진영*Wallensteins Lager*〉 공연으로 개축된 바이마르 궁정극장 개관. 예술잡지 『프로필레엔*Propyläen, Eine periodische Schrift*』 출간 시작(1800년까지 계속됨).

1799년 9월 바이마르 미술애호가들의 첫번째 전시회. 12월 실러가 예나에서 바이마르로 이주. 『아킬레스*Achilleis*』 발표. 『서출庶出의 딸*Die natürliche Tochter*』 집필 시작. 볼테르 작 『마호메트』 번역.

1800년 4월부터 두 달간 아우구스트 공작과 라이프치히와 데사우 여행. 『파우스트』 제2부의 '헬레나 장면(*Helena-Szene*)' 집필. 볼테르 작 『탕크레드*Tancred*』 번역. 『팔레오프론과 네오테르페*Paläophron und Neoterpe*』 발표.

1801년 1월 안면 단독(丹毒)병에 걸림. 6월부터 석 달 동안 피르몬트, 괴팅겐, 카셀 등 여행.

1802년 자주 예나 여행. 6월 26일 라우흐슈테트에 신축 극장이 개관됨. 여름에 여러 번 라우흐슈테트에 체류.

1803년 5월 라우흐슈테트, 할레, 메르제부르크, 나움부르크 여행. 11월 예나 대학 자연과학연구소의 최고 감독을 맡음. 『서출의 딸』 끝냄.

1804년 8월부터 두 달간 라우흐슈테트와 할레에 체류. 9월 13일 실질 추밀원 고문관으로 임명됨. 『빙켈만과 그의 세기*Winckelmann und sein Jahrhundert*』 발표.

1805년 1월 신장병으로 중태에 빠짐. 5월 9일 실러 사망. 7월부터 석 달간 라우흐슈테트를 여러 번 방문. 8월 마그데부르크와 할버슈타트 여행. 『실러의 종鐘에 대한 에필로그*Epilog zu Schillers Glocke*』 발표.

1806년	4월 13일 『파우스트』 제1부 끝냄. 6월부터 8월까지 카를스바트 체류. 10월 14일 예나 전투. 바이마르가 점령됨. 10월 19일 크리스티아네 불피우스와의 결혼식. 『동물변형론*Metamorphose der Tiere*』 발표.
1807년	5월부터 9월까지 카를스바트에 체류. 11월부터 두 달간 예나에 있는 프름만의 집 여러 차례 방문. 민헨 헤르츠리프와 알게 됨. 『소네트*Sonette*』 발표. 『빌헬름 마이스터의 편력시대 *Wilhelm Meisters Wanderjahre*』 집필 시작.
1808년	5월부터 9월까지 카를스바트와 프란첸스바트에 체류. 9월 13일 어머니 사망. 10월 2일 에르푸르트에서 나폴레옹과 대담. 10월 6일과 10일에도 바이마르에서 계속 대담. 『판도라 *Pandora*』 발표.
1809년	『친화력*Die Wahlverwandtschaften*』 발표. 『색채론』 집필.
1810년	5월부터 9월까지 카를스바트, 테프리츠, 드레스덴에 체류. 『색채론』 끝냄. 『필리프 하케르트*Philipp Hackert*』 집필. 열세 권으로 된 『괴테 작품집*Goethes Werke*』 발간.
1811년	5월부터 6월까지 크리스티아네 및 리머와 카를스바트에 체류. 『시와 진실*Dichtung und Wahrheit*』 제1부 발표.
1812년	5월부터 9월까지 카를스바트와 테프리츠에 체류. 베토벤과 오스트리아 황비 마리아 루도비카 만남. 『시와 진실』 제2부 발표.
1813년	1월 20일 빌란트 사망. 4월부터 8월까지 테프리츠에 체류. 『시와 진실』 제3부 발표.
1814년	5월부터 6월까지 바이마르 근교의 바트베르카에 체류. 7월부터 넉 달간 라인 지방과 마인 지방을 여행. 마리안네 폰 빌레머와 만남. 하이델베르크에서 브와스레 형제 방문. 8월 16일 빙겐에서 성(聖) 로후스 축제 참가. 『서동시집*West-östlicher Divan*』 일부 집필 발표.

1815년   2월 빈 회의의 결정으로 작센·바이마르·아이제나흐 대공화
       국으로 합병됨. 5월부터 여섯 달 동안 라인 지방과 마인 지
       방으로 두번째 여행. 7월 말 슈타인 남작과 함께 나사우에서
       쾰른으로 여행. 9월 26일 하이델베르크에서 마리안네 폰 빌
       레머와 마지막 만남. 12월 12일 '바이마르와 예나의 학술 및
       예술기관의 총감독'으로, 대공화국의 모든 문화 연구소들이
       괴테의 지휘 아래 총괄됨. 재상으로 임명됨.『서동시집』일부
       집필 및 발표.『온건한 크세니엔Zahme Xenien』일부 발표.

1816년   6월 6일 크리스티아네 사망. 7월부터 9월까지 바트 텐슈
       데트에 체류.『서동시집』일부 집필 및 발표.『이탈리아 기행
       Italienische Reise』제1부, 제2부 발표. 잡지『예술과 고대
       Über Kunst und Altertum』발간(1832년까지 계속).

1817년   자주 예나에 체류. 4월 13일 궁정극장의 감독직 사퇴. 6월
       17일 아들 아우구스트가 오틸리에 폰 포그비슈와 결혼. 10월
       예나의 도서관 연합의 감독 맡음.『말의 원형, 오르페우스적
       Urworte, orphisch』『나의 식물연구사 Geschichte meines
       botanischen Studiums』발표. 잡지『자연과학, 특히 형태학
       Zur Naturwissenschaft überhaupt, besonders zur Morphologie』
       발간(1824년까지 계속).

1818년   4월 9일 손자 발터 탄생. 7월부터 9월까지 카를스바트에
       체류.

1819년   8월부터 9월까지 카를스바트에 체류.『서동시집』끝냄. 스무
       권으로 된『괴테 작품집』발간(1815년에 시작).

1820년   4월부터 5월까지 카를스바트 체류. 여름과 가을, 예나 체류.
       9월 18일 손자 볼프강 탄생.『빌헬름 마이스터의 편력시대』
       집필.『온건한 크세니엔』일부 발표.

1821년   7월부터 9월까지 마리엔바트와 에거에 체류. 울리케 폰 레
       베초브와 처음으로 만남.

1822년	6월부터 8월까지 마리엔바트와 에거에 체류. 『프랑스 종군기 Kampagne in Frankreich』 끝냄.
1823년	2월 심낭염(心囊炎)에 걸림. 6월 10일 에커만이 처음으로 괴테 방문. 7월부터 9월까지 마리엔바트, 에거, 카를스바트에 체류. 『마리엔바트 비가悲歌 Marienbader Elegie』 발표. 11월 극심한 경련성 기침병에 걸림.
1824년	『실러와의 서신교환 Briefwechsel mit Schiller』 출판 준비.
1825년	2월 『파우스트』 제2부 집필에 다시 착수. 3월 21일 바이마르 극장에 화재. 11월 7일 괴테의 바이마르 도착 50주년 축하연.
1826년	『파우스트』의 '헬레나 장면' 끝냄. 『노벨레 Novelle』 발표.
1827년	1월 6일 샤를로테 폰 슈타인 사망. 10월 29일 손녀 알마 탄생. 『온건한 크세니엔』 발표.
1828년	6월 14일 카를 아우구스트 대공작 사망. 7월부터 석 달간 도른부르크에 은거.
1829년	1월 브라운슈바이크에서 『파우스트』 초연. 『빌헬름 마이스터의 편력시대』 완성. 『이탈리아 기행, 제2차 로마체류 Italienische Reise, Zweiter römischer Aufenthalt』 발표.
1830년	2월 14일 대공작 부인 루이제 사망. 11월 10일 아들이 로마에서 죽었다는 소식 받음. 11월 말 대(大) 객혈. 『시와 진실 Dichtung und Wahrheit』 제4부 발표. 마흔 권으로 된 『괴테 작품집, 최종 완성판 Goethes Werke, Vollständige Ausgabe letzter Hand』 출간.
1831년	7월 22일 『파우스트』 제2부 끝냄. 8월 28일 일메나우에서 마지막 생일 지냄.
1832년	3월 16일 마지막 발병. 3월 22일 정오 무렵에 영면. 3월 26일 괴테의 관 후작 묘지에 안치. 이후 10년여에 걸쳐 스무 권으로 된 『유작집 Nachgelassene Werke』 발간.

문학동네 세계문학전집 발간에 부쳐

세계문학은 국민문학 혹은 지역문학을 떠나 존재하는 문학이 아니지만 그것들의 총합도 아니다. 세계문학이라는 용어에는 그 나름의 언어와 전통을 갖고 있는 국민문학이나 지역문학의 존재를 인정하면서 그것을 넘어서는 문학의 보편적 질서에 대한 관념이 새겨져 있다. 그 용어를 처음 고안한 19세기 유럽인들은 유럽문학을 중심으로 그 질서를 구축했지만 풍부한 국민문학의 전통을 가지고 있는 현대의 문학 강국들은 나름의 방식으로 세계문학을 이해하면서 정전(正典)의 목록을 작성하고 또 수정한다.

한국에서도 세계문학 관념은 우리 사회와 문화의 변화 속에서 거듭 수정돼왔다. 어느 시기에는 제국 일본의 교양주의를 반영한 세계문학 관념이, 어느 시기에는 제3세계 민족주의에 동조한 세계문학 관념이 출현했고, 그러한 관념을 실천한 전집물이 출판됐다. 21세기 한국에 새로운 세계문학전집이 필요하다는 것은 명백하다. 우리의 지성과 감성의 기준에 부합하는 세계문학을 다시 구상할 때가 되었다.

문학동네 세계문학전집은 범세계적으로 통용되는 고전에 대한 상식을 존중하면서도 지난 반세기 동안 해외 주요 언어권에서 창작과 연구의 진전에 따라 일어난 정전의 변동을 고려하여 편성되었다. 그래서 불멸의 명작은 물론 동시대 세계의 중요한 정치문화적 실천에 영감을 준 새로운 작품들을 두루 포함시켰다.

창립 이후 지금까지 한국문학 및 번역문학 출판에서 가장 전문적이고 생산적인 그룹을 대표해온 문학동네가 그간 축적한 문학 출판 경험을 바탕으로 새로운 세계문학전집을 펴낸다. 인류가 무지와 몽매의 어둠 속을 방황하면서도 끝내 길을 잃지 않은 것은 세계문학사의 하늘에 떠 있는 빛나는 별들이 길잡이가 되어주었기 때문이다. 우리가 자부심과 사명감 속에서 그리게 될 이 새로운 별자리가 독자들의 관심과 애정에 힘입어 우리 모두의 뿌듯한 자산이 되기를 소망한다.

문학동네 세계문학전집 편집위원
민은경, 박유하, 변현태, 송병선, 이재룡, 홍길표, 남진우, 황종연

세계문학전집 042

젊은 베르테르의 슬픔

1판 1쇄 2010년 8월 23일
1판 17쇄 2025년 6월 10일

지은이 요한 볼프강 폰 괴테 | 옮긴이 안장혁

책임편집 고우리 | 편집 정신아 임선영 | 독자모니터 조용연
디자인 송윤형 한충현 김민하 | 저작권 박지영 형소진 오서영
마케팅 정민호 서지화 한민아 이민경 왕지경 정유진 정경주 김수인 김혜원 김예진 나현후 이서진
브랜딩 함유지 박민재 이송이 김희숙 박다솔 조다현 김하연 이준희
제작 강신은 김동욱 이순호 | 제작처 영신사

펴낸곳 (주)문학동네 | 펴낸이 김소영
출판등록 1993년 10월 22일 제2003-000045호
주소 10881 경기도 파주시 회동길 210
전자우편 editor@munhak.com
대표전화 031) 955-8888 | 팩스 031) 955-8855
문학동네카페 http://cafe.naver.com/mhdn
인스타그램 @munhakdongne | 트위터 @munhakdongne
북클럽문학동네 http://bookclubmunhak.com

ISBN 978-89-546-1182-4 04850
      978-89-546-0901-2 (세트)

www.munhak.com

● 문학동네 세계문학전집은 계속 출간됩니다